一袖新月一袖风

张秀云◎著

安徽师范大学出版社

· 芜湖 ·

责任编辑:胡志恒　陈　艳
装帧设计:北京中尚图文化传播有限公司

图书在版编目(CIP)数据

一袖新月一袖风 / 张秀云著. —芜湖 : 安徽师范大学出版社, 2016.11(2024.6 重印)
ISBN 978-7-5676-1691-2

Ⅰ.①一… Ⅱ.①张… Ⅲ.①散文集 – 中国 – 当代Ⅳ.①I267

中国版本图书馆 CIP 数据核字(2016)第 278682 号

一袖新月一袖风

张秀云◎著

出版发行:安徽师范大学出版社
　　　　芜湖市九华南路189号安徽师范大学花津校区　邮政编码:241002
网　　　址:http://www.ahnupress.com
发 行 部:0553-3883578　5910327　5910310(传真)　E-mail:asdcbsfxb@126.com
印　　　刷:阳谷毕升印务有限公司
版　　　次:2016年11月第1版
印　　　次:2024年 6 月第3次印刷
规　　　格:787mm×960mm 1/16
印　　　张:19.25
字　　　数:257千
书　　　号:ISBN 978-7-5676-1691-2
定　　　价:77.00元

凡安徽师范大学出版社版图书有缺漏页、残破等质量问题,本社负责调换。

序一

文／苏北

说水边的女子有灵性，其实山里的女子也有灵性；说江南的女子有灵性，其实淮北的女子亦有灵性。

张秀云出生在淮北大平原，出生在宿州的砀山县农村。她照样有灵性，而且灵性十足。这是我最近看她的散文集《一袖新月一袖风》得出的结论。

看来好女子是不论出生的。

"夫人善于自见，而文非一体，鲜能备善，是以各以所长，相轻所短。"这是曹丕在《典论·论文》中所说。

人往往是这样的，都喜欢以自己的所长相轻别人的所短。但是话也可以反过来说，以自己的短处比别人的长处，那就是羡慕、惭愧和自卑。

我实在是不敢同她这些文章相比较的。她的这些短文我写不出来，我相信有许多人写不出来。这就好，这就多了一份新鲜的散文样本。

我陆续将张秀云的散文读完。这是一个漫长的过程，因为读她的散文不能着急。每天也只是读两三篇。读她的散文你很高兴，你会非常有兴趣地去读。因为她写得很好。你会觉得这样的阅读是一种学习。

我在《凤仙情》《赠之以芍药》《文艺芭蕉绿》《韭菜花开》《凌霄凌霄》

《唯美杜鹃》《花椒》等散文后面都加了注。有的仅一个字："好！"有的稍多，比如在《丝瓜心》的文后，则注上"写得真好。慧心，慧心。"而在《豌豆》的末尾，则写上："一个坐在淮河大堤上看豌豆花的姑娘。"在《凌霄凌霄》的文后呢，却写了一段："写得好，每一篇文字都写得好。文字清秀且瑰逸，语言绵密而淡雅。见解亦别致。"

张秀云曾对我说过，她特别迷恋唐诗宋词，喜欢听古典音乐、听戏，喜欢植物。这是她的底色。她的散文里有诗的精神。有些词句令人诧异。她比喻妇女采花椒被刺着了，是"指头开花"，这是巧思呢。她说她喜欢凌霄花，初见惊艳又忐忑，如古寺中的小和尚初见乡下少女。她特别不喜欢松柏，经她一说，我也顿觉松柏刻板、古旧，没有生气，人们还故意拔高它，无端令人生厌。她比喻为小叔子拉了掉河里的嫂嫂，要砍断胳膊才安心。她对芭蕉开花前极尽赞美，可花谢结出果实，即如拖儿带女的妇女，因此她永远喜欢芭蕉开花前的"文艺绿"。阅读这些文字，我必须用笔圈圈点点，因为比喻新奇生动，令人欣喜。

张秀云写的这些花草、昆虫、诗词和风土人情，看多了，也发现了她的一些基本方法。她是将童年经验、生活记忆、人文知识、诗词典赋和趣味情致，揉合在一起，写得闲，写得静，写得从容。

原来看周作人的散文，周先生曾说过一个笑话：

一个仆人送主人赶考，见主人老不出来，问乙仆道，一篇文字有多少字？乙仆答说，大约三四百字吧。甲仆着急道，难道我们相公肚里没有这些字？乙仆道，你别急，他肚里有是有，就只是一时拼凑不起来罢了。

我读张秀云散文，她不仅肚子里有，而且化得开，写得自然，娓娓道来，毫无做作之感。

这样的文章，写一两篇可以。写一本书，就不容易了。

张秀云酷爱诗词，在这本书里，有一辑是她专门赏析古诗词。原来我们读诗词，都不能体会其精神，记得中学时，有一段时间非常迷恋李清照，将她的《如梦令·昨夜雨疏风骤》《如梦令·常记溪亭日暮》和《声声慢·寻寻觅觅》又抄又背，可是那时年轻，只能见着字面之美。后来几十年不读古典文学，对古典文学很是隔膜。只到近两年读了叶嘉莹先生的两本书：《人间词话·七讲》和《迦陵谈词》，才心有戚戚，原来那些著名诗句，内中蕴含着那么丰富的深意，藏着无尽的人生之痛。张秀云选择的这些诗词，比如李煜的、苏武的、鱼玄机的、刘禹锡的和陆游的，等等，她在阅读和赏析时，并不是浅显、生硬的解读，而是浸润了自己许多的人生感受和生命经验。这一方面可能是她具有较好的文学修养和天然的感受能力，另一方面，也可能与她女性的敏感的天性有关。在文本中她能自如地引申和发挥，而且肌理缜密，入情入理，饶有兴致，使我十分愿意读下去。对于我，也是一种学习呢。

我对这本书的阅读是长期的。等它印出来，我还会时不时地翻一翻的。因为读这本书是愉快的，亦是我自愿的。

好，我就不在这里饶舌了。从现在开始，你自己看吧。

序二

文 / 老鱼

张秀云把近几年写的散文挑选一些收拢在一起，约有二十万字。

她的散文在报上陆续看过，印象颇深。有机会集中看她的散文，觉得这样的散文值得花时间看，而且，在我的阅读经历中，这样的散文是真正的美文。我们常常把散文称作美文，可是不客气地说，许多所谓的散文，是不能叫做美文的。美文，应该有美文特有的质地，作家对美的感觉，作家美的文字对美的感觉的准确、生动、独特的表达，都是美文的质地。离开了这样的质地，散文就会打折扣。

张秀云的这本散文集有许多篇幅写到了花草树木。散文是应该有草木气味的，我们的传统文化里，就有许多这样的名篇。中国文学对自然的关注与审美有着悠久的历史，尤其是中国的散文和诗歌。山水田园、花鸟虫鱼，总在诗人和作家的笔下散发着灵光。但是，一个作家如此集中地写草木，在我的阅读经验里，还是不多的。张秀云把眼光抛洒在花草树木上，似乎她所看到的每一种，都能触动她的灵性，引发她的文思。她写银杏、桂花、合欢、柳树、木槿等这些木本植物，也写葫芦、韭菜、牵牛花、水仙等草本植物，而且，她用女性的细腻温婉灵动的笔触，把那些感触表现出来，有特别的审美价值。比如，她在《凌霄凌霄》里，写在乡间一截断桥上看到一簇凌霄开出花来，如同火焰在荒冷里燃烧，心下颇为诧异，就想到要养几株，让炫目的花燃亮墙，燃亮窗口和阳台。那凌霄就是一种境界了。再比如，她写合欢，那些合欢的叶子，亲密地，手心触着手心，安稳入眠，头顶细密的毛茸茸的花，是一床多么轻软温香的被。张秀云是用女性的灵魂去浸染这些花木，让花木透露出灵魂的气息。

张秀云的散文里有书卷气。她喜欢诗词，那些诗词的气息弥漫在她的字里行间，构成她散文的一个基本元素。比如她有些羡慕李白，李白能够快意江湖，能够且行且吟，她说如有来生，愿意化身女李白，投生大盛唐，骑马仗剑，浪迹天涯。她在《深夜闻杜宇》里感受到了李商隐诗句里面的悲情，把生活里听到的布谷叫声和古蜀国的杜宇皇帝联系在一起，想像着这个国君以一种毁灭的方式延续着自己的生命。张秀云还喜欢听音乐、赏古画，从那些经典的艺术里触摸艺术家的灵魂，并被触动，产生灵感，形成优雅的文字。《箫声隔暮云》由浅入深，先是写从词牌上知道箫这种乐器，然后回忆自己的一根紫竹的箫，然后写自己学箫，写自己听箫。她从箫声里似乎看见北海牧羊的苏武挂着旌节，站在冰天雪地里，飞雪染白了他的须发，空帷之中寒风嘶啸，心中浸满透彻肺腑的凄凉，一时间泪流满面，竟然不知而今是何时，而身又在何处。

张秀云的灵性里充满了诗词歌赋、典章故事、书画器乐刻下的痕迹，这些丰富着她，触动着她，给她的文笔带来了玉润珠圆的质感和委婉缠绵的情调。

张秀云的散文是温暖的散文。她散文中的温暖应该是她性情中温暖的艺术化，她的文字来源于她的温暖，她的文字也就传染了她的温暖。我从她的不同题材的作品中都感到了这样温暖的气息。《秋乍凉》写秋来以后的凉意，但是，那夏季里看着都碍眼的薄被，如今，裹在身上，却是贴心贴肺的温暖；《光阴的味道》是写普洱的味道，她以为普洱发酵是一次涅槃，结果是犹如一尊年代久远的瓷器，在时间的修为里，锋芒隐晦，只剩下柔和温暖、包容万象；在《陌上花开缓缓归》里，她感叹这世上，惟情最是利器，能突破铜墙铁壁，能穿越时光地域，能俘虏任何一颗坚硬的心，让它瞬间温柔，如陌上花开。当然，张秀云散文里的温暖不只是指她文章里有多少这样的词语，而是说她文笔里的温暖来自她的精神故乡，来自她的灵气。因此，她的散文里到处都弥漫着这样的气息。她不是零度写作，她没有疼痛，也没有坚硬，她就是她。在有些冷漠的世故里，温暖的散文也许是我们感受到世界依然可爱的理由。

张秀云的散文是值得一读的散文，她的文笔优雅灵动、多姿多彩。期待本书的问世，期待张秀云有更多的散文给我们一些诗意和温暖。

目录

壹 // 灯下信

贰 // 草木情

叁 // 相思辞

壹

灯下信

秋乍凉

立了秋，几场雨过后，凉意就来了。晨起下楼，感觉露在外面的半截胳臂，就像浸在水里一样，沁沁的凉。路上的行人，都不约而同地加了外套。节气已过处暑，"处"，去也，也就是说，暑气至此止矣，接下来就是白露了，白露秋分夜，一夜凉一夜。有二十四节气的两千多年来，季节、物候变化年年如是，无不应验，让我们不得不佩服古代劳动人民的聪明智慧。

路边的树还是绿的，没有一点要凋零的迹象，只是那一团一团的绿里，有了湿答答的凉意。如果是大片的林子，那一丛一丛的绿，就显得格外深幽，格外阴湿寒凉，有森森然的气息。至此你方会想起，绿本来就是一种冷色调，只是夏日里为暑气所侵，遮掩了它的冷意罢了。秋水也不一样了，不知从哪天开始变得深邃了，俯在桥栏上往下望，粼粼的波纹凉意飕飕，就像小时候趴着井栏看深井，有从遥远的水底透出来的阴寒。

偶然抬头，见天空也高了，也亮了，云的白，天的蓝，都很澄澈，很干净，如洗过的一般。燕子还没有迁徙，蓝天里的身影，依旧那样轻快敏捷。这样的天，晴好的时候，中午还有一点点热，近乎温暖的热，等太阳往西一斜，凉意便生出来了。晚上，庭院里流动着薄薄的一层凉，空气中有露水的湿气，出来闲坐，就得披一件衣裳了。深蓝的天幕似乎也远了些，月亮皎洁，星子一闪一闪的，迢迢牵牛星，皎皎河汉女，似乎都清晰了些。丰子恺有幅漫画，叫《卧看牵牛织女星》，画里，银烛秋光冷画屏，独眠的女子深夜不寐，望着窗外的星星发呆，那情景，就是这样天街夜色凉如水的早秋吧。

如果是雨天，凉意就更深一层，席子早就铺不得了，躺在上面，夜半时分，会觉得凉意浸骨，如李清照所言，"玉枕纱厨，半夜凉初透"。当然，她这个凉里，还有心凉。秋风冷雨，本来就催人惆怅，又何况檀郎远去，孤枕难眠？易安的心思细腻，一枝一叶都关情，见此景，又如何不生悲情？想那明诚在的时候，同样是新秋玉簟凉，她却是何等快意，"笑语檀郎，今夜纱厨枕簟凉"，相公啊，席太凉了，我一个人怎安睡啊？如此千娇百媚，那个沉迷于金石书画冷落娇妻的呆子听了，心也会先酥半边吧。"何处合成愁，离人心上秋。"同样是秋，同样是凉，悲喜却不同。境由心生罢了。

那炎夏里看着都觉得碍眼的薄被，如今，裹在身上，却是贴心贴肺的温暖，甚至要紧紧地拥着，闻闻那棉花的香味了。季节更迭，你方唱罢，该我登场了。短裙、凉鞋要考虑该怎么收了，长衣长裤要从高高的衣柜上层拣下来。空调用不着了，拔了电源拂拭干净，用罩布遮起来。电扇、母亲的芭蕉扇，也该送到阁楼上去了。

每年收电扇的时候，我都会有些感慨，都会想到"秋扇见弃"这个词。

一夏的相偎相守亲密无间，看似此情绵绵，转眼西风起，就弃之如敝帚了。"人生若只如初见，何事秋风悲画扇"，纳兰性德的这声长叹，道出了多少扇多少人的心酸与埋怨。时过境迁，你那把扇纵然有金丝银缕，有带血的绣凤或交颈的鸳鸯，有"天地合，乃敢与君绝"的旦旦誓言，也敌不过一缕秋风的萧萧凉意。那初时相见的欢，只能在这声长长的叹息里，让时光慢慢消磨了。

这刚洗净暑气的新凉，浅浅的，到达皮肤便停下了，如柔滑细腻的丝绸，滋润、体贴，懂得人心似的，凉得恰恰好。窗户自然要开着，让这宜人的气息流淌进来。立在窗前，伸头看看楼下的紫薇，梢头还缀着细密的繁花，银杏叶还浓碧得胜过七月，但，你听，那树底的草丛里，有促织儿在一声声地唱呢，静静地嗅一嗅，空气里还有了桂花香。这些都让你警醒：毕竟是秋了！西风正沿着汴水吹过来，先是这样徐徐地，然后就会越来越紧，就会有刀剑的锋芒。秋，将一层一层地深了，深成露寒，深成霜冷，落叶满地，接下来，就是冬了。

蜻
蜓

　　蜻蜓圆头，瘦胸，腹部细长，又有两对透明的长翅，整个形体因纤瘦而非常轻盈，就像一个骨感的女子，随便往哪一站，都有袅袅婷婷的味道。它不光身子细，足也细，线一般，伸出来往小荷尖上轻轻一扶，便稳稳立住，翅膀平铺，优雅地享受阳光和风，"小荷才露尖尖角，早有蜻蜓立上头"，是很田园的一幅画。其实，蜻蜓无论立在哪儿都是一幅画，在女子的玉搔头上，在渔人的钓竿上，或者在树枝夹成的篱笆上，只消那么一落，就能生出无限风情。

　　小时候，我最喜欢捉篱笆上的蜻蜓，眼看它落上去，再耐心等一会，等它"睡着"，然后轻轻凑过去，捏住它的腹尖，失去自由的蜻蜓用力地扑打着翅膀，把一颗童年的心扑闪得兴奋不已。更多的时候，我们扛着大扫帚去扑。故乡多的是黄蜻蜓，黄昏时分，打麦场上，它们成群连片低飞，把扫帚反过来高高举起，扫帚背轻落地上，便可盖住一两只，扒拉着找出来，把翅对折，用嘴唇噙住，然后继续挥舞扫帚。等嘴唇抿不下的时候，衣服也早被汗水浸湿了，于是捕猎结束，收工回家，雄赳赳气昂昂。

　　那些黄蜻蜓被我放在蚊帐里，放在玻璃瓶中，气呼呼地不吃不喝，不久便死去，最终成为鸡的美食。我也会因此挨母亲骂，说它是益虫，偏要祸害它。现在想来，童心有时候很残忍，那些囚困而死的蜻蜓，那些打破的麻雀蛋，那些断尾巴的壁虎及深埋土里再也没出来的青蛙，我欠它们一个诚恳的道歉。

蜻蜓栖落的姿态美，点水的姿态更是公认的美。它贴着水面飞翔，飞着飞着，腹尖轻灵地往水里点一下，水面便荡开一圈圈细细的涟漪。过一会，它可能还会点一下，再点一下，它走了，还会有另外的蜻蜓飞过来。有一种个头较小的红蜻蜓，全身都是夺目的红，就爱绕着水飞，碧波若镜，蒲草嫩绿，它在其间翩然起舞，舞着舞着，倏地破镜为漪，来一个最迷人的动作，那轻盈一点，像一场表演的华美谢幕。

童年里有大把大把的光阴，坐在塘边看风，看云，看蜻蜓点水。农村的孩子读书少，并不知道蜻蜓点水是在产卵，那天打算给七岁的小儿讲这个成语，不料她脱口而出：那是蜻蜓妈妈在生宝宝。她没见过蜻蜓点水，甚至没见过几只蜻蜓，却知道很多理论知识——这一代孩子远离自然，在成堆的科普书里长大，真不知是幸运还是不幸。

蜻蜓的幼虫生活在水里，叫水虿，样子很难看，有些像水蜘蛛，很凶猛，有的甚至会吃小虾和蝌蚪，会互相残食。据说它们从水里爬出来准备羽化时，会选择一个晴朗的明月之夜，蜕掉最后一层皮，把翅膀慢慢伸出来，展开，清风徐来吹干它，便可以在朝霞里飞翔。

蜻蜓寿命很短，这个飞翔的姿势，也只能保持几个星期的光景。几年的水下生活，数次的痛苦蜕皮，换来短短数日的自由飞翔，蜻蜓当是珍惜的。你看它不再丑陋，不再凶残，蓝空下款款来去，吃蚊子苍蝇，捕食那些为害人类的东西。水下的修行让它变成天使。

点水的确是蜻蜓的华美谢幕，它们产卵之后就会很快老去。我不知道蜻蜓是如何老死的，选择什么样的时间、地点和方式，我希望同羽化一样，也是在一个月朗之夜，微风轻轻，银辉遍野，它张开透明的翅膀，朝着月亮飞翔、飞翔，一直飞进最美的现世的天堂……

蝴
蝶

　　李时珍说蝶之美在于须，我觉得那两根细长的触须固然美，但怎么也美不过轻盈的翅。蝴蝶翅膀薄而大，锦缎一样璘璘闪闪，光彩夺目，若是彩蝶，更是鲜艳到华丽妖娆。在整个身体的比例里，胸腹和头部小到几可忽略，最招眼的就是两对扇面一样的翅膀。这样的翅膀不停地扇动起来，蝴蝶才能翩翩跹跹忽忽飘飘，才能生出灵动飘逸之姿。

　　本地的蝶种类不多，最常见的一种是白蝶，铜钱大小，翅膀米白，粉光莹莹，这样的蝶若随了柳絮，或飞入梨花，不容易寻着，在绿叶丛中却煞是好看。办公楼下有片试验田，春末，返青的麦苗开始拔节的时候，干净的田野像洗过的绿绒毯，三三两两的白蝶时而停留叶尖，时而竞相追逐。无风的正午，阳光泼洒，麦苗静立若画，白蝶起起落落缭乱其间，人一旁路过，看得久了，就容易像庄周梦蝶那样，是矣非矣，真矣幻矣，有一种说道不清的迷离。

　　彩蝶则常是橘红色的，比白蝶大，翅上有圆黑的斑点，相较之下，算得上绚烂妖娆了。盛夏的青草颜色碧绿，亭亭地往上挑着，一只彩蝶栖于叶尖，压得叶片悠悠颤动，这情景，无论对大人还是孩童，都是有诱惑的。小儿们欣喜得两眼放光，夸张地蹑着手脚，一步步凑上去捉，往往手还没到，蝶就倏地飞走了。大人则淡定得多，远远看看，或者掏出相机，调好焦距拍个特写，以此安慰耷拉着嘴角的小儿吧。

彩蝶遇花，则花蝶互抬了身价，俱有可以入画的美。你看素来的中国画，无论工笔还是写意，桃李还是牡丹，花间都少不了一只蝶，有了蝶，花朵便有灵动之妙，有了花，蝴蝶便有芬芳之气。宋徽宗赵佶的皇家画院招聘人才，考题就是"踏花归去马蹄香"，一幅画上马蹄好画，香气如何表现？聪明的画师就想起画蝶，蝴蝶向来逐花而居，逐香而止，彩蝶追绕飞扬的马蹄，自是因为蹄上带着花的残香。作这幅画的人，心思是灵透的，他知道仅需几只蝶，就可以让视觉与嗅觉通感到一处来。

花气袭人，蝶姿曼妙，都是人间好景，蝶舞花丛，这情景容易让人身心放松，生出现世静好之感，就连平日里一直用心机武装的人，也免不了卸了防范，露出几分天真来。《红楼梦》里，薛宝钗看见一对玉色蝴蝶，立马收了端着的淑女架子，分花拂柳一路追去，直跑得香汗淋漓娇喘微微。曹公笔下所有关于她的描写中，我最喜欢的就是这一段了。两只大如团扇的蝴蝶，让一个世故少女现出原形，露出纯真娇憨之态。如能把此种情态一直延续下去，那么宝钗在我心中、在许多人心中，分量一定是黛玉远不能比的。可惜一旦听到人声，听到滴翠亭上两个丫头的私谈，她的心机又上来了。

人们喜欢蝶，羡慕它的自由飞翔，羡慕它与花为伍出双入对，在人们心中，它是自由和美好的象征，是爱情的象征。所以梁祝的故事里，要让那两个相爱的人化成蝴蝶，看着他们缠缠绕绕双双飞去，心里颇有一种成全的快意。但是，如果你想保持这种快意，千万别去看科教片。

可惜我看了。科学告诉我，再美的蝴蝶，它的前世都是蠕动的肉虫。一对蛱蝶缠绵盘绕，也并非谈情说爱精神往来，它们只是在交尾，是在繁殖后代，而后雌蝶产卵无数，这些卵都将变成蠕动的毛毛虫，它们大多为害庄稼，吃得身体滚圆，继而变蛹、结茧，再羽化而成的，就是花前斑斓的蝴蝶。

这些款款来去的斑斓的蝶，都没有磊落的身世。

蛛网

　　蜘蛛，这个八足的哧溜溜乱爬的东西，我从小就害怕，想起来会起一身鸡皮疙瘩。尤其是看过了美国的科幻片《异形》，硕大的蜘蛛怪推倒高楼掀翻汽车，杀人如蚁，还把产卵器插进人的胸腔，让一个新的怪物从里面迸裂出来，真是恐怖极了。有些种类的蜘蛛交尾时，雌的就把雄的当成了美餐，这也是无比残忍的事，一边是恩爱，一边是杀戮，怎么想都觉得难以接受，如果生命非得在残忍中才能延续，还不如干脆丁克了好。

　　江淮流域的蜘蛛多是那种大腹圆珠，深棕色，细足，小头，肚子又大又圆，虽没有多少毒性，虽然还可以捕杀些蚊虫，但是仍不大招人待见，老人们甚至把它和蝎子、毒蛇、蜈蚣、蟾蜍并归一路，称为"五毒"，要重点防范和驱逐。

　　蜘蛛让人起鸡皮疙瘩，它的网却不那么惹人讨厌，印象里甚至还有一点温暖和诗意。

　　蛛网常常织在墙角房檐，桌拐床拐，或者吊在枝叶间。小时候打扫卫生，爱拿个鸡毛掸子卷它，有时候蜘蛛还在里面睡觉，这边一卷，它赶紧狼狈地哧溜溜逃去，心里颇有一种恶作剧的快感，谁让你如此吓人呢。还有一种玩法，就是用柳条折一个圈，把它套下来，举着这个柳条网去扑蝴蝶，命中率很高。那时候也没有想过，这是蜘蛛的家园，那么细的丝，它织一张网会有多么不易。好在它从不怨天尤人，会耐着性子再织一张，直到老得吐不出丝为止。

有个成语叫"蛛丝马迹"，蜘蛛的丝和灶马的足迹，都那么细，但你只要沿着它寻找，终能找到蜘蛛和灶马所在。蜘蛛结网后，很多时候是牵着一根丝离开网的，像钓鱼那样，躲在岸上看钓竿的动静。一片张在枝叶间的网，噗地撞过来一只鲁莽的蛾子，蜘蛛身子振了一下，远远地就知道该收网了，赶紧从叶丛中爬出来，饱食一顿。但如果是一瓣落花一片树叶，就只能空欢喜一场了。更失望的，应该是一个果子砸破了网，或者一只飞鸟挂走了网，再或者，忽地来了一场狂风一场暴雨，就只能望残网而兴叹了。

从前，我甚至有些羡慕蜘蛛的生活，多么惬意，尤其是春日，阳光漫撒，微风轻扬，飞丝连线挂来悬去，于姹紫嫣红中织一张网，就可以守株待兔坐享美食了，不想谁都有谁的苦衷。蜘蛛你再重建家园，把址选在画檐下吧，雨打不着，调皮的孩子也够不着，春去的时候，你兜了几片飞絮，好似多情留春住，还会被廊下的才子佳人赞赏几句。

故乡的老房子荒芜好久，结的到处都是蛛网，吱呀推开门，阳光漏下的光柱里，巨大的网丝丝银亮，无数微尘上上下下纷繁起舞，在这样的光影里立住，感觉时光穿梭，织出的都是记忆里的温暖影像。小说中常有这样的场景，颠沛流离的人雨雪漫漫山野夜行，终见一所破庙，庙里蛛网遍挂，一层一层拂开，点上灯，作一个歇脚之处。这样的蛛网，颓废、寥落、荒凉，却又有种归宿般的贴合与温暖。那老房子不在之后，再回故乡，童年的记忆没有了着落，没有了那层温暖的贴合，心中便只剩下荒烟般的寂寞。

家里的老人爱看中央台的一档法制节目，叫天网。里面最常说的一句台词是"法网恢恢，疏而不漏"。凌空撒开一张法网，像蜘蛛布网捕食那样，无形地罩将下来，听起来很有安全感。蛛网很密，很黏，小虫子落上去必死无疑，却保不住大的猎物会破网而逃，法网也是一样，大老虎不容易兜得住，富人的钞票板砖和当权者的木头戳子，也容易砸破它，所以还得加密加固才好。毕竟，蛛网无关紧要，法网关乎社稷。

宵
烛

　　夜光、流萤、宵烛，在萤火虫的许多名字里，我最喜欢的就是宵烛了。宵烛，良宵的烛火，暗夜里忽忽闪闪飘飘摇摇，浪漫又不乏神秘感。在孩子的一本童话书里，它几乎就是以这样的形式存在着，扇着翅膀，手里提一盏小灯笼，在幽暗的林子里闪耀。家里那个理科男说这种画法不科学，萤火虫的发光器在尾部而不在前足。可是不用手提，难道要用尾巴挑或脚丫子钩？童话的可爱之处，就是不讲"格物致知"那一套。

　　萤火虫喜欢潮湿阴暗的环境，爱居于河滩或密林，淮河以北水少，所以童年的故乡并不像童话里那样，萤火虫到处乱飞一抓一把，但若想去捉，也不罕见，只要往林子深处走走就行了。那时我家院子的东墙外有一片林子，长满各种杂树，夏天的夜晚，常有萤火虫在里面闪烁。萤火虫是很天真的虫子，像打着灯笼携宝夜行的人，没有一点防范之心。它飞得不高又不迅，你的巴掌只要对着那盏灯轻捂过去，它就会痒痒地落在你手心里，即使掉在地上，它黄绿的光一明一灭，也帮你照着亮儿呢。

　　所以，不费多大功夫，就可以逮上许多。最多的时候，我好像逮过三四十只吧，装在玻璃瓶里，用钻了洞的纸遮住瓶口，它们的冷光在我枕头边上眨呀眨，闪得我眼睛都要花了。——说到此处，不由想起国人最熟悉的那个励志典故——"囊萤夜读"，晋朝的贫困生车胤没钱买灯油，就捉来四五十只萤火虫装进绢布袋里，用它照明苦读，当然，他最终肯定成了大学问家。我也曾给小儿讲过这个故事，但只要分析一下，就知道它并不真实，起码是非常夸张。那点闪烁不定的微弱的光，勉强看几根竹简尚可，若要彻夜读书，且夜夜苦读，凡人的视力根本受不了。而且萤火虫也不会整夜发光，它的光一般只能维持一两个钟头，我夜里醒来的时候，总发现瓶里的小灯早和我一样睡了过去。

很有意思的是，有好事者专门对此做了科学实验，结果发现，四十只萤火虫的光亮，仅相当于一只五瓦日光节能灯的二十七分之一，这足以证明，这种小虫确实不适合当照明工具，还是让它回归原位，当良宵的烛火吧，只为梦幻的夜空而存在。

说它为装饰夜空而存在，也是自作多情了些。萤火虫之发光，是用来谈恋爱的，那一点弱弱的光亮，是它向异性唱出的一首情歌，或者抛过去的一个绣球，郎若有意，也把烛火举一举，咱们约会吧。和热恋中的人一样，它们喜欢躲在僻静处，能僻静到只有彼此才好。静处是萤火虫的固有习性。杜牧有一句诗，"银烛秋光冷画屏，轻罗小扇扑流萤"，身边净是萤火虫了，不知那个小院得是多么的静，她身边已多久没人来过？虫们灯火辉煌地自由恋爱，这个宫女，却只有艳羡的份，她之扑萤，是寂寞，还是嫉妒？古时的女子，尤其是宫墙里的那些妙龄女子，尚没有一只小虫的幸福。

　　童话里说萤火虫是小精灵，美丽善良的精灵，我很喜欢这种说法。作为成虫的萤火虫是清洁的，它娇怯，弱小，只餐花蜜饮露水，甚至拒绝吃喝，在受污染的环境里无法存活。现在，不止是淮北，很多地方萤火虫都越来越少了，前几年青岛曾为公园引进大量萤火虫，但它们不几天就死掉了。我们不再有干净的密林，不再有纯净的河流和空气，也许有一天，它只能作为消失的物种，飘忽在童话里了……

蟋蟀

"七月在野，八月在宇，九月在户，十月蟋蟀入我床下。"两千多年过去了，如今的蟋蟀，仍然遵循着《诗经》里的生活规律，这不，农历一进七月，夜晚，耳畔就都是它们的吟唱了。这场弦歌，直把你带进儿时的记忆。

乡村的月华如水般铺过来，大地便一望无边地皎洁了，村庄、树木、田野，罩在这片若纱若雾的皎洁中，宇宙便静穆起来。凉露无声地湿了青草，树悄悄投下斑驳的影子，空气中浅漾着玉米吐穗的芬芳。这时候，蟋蟀的吟唱声，从庄稼地里、从树影下、从东墙根上、从篱笆丛中响起来，曜曜，唧唧，一声一声，尖尖弱弱的，像麦芒，像细细的笛，像窄窄的小哨子，这些声音组合起来，就有了声势浩大的一场合唱，大得能淹没整个世界。孩提的你，枕着木格子窗棂透过来的树影，枕着这如涛的歌声，甜甜睡去，蟋蟀的行吟烙进梦中，从此，你走到哪里，它就跟到哪里了。

于是，这虫声便不再只是虫声，它还是乡愁难遣，还是怀人幽怨。秋来，当第一声蛩鸣响起，无眠的女子便坐立不安了，蛩声伴寒来，眼看着风霜凄紧，千里之外的人还不能回，赶快纺线织布，做一件棉衣寄他吧；而那厢，冷月照着无边沙场，荒烟蔓草里蛩声成阵，凄咽低沉，怎么听都像四面楚歌，家里的小儿女长多高了？此刻已经睡了吗？……一轮明月照千里，虫声无边，两处都是相思人，这情形，如何不教人柔肠百结。

征人思妇，孤客游子。一只小小的蟋蟀，把他们的心唱得软下来，软下来，思念月光一样流泻一地，淌满浪迹天涯的一串串脚印。

出身寒微，早年萍踪浪迹的齐白石，对蟋蟀也有着难以言说的感情，作为国画大师，他一定要把这种乡情画出来。他画蟋蟀图，一张一张又一张，蟋蟀与扁豆，蟋蟀与白菜，蟋蟀与葫芦，蟋蟀与丝瓜，蟋蟀与野菊花、牵牛花，百画不厌。篱笆下，西墙边，蔬菜旁，蟋蟀在薄薄的宣纸上，从容地唱起儿时的歌，大师就在那暖老温贫的歌声里，忆起月光下的旧时岁月，忆起那个背着工具箱四处奔忙的小木匠。

月光下的少年不识穷愁滋味，一只只唧唧而歌的蟋蟀，只是上天恩赐的玩伴。他们循着叫声，蹑手蹑脚地走过去，扒开青草，掀开砖头瓦块，扑住一只，欢天喜地地装进葫芦里，放在枕边，夜夜听它唱歌，或者养在瓦盆里，用米粒豆芽精心喂养。只可惜，这虫儿太短命，寒露前后，就要寿终正寝了，那时候免不了一番伤感。少时的我们，不知道瓦盆里要垫蚯蚓粪，也不知道要喂蚊子血和栗子粉，没法让它多活些时辰，只好伤感地埋进土里。

多年后读到《促织经》，心下真有好一场感叹，贾似道对于蟋蟀，实在比我们有情多了。唐宋时期，喜欢斗蟋蟀的人那么多，能对它们体贴入微、精琢细研并形成专著的，也只有他一个，让他当南宋的误国宰相，实在是委屈了——人不能尽其才，也算是一种委屈吧，如果当初，让南唐国君李煜去填词，让明熹宗朱由校去当木匠，让这个权倾朝野、连元兵入关的战报都敢隐瞒的虫宰相去当动物学家，大家各得其乐，该有多好？咱们今天的历史，也会因此被改写了，不知是个什么样子。

不管什么样子，蟋蟀的起居肯定还是《诗经》里记述的那样，夏意褪去后野外行吟，秋冷露寒时，要入户到床下到灶间，温暖即将老去的身体，而我们对蟋蟀的感情，也一定还是古诗里的那样，为之渺渺怀远，为之切切动容……

无关风雅

少年时，喜欢读词诵词，喜欢其中的愁病、漂泊这些意境，"愁病相仍，剔尽寒灯梦不成"，"夕阳西下，断肠人在天涯"，瞧瞧，这忧伤多诗意，多优雅。可惜，我铁打的小身子，一年到头连场感冒也不生，天天在家门口上学，也去不了海角天涯，于是就有些伤感，也要写一些愁呀恨呀的句子来排遣。

待人近中年，病终于来了。先是脊柱生了毛病，腰腿疼得动弹不得，披头散发趴在床上，吃先生端来的饭，米饭粒子弄得到处都是；那些可恶的黑膏药，贴在身上不仅热烘烘发臭，还沾脏了衣服床单，怎么洗都不再能洗掉；针灸的时候，一针一针，扎得龇牙咧嘴，脸都疼歪了，哪里还顾得上"形象"二字！坐不得，行不得，日复一日，心情真是糟透了，很奇怪少时的想法，病痛，怎么会是风雅的呢？有再多的丫鬟扶着，有宋玉、潘安、卫玠陪着，也没有心思去看秋海棠！只想快快好起来，能在阳光下大步走走，该是多么幸福的事。

而后是一场鼻窦炎。你不明白那是怎样的窒息，鼻子堵得实实的，头疼痛着昏沉着，深夜里无法入睡，坐起来大口大口地喘息，如出水的将死的鱼。鼻涕一把一把地拧，鼻头肿得像红萝卜，床前扔了一大堆卫生纸。如此欲发狂的痛苦，如此斯文扫地，哪里与诗意有半丝半毫的关联！有人说检验那个人对你的感情，就要让他看一看你这时候的样子，如此狼狈丑陋的样子，看看他的反应。

慢慢地，终于明白，原来诗词故事里的病，诗意只是表象，只是少年懵懂缺乏常识而已。黛玉清瘦苍白，香腮带赤星眼微扬，让宝玉看得神魂荡漾，因为她得的是肺结核，这种病，其症状就是低烧、消瘦、苍白、面色潮红，以及咳痰咳血。咳了一帕子血倒还好看些，宝玉若看见那满盒子的痰，神魂恐怕就荡漾不起来了。西子的胃病，似乎可以与风雅挂一点钩，她眉心紧蹙，娇喘微微，捂着心口碎步慢走，其状如风拂杨柳，以至引得众多女性纷纷效仿，可多年编辑健康栏目的经验告诉我，胃病发作时常常伴有呕吐，那一地的脏物就在背后藏着呢，随便想一想，也会恶心半天吧。至于血管病、心脏病等，其凶险和痛苦更是可想而知，不用说了。病与风雅，完全是背道而驰。

疾病不风雅，那么漂泊呢，同样不行。少年的心头，做梦都想骑马仗剑四海为家，那时是一个人，那时青春无敌，从没认为对父母还有责任。而今人近中年，父母将老，孩子尚小，要有稳定的收入养家糊口，要按时下班回家照顾亲人，每天忙得人仰马翻，出个差尚且不可，要说浪迹江湖，简直就是大难临头了。漂泊不是旅行出差，不是异地工作，是背井离乡，是风餐露宿，是居无定所，漂泊有太多的不确定性，且不说自己是否潦倒苦闷，首先你就无法按时回家，老娘的慢性病，娃娃的写大字弹古筝，都无法照料。长年的漂泊里面，都有流浪的苦、思亲的泪，都有向往安定的心。杜甫晚年，在晚唐的乱世里潦倒地行走，你看那是怎样的漂泊？天地茫茫，乡音杳杳，他拖着饥寒交迫的病体叹一口气吟一句诗，"丛菊两开他日泪，孤舟一系故园心"，这句诗在我心底，曾经是一个怎样风雅的画面，深秋里，青衫单薄的清瘦诗人，在一丛菊花跟前叹息流连，现在想来，唯剩心酸而已。

少年的幻想是纯白的雪，日子落到实处，却是白雪消融后显出来的枝枝权权，杂乱无章，横七竖八，它不是宋词，更不是婉约词，也不是泼墨的写意。那是工笔的写实，要细细地、一笔一笔地去勾勒，如燕子衔泥筑巢。想想如今，内心里最渴望的事，也不过是有健康，有时间，下了班养一棵白菜花，读一卷书，或者去野外看一场落雪。这些小幸福，都无关当初的风雅。

烟花易冷

　　儿时的上元夜，在记忆里氤氲着，雪花一样纷扬迷蒙。

　　似乎，那时候，雪花与灯笼总是结伴而来的。漫天飞雪，天地苍茫，小伙伴们挑着一盏盏红光摇曳的纸灯笼，精灵一般，从各自的家里小心翼翼地、轻盈地飘出来，汇集到村庄中心的十字路口。灯笼上是花花绿绿的手工画，我们脸上是兴奋的艳红。而这一大片灯火背后，积雪严严地覆盖着房顶，瓦棱上垂着一排排整齐的冰挂，家家户户的门楣上，新桃换了旧符，春联火一样燃烧着。现在想来，这情景，真像一幅写意画——皑皑的白是安静的底色，桃符与灯笼的红是喧腾的画眼，红与白，在飞雪的前景里迷蒙着，相守着，和谐又融洽。

　　印象中，爷爷总站在灯笼的红晕里，抄着手，看着雪花纷扬，说一句每年不变的话，"正月十五雪打灯"。爷爷说这句话时，一字一顿的，最后一个字还拖着长长的尾音，像唱，又像叹，那唱叹声里，似乎有些兴奋，麦盖三层被，总该是个好年成吧。多年之后，我才明白，那是他老人家的终极梦想。爷爷那陶醉的样子，那长长的唱叹，定格在上元夜的图画中，忆起来，有那么一小抹伤感。

　　在时光的打磨下，上元节的图画越来越恍惚，依依稀稀的，像一场梦，就连回想的时候，感觉也是半梦半醒的样子。我甚至有些分辨不清，祖父真的去世了，还是正在东北地里割猪草？那个挑灯笼的小女孩是我吗，是前世还是今生？

因为恍惚里的一点忧伤，因为想逃开那点忧伤，有很长一段时间，我不喜欢这样有点迷蒙有点幽暗的元宵。还是宋时的上元节好。宋时的城市，上元节过大年一样喧闹热烈，火树银花大红大紫，给人的感觉是金光闪闪的，是震耳欲聋的，感官上的新奇与兴奋，让谁的心都来不及伤感。

你看汴京的集市，圆月下面人群熙攘，千树万树银花盛开。仪态万方的小姐，长衫磊落的秀才，纷纷从深闺从书房走出来，手执吴钩的英雄扬鞭策马，吟着诗词的书生加快脚步，也从四面八方赶过来，汇成人群一万重。漫天盛开的焰火里，谁的宝马擦碰了谁的雕车，谁的目光撞翻了谁的心，还有谁，手执着一枝梅，含羞转身却又频频回首？而那厢里，车水马龙挤散了谁和谁的手，在错失的惊惶里，众里寻他千百度，正泪湿青衫袖，蓦然回首，却于灯火阑珊处，失而复得。

这样的上元节多像一个情人节，一群群青年男女，黄昏后怀着相同的心思，揣着半面铜镜寻寻觅觅。如果真的有生死轮回，那么彼时的焰火下，我和他，是否也是那人头攒动中的一对？终究被挤散了，跌落进一张清明上河图里，在时光的河水中，我们开始一年又一年的泅渡，一生又一生地苦苦相寻。

　　或许是这样，今天，我们才不复喜欢璀璨与喧哗。越是热闹处，越容易遗失彼此。我也开始相信，离开这个世界的祖父，他是去寻找他的半面铜镜去了。祖母去世时刚过二十岁，她有着花一样的青春、花一样的容颜，她握着半面铜镜，在热闹的上元夜的角落，已经等了祖父五十多年。我不应该再为祖父的离去伤感。我应该祝福他。

　　城市的上元夜，我和他紧握着手，远远地立在暗处，立在闹市之外。花市灯如昼，我们远远地，看着一束束的焰火腾空而起，绽放出漫天花雨，又转瞬寂灭，心底有着相同的感慨。烟花易冷，繁华易散，羡煞旁人的明丽之外，就是曲终人散的幽暗。怒放是给外人看的，高空的惊寒和高温的疼痛，唯有自己明白，我们都不喜欢这样的人生。我们更愿意安静地立在暗处，立成两株纠缠在一起的树，永远不会走散的树，在每一个上元夜，做这焰火的底色，做这城市的背景。

雪如酒

这个冬天冷得早，突如其来地就冷了，雨雪却不多，空气干干的，那冷，似乎也更锋利，小刀子一般。这几天，刚进"五九"，本应当更冷，却反常地暖了起来，天幕灰暗低垂，穹庐似的沉沉压向大地，人顶着这样一个大锅底步行，十来分钟，身上就会出一层汗。母亲说，这天，在温雪。

温吞吞的阴暖，大雪往往紧随其后。年就要到了，一场瑞雪，也是人们欢迎的，那些回家的游子，路途虽然多了些艰辛，但有雪花在身边纷纷飘舞，那颗盼团圆的心，也会纷纷扬扬热烈起来。银装素裹的村庄里，春联像白凌丛中的一点红，是你无论走多远都摆不脱的牵挂。"吱呀"推开那扇红，与亲人围坐在炉火旁，共看窗外雪花狂舞，看黑铁一般的梨树枝丫上，开出越来越大越来越密的花。这时，即便不发一言，也是喧闹的，是微醺的，胸口揣了小鹿一般，伴着落雪，咚咚欢跳，幸福地欢跳。

雪同酒一样，是催化剂，是可以助兴的。

《世说新语》里有段故事，王子猷雪夜访戴。一天夜里，大雪，子猷醒来，"四望皎然"，好一个琉璃世界，雅兴顿时来了，喝酒，徘徊吟诗，仍不能遣怀，忽然想起远方友人戴安道，即刻乘船去访。

试想，一条雪埋冰掩的河里，小船逆流而上，山不见痕，树不见色，极目处尽是月色一样的皎洁，四野寂阑，唯有小船穿破薄冰的叮叮脆响，唯有雪落旷野的窸窸窣窣。这样纯净的安静的夜，这样的人间好景，就让他一个人生生消受了。真是羡慕啊！这样的雪夜，我也曾冒出野外赏景的念头，却只是想想而已，总有太多的顾忌，人家不愧是魏晋名士，心动即行，其率性风流，比其老爹王羲之还胜几分。

王子猷乘了一夜船，终于到了戴安道门口，却不进去了，说了一个流传千年的理由："吾本乘兴而行，兴尽而返，何必见戴！"这种率真任性，让后人仰羡得口水直流。仰慕之余，我常想，风雪夜，他为何突然想去访友，连夜奔波而去，为何又至门不入？那他乘的什么兴，尽的是什么兴？思来想去，恍悟，他之访戴，本不为戴，为的是欣赏曹娥江两岸的雪夜奇景，山阴到剡县，只是观雪的一个旅游线路，乘的是雪兴，尽的也是雪兴，人，自然不必见了。

霏霏瑞雪，对于王子猷来说，助的是诗酒游兴，对于林教头来说，壮的却是家悲国愁。

彤云密布，朔风怒吼，夜色苍茫，大雪扯絮狂舞，这样的背景里，面上刺青的林冲入了镜头，他头戴毡笠，肩扛花枪，深一脚浅一脚，走向茫茫无尽的雪野。本以为看守草料场是个美差，却不料中了高俅奸计，那贼人要斩尽杀绝，要把林冲和草料一起烧成灰烬。天佑义士，大雪压倒了草厅，躲到山神庙避寒的林冲拣了条性命。而风雪中的那把火，让这个一直忍辱的人暴怒了，心头大火冲天而起。庙前，他手刃了仇人，挖了心肝割了头颅，然后，踏着鲜血染红的雪地，投进茫茫风雪之中。

那是怎样的一场大雪啊，苍苍天茫茫夜，北风似吼，雪花如席漫天飞卷，四野不辨来去路，千山不见草树痕。走投无路的英雄，走密林，过高冈，跋山涉水，只为找一个叫梁山泊的地方落草，只为做一名一直为自己所不齿的"贼寇"。曾经，他也是统领八十万禁军的英雄豪杰，对国家披肝沥胆忠心耿耿；曾经，日子过得也是志得意满，官场风流，娘子贤美，终日六街三市游玩吃酒。横祸转眼飞来，娇娘被衙内欺凌，自己刺配充军，落得个国难奔家难投。满腔愤恨，被眼前的猎猎风雪激扬着，小小的胸膛，如何还容纳得下？

《水浒传》里，这出林教头雪夜上梁山，即便不着一个"逼"字，那漫天飞雪里，也尽是忍无可忍无可再忍，是势不可挡烈火熊熊，而那漫天雪花，那银世界玉乾坤，恰是浇在豪杰侠肠里的烈酒，催得他火山喷发，局外的你我，亦悲泪滚滚。

……

雪如酒，可以壮英雄胆，可以催柔肠泪，可以放大我们心中的悲悲喜喜。

母亲说得没错。这天，果然是在"温雪"。黄昏时，窗外飘起了小雨，渐为雪霰，渐为雪花，今夜，会有一场"四望皎然"的大雪吗？拥衾高卧，竟有些难眠了……

怀远怀远

　　我从淮河大堤的柳荫下穿过，走过湖畔，走过稻田，渡过平静流淌的淮河水。我穿榴林，披荆棘，翻山越岭，就是为登上涂山之巅，看一眼望夫石。那个为了等待治水的大禹而把自己站成一尊石像的女人，那个名叫女娇的涂山氏的女儿，她孤独地站在那儿，孤独地望着远方，让我敬仰又怜惜。

　　站在女娇身边，我顺着她的目光眺望，看见的，是那条从遥远来又到遥远去的河水，安澜平和的、白练一般的淮河水，两岸苍山翠田，房舍依依。如今，这条河灌溉着田地，滋养着众生，是造福两岸乡亲的母亲河。我对这条河的感情是复杂的，曾经，它以怎样的桀骜和放肆，让一个女子柔软的躯体僵化成一块石头。

　　四千多年前，女娇还是一个垂髫少女，她仪容秀美，娴雅明净，是涂山国出名的美女。在涂山山腰上，她手持烂漫山花向东南遥望，淮河水浊浪腾空惊涛拍岸，洪流肆虐无阻，英勇的大禹正在其中，与这惊天险恶殊死搏斗。女娇心中充满幻想，他是一个勇敢的男人，是涂山国的英雄和救星，她希望能与此人长相厮守，共听松风共看明月。

　　而淮河咆哮，洪流遍地，淮河儿女的哭声撕破了女娇的梦。婚后第四天，大禹下山治水，新嫁娘含着别泪，给丈夫缝制长衫，一针一线，密密麻麻。燕尔新婚，没有画眉理鬓，没有出双入对，有的只是别离和牵挂。每天，女娇高举着手中的柳条篮，飞快地往山下奔跑，篮子里是新蒸的大饼，是新编的草鞋。山间的荆棘刮破她的胳臂，河岸的泥泞让她步履维艰，山上山下半天跋涉，为的只是看他一眼！然而，这样的日子也很快结束了，大禹要远离涂山国，到淮河上游治水去了，黑麻布长衫的背影消失在山间，剩下的，就只有守望。

一天又一天，女娇站在山巅，远方的风从脸庞吹过，远方的鸟在肩头栖过，却带不来禹的消息，她咬破的双唇发出一声长长的叹息——"候人兮猗！"这一叹，就是我国文学史上的第一首情诗，深沉又冰凉的情诗。春过了是夏，秋过了是冬，默默无语的千行眼泪，淋艳了脚下一季又一季山花。风吹过，雨打过，淮河水依旧汹涌，他已经三过涂山脚下，却没能回来看上一眼！

一十三年的光阴在守望中逝去，女娇还在原处站着，风雨剥蚀了衣衫，眼底的妩媚，心底的温热，都随泪水一行一行淌尽，她慢慢僵寂，僵寂，终于成了一具冰凉的石头，面朝东南，朝着淮河，朝着荆山峡口大禹消失的方向……

是大禹的神力把山劈开，为河水开了一条道路，还是女娇的青春和眼泪，祭奠了淮河之妖？淮河水终于平静了，从荆涂二山之间平静地流过，一直洪水泛滥、蝗虫遍地的淮河沿岸，成了榴花红稻花香的千里沃野。离人终于归来，可心爱的女人，已经是不能言不能动的石头，一块冰凉的石头。大禹把山花放在她沧桑的石鬓，搂着她失声痛哭，直哭得黑云翻卷，天惊石破——痛苦的她破碎了，裂开的怀里走出一个孩子——禹的儿子夏启。禹仍然痛哭，哭得天昏地暗痛不欲生，哭成了一头心灰意冷的黑熊……

我常常爬上涂山去看女娇，我在女娇周围四处寻找，想找到传说中的那头熊，他就在远处的松林里吗？我心中充满疑惑，变成熊的大禹，为何不守在女娇身边，让她风里雨里夜里不再孤独？而那个孩子，他是夏王朝的第一个帝王，他寻找过他的父亲吗？为什么没人给传说设计一个更美好的结局？

女娇，这个被淮河儿女奉为圣母的女人，传说中，天赐了她宝盖霞帏彩云霓裳，赐了她与日月同存的永恒躯体，为何没有赐给她夫妻团聚的花好月圆？女娇在山顶上站着，身边游人憧憧，那些牵手的情侣，是否会刺痛她四千年的守望？夜阑，山顶松风森凉，山下的万家灯火，让她疼痛更多还是欣慰更多？

那个曾经叫"涂山氏古国"的地方，后来更名怀远，候人兮猗，怀远怀远，这是女娇石唇里吐出的呓语吗……

我想去桂林

　　曾经流行过一首歌，"我想去桂林呀我想去桂林，可是有时间的时候我却没有钱……可是有了钱的时候我却没时间……"饱了暖了，就想要精神生活，要时间要自由，人人都是一样。

　　多年前，我还是个业余文学青年的时候，最向往的职业就是报纸杂志的副刊编辑，编编稿子，喝喝茶，养养花，闲雅得很，好像电视剧里都是这样的。待终于梦想成真，天天面对堆积如山的稿件，面对一期一期永不停歇的版面，终于识得其中苦，开始长吁短叹：莫不是要这样一直干到退休？什么时候才能退休？累极了，想请几天假歇歇，总编肯定给你准备好了说辞：一个萝卜一个坑，你的版面谁来编？也是，每一个编辑都是蹲守在自己坑里的萝卜，轻伤不下火线，重伤趴在床上接着干，你想去看春深看桂林，门都没有！

　　匆匆碌碌，年复一年，不知误了多少春光。偶尔失眠，感慨更深，这难道就是我想要的生活？我的理想生活，应该是有点钱有点诗意的，如今几两散碎银子可供衣食，诗意却没有一点。诗意是闲人的情调，东篱采菊得有时间，看莺争树燕啄泥也要时间，想"暂脱朝衣傍水行"，去周边的小山转一转吧，还有刷脸的指纹签到机管着呢，有空白的版面管着呢，每天早晨一睁眼，就欠四个指纹一个版！去桂林起码得七八天吧，这可是个长假，你去请假说你想去旅游，简直是异想天开，领导会用疑惑的目光盯着你，看你发烧了还是发神经了。所以，我也像歌手韩晓那样无奈：我有了钱的时候我却没时间。

和一个在文艺单位任职的老师聊天，他是一把手，也是专业剧作家，他说他开会时总对职工说：闲雅闲雅，没有闲何来雅？你们上班时间充分自由，请创作假一律批准。鱼与熊掌兼得，真羡煞我了，世界上最大的距离是什么？不是天和地，也不是心和心，而是人家有钱又有时间，你却没有。当年，怎么没把梦想设定在这样的单位呢？老师安慰说，别灰心，等退休就有时间了。

还真的从好几年前就开始盼退休了，到时候枕着钱袋子，白天睡到日上三竿，夜里就去看云破月花弄影，春天我种桃花，雪夜我访朋友，别说去桂林了，去南极也不用跟谁请假！可恨的是，正在我掰着指头算日子的时候，在我一步一步接近梦想的时候，又有要延迟退休的消息传来。再延迟五年，我岂不要再受难五年！这主意一定是闲人出的，他们不懂我等劳动人民的满腹辛酸啊。

毕竟生活还是充满希望的，正当我为此沮丧不已的时候，在报上看到一项调查，说人这一生，幸福指数的变化是一条 U 型曲线，幼时和 70 岁分别是U型的顶端，33岁是谷底——感情我正是最不幸的时候呢，换一种说法，我正朝70岁的幸福飞奔而去！顿时觉得心里亮堂了，为了阳光灿烂的70岁，我每天一定快乐地工作，快乐地向目标靠拢。只是，隐隐约约觉得有那么点不对劲，我这样每天在椅子上钉8个小时，钉得常常浑身酸疼，再过三十年，我是否还能够健步如飞？

白居易在洛阳任太子宾客时，好像是58岁，还不到现在的退休年龄，他的幸福来得好早。太子宾客是三品闲职，禄俸优饶，肥马轻裘，"风光暖助游行处，雨雪寒供饮宴时。"瞧这小日子过的，有钱有闲有健康有诗意，神仙一般，可他竟嫌苦闷，说自己坐了冷板凳，叹息"只是蹉跎得校迟"。终究是人心无尽啊，欲望之外还有欲望，不知等我盼望的幸福来临时，是否也会如此？

箫声隔暮云

自小喜爱宋词，喜欢"木兰花慢""凤凰台上忆吹箫"之类平调的词牌。箫这种乐器，我最初就是从《凤凰台上忆吹箫》中知道的。这个词牌源于春秋时期一对善吹箫的男女，萧史和弄玉。萧史的箫声如鸾凤和鸣般悦耳，秦穆公大为欣赏，把同样爱箫的宝贝女儿弄玉许之，之后夫妻二人共吹，竟引来凤凰。后来秦穆公专门筑"凤台"供二人吹箫，数年后，弄玉乘凤、萧史乘龙而去。

这是我听过的关于箫的最美丽最温情的传说，之后在这个词牌里读到的，却尽是些哀婉凄怨的文字。而所有的唐诗宋词里，关于箫的，也都是露寒霜重、伤今怀古的景象，比如"箫声咽，秦娥梦断秦楼月"，再比如"二十四桥明月夜，玉人何处教吹箫"……

我拥有的第一支箫是紫竹的，在怀远水校上学时，何兰艾送的，曾在好几个人的手心里辗转过，很有些古旧的样子。那支箫的紫色厚重浓郁，被时间写满沧桑的痕迹，粗而长的管身上，刻着用蓝漆抹缝的龙凤图案，我抚着那图案的时候，常常要想起仙去的弄玉夫妻，我不明白，悲情伤怀的箫管如何能吹奏出鸾凤和鸣的曲子来。

这个有着七千年历史的民族古乐器，让我花了一个月时间才吹出呜呜的声响，花了半年时间，才算掌握了打音、滑音、颤音等基本技巧。当我可以勉强吹奏完整的曲子时，《化蝶》的凄咽，《枉凝眉》的悲伤，就不停地从那十个箫孔里逶逶迤迤游出来，弥漫在我的身边。一竿长箫，一本宋词，让我的整个青春期充满了为赋新辞的寡合与落寞。

2002年那个黄昏，砀山的护城河边，冷风旋着落叶飞过。朋友用我的紫箫吹奏《苏武牧羊》，沉郁悲凉的远古之音盘旋在空旷的河面上，我抱着双膝坐在石阶上，闭眼聆听。我看见北海牧羊的苏武拄着旄节，站在冰天雪地里，飞雪染白了他的须发，空帷之中寒风嘶啸，他正双眼不合地遥遥眺望汉关。长长十九载，他一直这样眺望着汉关。箫声隔暮云，低回往复，我心中浸满透彻肺腑的凄凉，想想人想想事，一时间泪流满面，竟不知而今是何时，而身又在何处。

之后，因为那曲秋水边的《苏武牧羊》，我更喜爱独奏的箫音。我开始固执地认为，这种低沉洪亮又音韵婉转的乐器，对于苍凉有足够的表现力，无需与任何乐器合奏。再听到鼓、琴作衬托的箫曲时，就觉得背景杂乱，少了许多清越空旷的味道，少了原汁的沧桑，几乎让人无法忍受。但是后来，我从网上下载了一支独奏的《苏武牧羊》来听，也没有朋友吹的那曲惊人心魂，想是那时心境悲凉，秋水之上孤箫的声音，就是自己忧伤的呼吸吧。

很珍爱我的那杆紫竹箫，常在水中仔细地浸泡，用雪白的毛巾擦干净，拿出来吹。母亲嫌那声音太过凄哀，总要阻止。年长的人，喜欢的是凤鸣般的祥瑞与热闹。后来，小妹晒被，拿我的箫去敲打棉絮上春日的阳光，那斑驳的紫色瞬间开裂。无论我如何用胶水胶纸仔细地去弥合，终再没有当初的圆润之音。我也一直没有再买一支来。或许我也正在老去，如母亲一样已不喜悲凉。

二胡花事

从没有一种乐器能把一份凄切表述得如此细腻流畅。我一直觉得，二胡的乐音是一朵含泪的花，在一把弓两根弦上开得柔肠寸断。梧桐更兼细雨的寂寞，望极天涯不见家的凄凉，还有十月衣裳未剪裁的贫寒，令薄薄的花瓣细细的花蕊丝丝缕缕地疼痛。而阿炳，这个在民间流浪的无锡艺人，用他的《二泉映月》，让这朵悲伤的花开到了极致。

音乐细到如丝，柔到如水，在心间缕缕缠绕，泅泅漫过，从指尖到眉梢，转瞬被一种彻骨的忧伤淹没。每次听这支曲子，我都觉得那张弓是在自己的心上来回摩擦的，在柔软的肉质的心上起起落落，隐隐地疼痛和伤怀。弥漫在四周的哀婉，让湿润的眼睛不忍睁开，不知道该把自己的躯体置于何处。日本音乐指挥家小泽征尔说，这支曲子是要跪着听的，我觉得即使跪伏，也表达不了心中的感动和膜拜。

听过了千百遍这支曲子，对其中每一个音符的抑扬了如指掌，熟悉的旋律水一样滋润和无孔不入，总能让烦乱的心在最短的时间内平息下来，浸在一条花瓣河里，开始安静又完美地忧伤。但有一阵子，我总挑剔它。

整个七月，因为一个人，心里萦满了不愿自解的悲哀。黄昏，我立在门口的国槐树下，默默地仰着脸看最后的槐花如雨般细细坠落。听着这支曲子，当陈述和下伏的调子到了亢进的那一节时，泣诉的乐音忽然有了黄河之水的咆哮，那种咆哮让自甘心碎的我对这首爱曲瞬间产生质疑。据说这一节是阿炳对生活的热爱和憧憬，是他对命运的抗争。但失明了二十年的阿炳，心灰如我的阿炳，当他拖着饥饿与疲惫交加的身体，摸索在东亭镇深夜的窄巷中时，信手拉出来的这支"自来腔"里，怎么会有跟命运抗争的力气？为什么非得抗争呢？有的时候，抗争是徒劳的。就像头顶的国槐，青黄的花儿开过，注定要结出一串串苦涩的果子。也就像阿炳，少时的荒淫与挥霍，注定了老来的贫病与寂寞。

待到八月，槐花落尽的时候，我才恍然明白，那节高昂的段落，其实不过是阿炳的激愤罢了。深度的悲凉燃烧起来的无奈的怒火。激愤也只是一种天然流露的情绪，不是要教导人的所谓主题和思想。只是，在甘愿自囚的时候，我放弃了愤怒。

近来，听说有个叫王健的，给《二泉映月》填了词，那曲词我找来看了，"听琴声悠悠，是何人在黄昏后，身背着琵琶沿街走，背着琵琶沿街走，阵阵秋风，吹动他的青衫袖……"但歌曲我最终没敢找来听。一世的沧桑，深沉的凄凉，又岂是几句苍白的语言所能涵盖的？音乐所表达的情绪，又岂是一曲唱词所能替代的？二胡这种流浪了几千年的乐器，本身就是一唱三叹的凄凉，是零落成泥的花。

鸣筝金粟柱

古筝是一种贵族的、温情脉脉的乐器，或哀怨或缠绵，轻快处泉水叮咚，忧伤处芭蕉细雨，细致温婉，似小女子怀春的情愫。所以自秦代有筝以来，这种乐器就注定是为古典女子而生的，是为她们寻找和挽救爱情所生的。

高高的闺墙挡不住豆蔻少女萌动的春心，绰约轻行环佩叮当的女孩儿，在帘后窥见了可意郎君，匆忙转身戴上玳瑁指甲，低头抚起筝来。鸣筝金粟柱，素手玉房前，欲得周郎顾，时时误拂弦。这是曲折的示爱与引诱，浪漫又不乏心计，与司马相如在卓文君家里抚那曲《凤求凰》并无二致。而汉太尉乔玄之女大乔小乔，一个能拔春风，一个妙移筝，雁啼秋水般的音乐就绊住了英雄的玉骢，孙策和周瑜，不能自禁地纳了她俩为妾；面对爱情的疏离，辽国皇后萧观音百般无奈，劝慰、流泪、填词，仍免不了深宫孤守，也只好拿起最后的武器，"张鸣筝，恰恰语娇莺"，用"房中曲"去牵扯道宗远去的衣袖……

筝这种乐器在唐朝最盛，大有遍地开花之势，弹筝对于当时上流社会的千金小姐们，像是一种普及教育。草长莺飞的季节，十里长亭或灞桥烟柳之下，低眉顺眼，轻拢慢拈，淙淙而诉。多么可爱的一个年代。她们的爱情，似乎就盛开或凋零在古筝的二十一根琴弦上。到了当今的电子时代，古筝少了，筝声带给爱情的诗意远了，大家都在忙碌都在焦灼，谁还愿意在琴弦上培养爱情？筝声已与现世的爱情无关，它只是作为一种音乐，作为一种阳春白雪，响在歌剧院少有知音的大厅里。

那年，在六朝古都开封，在清明上河园里，我意外地听到了随处飘扬的悠然筝声。园里埋设着许多质地很好的音箱，铮铮的音乐均匀地弥散在空中，余音绕树漫水，隐约如天外之音。惊喜中我拾级走进上善楼的琴房，点了一曲《汉宫秋月》，此曲虽与爱情关系不大，但如能亲眼看着凌波微步的女子素手弹出，也算慰藉了向往古典的那颗心。谁知不等一曲终了，那女子就甩了假云髻，径直奔我讨钱来了——她之鸣筝，为稻粱谋罢了。

爱筝如我者，不敢再奢望于喧嚣尘世之中听到清音，于是买来音像公司复制无数的光盘，塞进DVD里一遍遍地听，或者在脖子上挂个MP3，边走边听，常常也听得双目迷离。走过二中广场时，无意中抬头，见文化宫门前许多家长在送稚子学琴，就有了眼前一亮的感觉——大概有不少是学古筝的吧。若干年后，当她们的爱情成熟的时候，或许就会有满耳筝声呢。

迷情萨克斯风

在西洋所有的乐器中，我只喜欢萨克斯风。"萨克斯"这个乐器的名称，是以19世纪比利时乐器生产者萨克斯先生的名字命名的，正宗的名字当然不叫"萨克斯风"，可我总喜欢把"风"字带上。因为感觉这种音乐就像一阵风，可以铺天盖地袭卷而过，也可以舒舒缓缓徐徐吹来，其音域的宽广与开阔，就像一阵风，能到达心中的每一个角落。

第一次听到萨克斯风是在合肥的大街上。秋日，下午，道路两旁法国梧桐的叶子满街飘摇，风掀起我长长的风衣，肃杀之气扑满襟怀。随风一起扑过来的，还有街角一家音像店里的萨克斯曲——《回家》，那曲子悠扬、苍凉，有充盈耳郭的一层淡淡忧伤，那种并不萎靡的，只属于秋天的，成熟又恢宏的忧伤。我倏地感动，哽咽，无家可回的迷惘之中，有一种激越与豪放的悲情。

就在风袭来的那一瞬，我就爱上了这种被称为"西方爵士乐灵魂"的乐器。我用有些兴奋的收获的心情从那家小店里买回那盘磁带，插在我的录音机里一遍一遍地放，逼仄的小屋和我同样逼仄的世界，也变得阔大起来。

我又听用萨克斯吹奏的《茉莉花》，欢快，也同样是那么辽阔和富有感染力，感觉那些美丽的茉莉花，就形形状状风情万种地铺满了整个宇宙。整个宇宙的芬芳和绚丽，让我目不暇接，让我的心情激荡飞扬，想为之歌，想为之舞，想为之癫狂。从脚趾到发梢，都被这种轻快的风吹透了。

接下来总一次又一次地听萨克斯风，好些年了，从没有厌弃过。那天从宿州坐长途汽车去安师大，司机师傅无意中在DVD里播放的萨克斯风曲，就是《回家》和《茉莉花》。画面上是南飞的雁阵，落雪的白桦林，尚未冰封的河流，让我的思想有足够的空间奔跑。捧着萨克斯风的比利时音乐家，长长的金发，英气的牛仔，或在皮船上，或在壁炉前，眯着眼把那根金属管子吹得抑扬顿挫。那一刻我简直太迷恋他了，能听着这样的曲子爱过活过，才不枉一生呀。我央求师傅把这两支曲子来来回回放，一路的疲劳、晕车，还有连夜赶车的睡意，都被一根管子吹得无影无踪。

回来后，赶写一篇关于《红楼梦》十二钗史湘云的论文，忽然就觉得，湘云这个英气勃勃的姑娘，这个"生来阔大宽宏量"、有着魏晋名士风度的姑娘，不就是一曲萨克斯吗？与之相比，黛玉是支幽怨的洞箫，宝钗是曲委婉的古筝，只有湘云，爽朗、健美、嬉笑怒骂，像一阵风，把大观园里的孱弱之气一卷而尽。此时的我的生活，多么需要这样一阵风。

笔

从几岁学写字开始，人这一生不知要用多少笔，铅笔、毛笔、圆珠笔、钢笔，几十年过来，最让我念念不忘的是一支金笔尖的钢笔，那笔尖弹性好，写起字来刚中有柔，牵丝自然，跟字帖上印的一样。那阵子练书法正起劲，我得了那支笔，简直有张无忌得了屠龙刀的快意。而这些年，键盘代替了笔，偶尔开会做个笔记，圆珠笔写出的字邋遢一片，当初的感觉再也找不到了。

我最欣赏的笔是毛笔，那么柔软的一撮毛，给一点墨，就能在纸上开出高妙的意境来，可花木婉约，可山河壮阔。我们特有的毛笔成就了我们特有的书法和绘画，仅凭此番功德，封它国粹也不为过。在蔡白老师的画室里，我第一次见到画家的毛笔，真多，筒里，架上，大大小小，长长短短，满满当当如刀枪林立，看着他随手抽出一支来，蘸墨挥毫，忽而成就一张荷花图，真是羡慕极了。画家的笔就有这样出神入化的本领，那拿笔作画的姿态也好潇洒，让我等蜷坐电脑前写文章的人，有自惭形秽的感觉。

我以为做毛笔尖的原料，不过羊毛兔毛胎毛獾毛等，听说老鼠胡须也能做笔，而且是奇珍级别的毛笔时，着实吓了一跳。谁曾料到，那人人喊打的龌龊的老鼠，还能跟中国文化扯上关系？老鼠的胡子，印象中就是动画片里的那寥寥几根吧，要逮多少只才够做一支毛笔？那么多老鼠提在手里，感觉会不会有点怪？而且，鼠须应该是有点直和硬的吧，做刷子似乎更适合些，为笔不会太强韧吗？可却有传说，王羲之的《兰亭集序》就是用此笔写的，我把那本帖子从书橱里翻出来，一遍一遍细瞅，那么顺畅，如飘的云如流的水，怎么也找不到老鼠猥琐和胡须拉纸的感觉。是老鼠太高攀了吧。

鼠须做笔证据不足，牛耳毫做笔倒确有其事。牛耳毫，顾名思义，就是牛耳朵里生长的毫毛，只是这毫毛不是每一头牛都长，小时候家里养过牛，爱牛如子的祖父常给它们掏耳朵，我站在跟前看，并没见有胡须一样的东西从里面长出来。据说这毫只有英国某地的某一种牛才有。中国台湾作家高阳书里记载过一件事：张大千曾托人重金买来一磅牛耳毫，用它定做了50支毛笔，仅工钱就花去700美元。可见这种笔确是有的，我无缘得见罢了。也不知道大千传下来的那些画，哪一张哪一笔是牛耳毫抚下来的。

检验一支笔的水平，笔说了不算，作品说了才算。张大千纵使没有牛耳毫，也一样能画出传世千年的作品来。困顿的司马迁手里只是普通毛笔，但它写下的《史记》，从黄帝到汉武帝跨越三千多年，洋洋洒洒52万字，每一个笔画流淌出来，都是高山巍峨钢铁屹立。他的笔是一杆巨大的秤，称量历史，称量民心，称量江山社稷，纵是帝王将相，不给你多写一笔，纵是游侠商贾，也不给你少记一划。一个受过腐刑之辱的太史令，用一支普通的毛笔拾起了尊严，也用这支笔给后世立了一面巨大的镜子，如何可百世流芳，如何会万年遗臭，如何做人如何做事，请照照这面镜子。

以人为镜，可以明得失；以史为鉴，可以知兴替。

笔握在正直人的手里，能流出珍贵的经验教训，握在奸佞小人手中，却只能兴风作浪，败坏风气误人子弟。写中伤别人的大字报，写低品味的畅销书，写鼓动民族仇恨的传单，这样的文字是作者的败笔，这样的人是社会的败笔。

墨

邢夷若能从三千年前的西周穿越过来，一定惊叹如今墨之种类繁多，什么油烟墨松烟墨，什么固体墨液体墨粉状墨，应有尽有，再不用他磨松碳或者掏锅底灰了。文明程度越来越高的社会离不开墨，不说印刷、制陶等，我们写春联得用墨汁，写字得用墨水，打材料也得往打印机里灌墨粉，那一锭固体的墨，被延伸和利用到了极致。

但我觉得，墨最繁华的岁月并不是现在，而是它以锭或块存在的毛笔书写的时代。书生的案头，书童握一块墨在砚台里轻磨，细粉在浅浅的水里融匀成汁，书生的笔尖伸过来，蘸一下，掭一掭，写字。等书生皇榜高中，混得有模有样了，书童就该换成侍妾了，黑漆漆的磨锭换到红袖半掩的一只玉手里，因此生出别样风情。如果这个书生还是个画家，墨就更是风情十足了，浓一点为山，淡一点作云，瞬间便是一幅奇妙的山水。同毛笔一样，墨最丰伟的功绩，不仅在传播文化纪录历史，还在于它成全了中国的书法和绘画。

笔墨纸砚，文房四宝。是书生就离不开墨。在钢笔风行之前的那些朝代，墨有着珍宝一级的待遇。达官贵人用墨，制作时甚至要加上黄金粉，加上龙脑、麝香，那真叫个笔底生香笔下生辉。在雅士们之间当作礼品辗转的墨，往往描金绘银，有题诗题词题画，还有金丝楠木或乌木打造的外包装，"墨成不敢用，进入蓬莱宫"，唐宋时期，墨作为一种高雅艺术品，豪华得像是只能收藏了。爱屋及乌，那时的制墨工匠也颇吃香，技艺高超者，皇帝竟会以长辈尊之，还可能赐以国姓。著名的徽墨创始人李廷珪，就是被南唐国君李煜赐姓的。

徽墨今天仍然是中国名墨，它和著名的宣纸、宣笔、歙砚一起，是我们安徽的骄傲，是徽州深厚文化底蕴的象征。据说李廷珪亲手制作的墨，丰肌腻理，光泽如漆，而且坚实耐用，丢到水里，半年都不会化去分毫。有记载说，他的一锭墨，一天写五千字，可以用上十年，磨墨时产生的边际锋利如刃，可以裁纸。这样的好墨，今天的徽人大概再也造不出来了。在很多传统技艺上，自以为是的我们永远无法超越古人。

墨的本义是黑土，是黑色的，发展到五颜六色，算是墨家族一大幸事。从古代流传下来的绘画看，那些艳丽的色彩千年不褪，说明当时的彩墨制技也很成熟。赵佶的花鸟图中，鸟的羽毛有蓝有红有绿，很是好看，而且他画芙蓉花用的淡粉很别致，明丽，有隐隐的闪光，墨里肯定加了什么特别的材料，不知会不会是珍珠粉。

墨作为文化的象征存在，也作为文化的象征被引申，比如"文人墨客"，比如"胸有成墨"，都以褒扬的方式存在，用之为墨斗、墨线，也给劳动人民提供了很大帮助，但让靠近者变黑，却不是它的本意，墨的生存价值就在于黑，污人清白，那是人把它用错了地方。同样，墨入刑罚，黥在上官婉儿脸上，黥在林冲、宋江、武松脸上，毁了美人、英雄的容貌和信心，也非墨所愿。墨说，君若知我，当用我于正途。

纸

真得感谢蔡伦，他把树皮藤草打碎磨浆，压成一张张薄薄的纸，后世的读书人，再也不用抱那沉重的简牍了，牛马啊房子啊也得感激他，也不用动不动就被汗湿被充塞了。那些雪白的纸，就像一只精巧的U盘，厚重的竹片木片，它轻轻松松就吸纳进去。

我们的人生，越过竹简木牍，直接从一张纸上开始。在纸上写"a、o、e"，写"1、2、3"，写方方正正的汉字。印象最深的是一种"光廉纸"，一米见方，薄得可以透过亮光，两张合起来，叠成八开或十六开大小，穿针引线装订好，再一页页裁开，就是我中学时期最常用的练习本。那些纸页凉凉的滑滑的，干净得耀眼，我总写得满满当当，不敢有一点浪费。

泾县生产的宣纸，在眼花缭乱的纸的世界里，感觉是奢侈的，是贵族。古宣城的这个"宣"，我总要把它想作"暄"，因为宣纸那么软，像刚出锅的暄腾腾的白馒头，摸在手里，我甚至怀疑，那些被压得膜一样薄的芦苇和稻草们都复活了，在温热的阳光下招摇起来蓬松起来，满纸都是它们跃动的灵魂。提一滴墨面对这样一张纸的时候，我是敬畏和胆怯的，害怕一笔下去写坏了，覆水难收，污了这些精灵。所幸，还有那么多技艺高超的人在，宝刀配英雄，这样的纸，就该留给王羲之们写字，给齐白石们作画。

纸是文房之宝，文人爱纸，李煜算一个代表。这个填词比治国更有能耐的南唐后主，为了得到更好的纸，多次把宣州的造纸工匠召到京师，亲自监工，制成了一种"澄心堂纸"，此纸薄如卵膜，坚洁如玉，见者无不附掌叫绝。有了这等好纸，李煜更加沉醉案头，埋首写西楼的明月，写划袜的女子，纸上的凄美和香艳，让他忘了自己还是一国之君。君家虽有澄心纸，哪敌宋兵铁蹄来？纸的韧性再好，也挡不住敌人的刀戈与箭矢，一个王朝粉身碎骨，易如毁纸。

此前一百多年的蜀中，有个叫薛涛的大唐才女，纸对她的吸引力，不在李煜之下。好在她只是一个营妓，她的兴趣不关江山社稷。美貌薛涛有写诗之长，那些达官贵人请她陪酒，要的就是作诗助兴，什么样的纸才能为诗增色？为了捧牢自己的饭碗，她采来各种花朵熬煮颜料，反复试验，终于成功地把纸染成多种颜色，还别具匠心地裁小尺寸，让它更适合自己写诗。这种小彩笺，就是历史上赫赫有名的"薛涛笺"。浣花笺纸桃花色，好好题词咏玉钩。小巧的花笺上，她用俊逸的行书写清丽的诗句，与韦皋、元稹、白居易等人打情骂俏，唱和来往。剑南节度使韦皋吃醋要把她流放时，她中途寄诗示好请求宽恕，也用这种桃红的小笺。乐籍是一张纸，花笺是另一张纸，薛涛的一生，囚禁在两张纸上。

但凡与文字结缘的人，谁不是被囚于纸的呢，悲在纸上，欢在纸上，生活在纸上。细想来，人生也不过就是一张纸，落地时带来，干干净净，纯洁无瑕，像上帝颁发的出生证明，你马不停蹄地跑啊争啊忙啊，把一张纸涂得乱七八糟，等一生过完了，纸也涂满了，把它交还给上帝，就是你这一世的毕业证书。

砚

砚与墨是孪生的，它们俩搭档，才能把固体的墨变成可以书写的液体，所以最初，墨是不择砚的，砖头瓦块行，石头陶片也行，只要有个槽能储墨，有个平台能让它们耳鬓厮磨。砚台华丽转身的年代，应当是文化越来越繁荣的唐宋时期，人们对砚的要求越来越高，不仅能磨墨，还要磨得精细，磨得没有声响，不仅储墨不能干，还得冬天不冻夏天不馊。砚工们挖空心思对比选择，慢慢产生出名砚排行榜。

四大名砚里，产自古端州（今广东肇庆）的端砚占了头筹。据说唐贞观年间，长安城内大雪纷飞，在皇家考场里应试的举人，砚窝里磨出来的墨转瞬冻成冰坨，只有一个广东的考生，墨汁不但不干，而且墨色鲜艳，光可鉴人，更惊人的是，在水壶里的水也被冻住的情况下，他往砚窝里呵口气就可聚水研磨。这真是一个绝佳的广告，监考官看到了，皇帝知道了，继而全国人民都知道了。端砚名声大噪，直到今天，其风头还盖过产于古徽州的歙砚。

作为书房里的一宝，文人对端砚的爱，由米芾可见一斑。书法名家米芾，生性癫狂，有严重洁癖，洗手从来都不敢用毛巾擦，但若降伏他，一块好砚即可。北宋《春渚纪闻》中记载，徽宗召他写字时，他被皇帝的砚馋得口水直流，写毕赶紧跪奏："此砚经臣濡染，不可复以进御。"让皇上把砚赐给他。皇帝一点头，他立马乐得手舞足蹈，把砚抱在怀里紧紧搂住，衣服被剩余的墨染得乌黑成片，也顾不上洁癖了。

米芾每天都要临砚写字，他说智永和尚把砚磨成臼，才学到王羲之的样子，要想达到更高的境界，得把砚磨穿才行。石与墨相磨，石的损耗能有多大，把砚磨穿，这比铁棒成针的难度还要高吧，可见治学之路，从来就没有捷径可走。没有人是天才。

石砚坚实耐磨，自是砚材首选，以砖为砚，总感觉不是那么好用。古时家贫的书生，随手拣一块青砖磨个窝出来，就可以当作砚台，但我觉得砖质松散，里面细小孔隙很多，好不容易磨出来的墨汁白白耗进里面，岂不可惜？倒不如用个瓷碗算了。朋友笑我无知，他说砖砚磨成之后，还要用胶啊糯米汤啊煮浸，孔隙都可以被填塞。他说若能得铜雀台一块老砖制砚，那才叫价值连城呢，再好的石砚也不换。

铜雀砖砚，听起来文化得很，只是醉翁之意不在酒，是赏砖而非做砚吧。那砖块里住的是称雄的曹操，是"锁二乔"的文人附会，却不是与墨锭的厮守。砚走到后来，离它的初衷越来越远，要精雕细刻，要名人题字，要有历史有典故，要大得突破世界纪录，似乎必须如此，其价值方能彰显。见新闻里某名家雕制的一块砚，竟有四米长两米多宽，如此大砚，得多少锭墨多少人磨，方能积满砚池？谁家的书房能放得下？

当今的墨汁品质越来越好，用起来也越来越方便，即使专职书画家，也鲜有把砚磨墨者了，砚之存在，更多的是在满足收藏鉴赏之需。我觉得，作为艺术展品存在的砚，内心一定是寂寞的，没有与墨锭的嘈嘈细语，没有书生的软笔点惹，犹如良马在厩宝刀空悬，身后的光景都要虚度了……

源氏之光

　　但凡对日本文学感兴趣的人，都不会不知道"光源氏"，作为紫式部长篇小说《源氏物语》里的男一号，这个人物形象实在让人过目不忘：集美貌才艺于一身，又风流多情。拿中国小说里的男主角来比较，我觉得，他应当是西门庆与贾宝玉的合体——比西门贵族，比宝玉色情。

　　光源氏之母作为桐壶皇帝的一名"更衣"，因为出身低微，在宫廷夺床斗争中被"妒杀"，桐壶帝为了保护这个年幼的娇儿，把他降为臣籍，赐姓源氏。称他"光源氏"，是因为他继承了母亲的花样容颜，长得俊美典雅光华灿烂，可与日月比辉，用他母亲的死对头桐壶院女御的话来说，美得"像被恶魔附体，看得人毛骨悚然"。究竟怎样的"毛骨悚然"呢？原来，所有的人，不论男女老少，只要看到他，立刻便心旌摇荡魂不守舍，就连偌大年纪的明石道人也失去定力，激动得浑身颤抖，俯在地上鼻涕一把泪两行。这宛如神人的花样美男成年后身居高位，却从来没干过大臣该干的正经事，几乎所有的精力都在研修文艺，都在寻找和追求美女——研修文艺也是为了吸引美女。老至奶奶级的宫中仕女，少至八九岁的小萝莉，上至作为继母的皇后、作为婶娘的前朝太子妃，下至地方官的老婆和路边的野花，无不兴致勃勃寐寐求之，披霜顶月，迎艰冒险，在所不惜。宝玉爱每一个水做的妹妹，源氏爱每一个幽会过的情人。

他追求女性的套路，大概就是一千年前的日本贵族惯常所为，听说谁家的小姐姿色好，就先赋了诗写了信，用缎带扎了，系在梅花或枫叶上送过去，然后坐家里等待回音，几个回合之后，再买通侍女趁夜幽会，黎明前悄悄溜走。那些小姐身边的侍女，扮演的多是王婆和红娘的角色，搭桥牵线创造机会，藤壶皇后就是在回家省亲时，夜晚时分，被身边的王命妇引来了光源氏，结果是，她不得不为这个不屑的继子生下了儿子冷泉皇帝。

在由藤壶皇后、葵姬、夕颜、六条妃子、明石之君等几十个美人填充的集邮册中，有一个人物形象尤其突出，她就是八岁的小萝莉紫之上。紫之上是藤壶皇后的侄女，朝中某大臣流落在外的庶女，光源氏看她清丽俊秀，有一直爱恋的藤壶的影子，就偷了来藏在家里养着，按自己的意愿亲自抚育，教授琴棋书画，培养温顺性情，长大成人让她做了自己的妻子，也就是女一号紫姬。正因为这样一个长期的用心调教的过程，光源氏才不是西门庆。色鬼西门庆经不起这样漫长的等待。所以，在星火计划、火炬计划之外，这世上便有了一个更声名大噪的雄伟计划——光源氏计划。只是现在女性意识早已觉醒，这份计划鲜有人敢尝试了吧，焖在锅里的鸭子一旦变成白天鹅，谁敢保证她不远远飞走？那由此衍生的"逆光源氏计划"，大姨式的熟女养一个男童长大，就更不靠谱了。

紫式部作为彰子皇后身边的女官，之所以创作《源氏物语》，据说是要帮助藤原彰子把一条天皇留在身边，以期生一个皇子来巩固藤原家族的政治地位，也就是说，这部鸿篇巨制的初衷类似于《一千零一夜》。后来，彰子果然顺利地生了一个儿子，也就是后来的朱雀天皇。博学的紫式部为什么要选一个如此题材的故事来讲？我想，大概是史记式太严肃，红楼式不够吸睛，西门式又太欠风雅，而这一个个美女的悬而未决的命运，能轻松拴住天皇的心。

这样的一个故事，有没有被搬上荧屏？我很好奇，源氏这样完全被神化了的相貌，什么样的演员"hold"住？百度一下电影电视剧，呵，还真有，而且不止一个版本。看了2011版的电影《源氏物语》，很失望，生田斗真英俊的面孔过于现代化，那张棱角分明的脸上，哪里寻得着幽明的销魂的月华的痕迹？源氏穿着宽大华丽的服装月夜起舞，飘飘然多么如仙如幻，可生田斗真在那比划来比划去，却木偶般僵硬好笑——也无怪演员无能，凡人哪能表现出神的魅力呢？

是神，当然不能长留人间。对于光一般源氏，紫式部给他安排了遁入空门的结局，死亡的结局。紫姬死后，他渐渐堪破世事——再是丝竹满耳繁华满眼，终也逃不脱"空"和"哀"这两个字。世事终有一散，食尽鸟投林，剩下的，只会是白茫茫一片大地。

据说，光源氏的原型，是令紫式部伤心的情人，即彰子皇后的父亲——藤原道长。

骏马之骨

　　看惯了这样那样的宫廷剧，猜想一千年前的日本，其后宫中的生活，也脱不开密谋、巫蛊、投毒、窃听这些主题词吧，然而《枕草子》详记的那些琐事，却完全不是这路招式。

　　《枕草子》的作者清少纳言，以类似于仕女和家庭教师的身份，侍奉一条天皇的中宫藤原定子，中宫的地位仅次于皇后，彼时，定子十七岁，清少纳言长她十岁，是定子喜欢和信赖的小女官。经历两度失败婚姻的清少纳言，在宫中度过了七八年光阴，她以熟女加文青的姿态，用笔尖记录下宫廷生活的点滴，成就了日本随笔的开山之作。

　　细读《枕草子》，倍感琐细之美。琐，也确实是琐，什么颜色什么质地的衣服，什么样的歌什么样的扇子骨，怎样堆了雪山又怎样赌融化之期，如此等等都能成篇，针头线脑，满纸碎碎念；而又是细腻的，"在月光很亮的晚上，渡过河去，牛行走着，每一举步，像水晶敲碎了似的，水飞散开去……"，秋雨过后，"疏篱和编出花样的篱笆上边挂着的蜘蛛网，破了只剩下一部分，处处丝都断了，经了雨好像是白的珠子串在线上一样……"三百余篇文章，长的几千字，短的不过几个字，像"陀罗尼是，（宜于）黎明"，"弹琴的乐器是，琵琶，筝。"简直就是QQ签名了。花木虫草、生活情趣，随手记来，优美明快自由，像略有些小资的某女文青的博客。

在那些文字里，用得最多的一个词是"有意思"，周作人翻译过来，"很有意思"，"真有意思"，"非常有趣"，几乎就是口头禅了，家学渊源、出身皇族的熟女，不会不知道皇宫是什么地方，不会不知道什么叫"暗流涌动"，然而，她眼里却尽是云和鸟，是花香月明，尽是我们至今依然欢喜千年以后人们依然欢喜的东西，多么难得，这些寻常景物里她看到的是"意思"，是盎然的情趣。有人为赞美她，给《枕草子》贴上忧国忧民、揭露宫廷奢华反对阶级制度的标签，窃以为真是拔得太歪了，于乱云飞渡中静赏生命自然，就辱没了她吗？

藤原定子二十四岁时死于产后疾病，藤原彰子取而代之，定子和彰子分属政治斗争的两个派别，自然，清少纳言的宫廷女官生活至此也要结束了——原本还可以继续的，彰子也赏识她的才学，有意把她留在身边接受文化熏陶，但她拒绝了。出宫后的清少纳言嫁于一个年龄可以做她父亲的男人，不久这个男人离世，她投靠兄长生活，再后来，出家为尼。

晚年的清少纳言穷困之至，有人讥笑，她自帘中呼曰：不闻有买骏马之骨者！据说，"笑者惭而去"。——能不惭吗，马之至骏者，终也逃不脱一堆白骨的命运。再者，又有谁见骏马安老于厩中？那个写了《源氏物语》的紫式部，比清少纳言略小几岁，是侍奉彰子的女官，两个才女并没有工作上的交集，也许连面都不曾见过，但紫式部却很讨厌清少纳言，说她乱写汉字，矫情造作，并预言她结局一定会很糟。若非文人相轻，大概就是要在主子面前表明立场吧。可惜的是，婚姻失败性格又太强硬的紫式部，晚年也没好过到哪里去。骏马同样成白骨。

日本平安时代的女子，其社会地位比我们的封建时期还差，"清少纳言"作为《枕草子》的作者，"清"不过取其父亲姓氏中的一个字，"少纳言"不过是父兄的官职名，她自己叫什么名字，不得而知。同样，紫式部，其名字来源也大抵如此。式部丞笑少纳言，不过五十步与百步罢了。

将晒书

整理书橱，把书全部搬出来，一册册重新拭灰入柜，一个上午喷嚏不断，鼻涕直流，最初以为是感冒了，而后每次呆在书房，就会如此发作，才想起来，是过敏性鼻炎发作了，这些书怎么就让我过敏了呢？想一想，它们中有的已经放置了二十多年，从没晒过，大概生了霉菌之类的东西，该好好翻晒翻晒了。

晒书这事，就像小时候母亲每年六月"晒龙衣"一样，在中华文化史上已沿袭千年，那时人们多住充分接地气的平房土房，书受潮长霉、生虫遭蛀是常事，现代人住楼，水泥笼子，离地数尺，潮气难爬上来，就把这茬事给忘了。

晒书的日子都选在三伏天，骄阳如火，晒的效果才会好。"三伏乘朝爽，闲庭散旧编"，大早上起来，呼儿引仆，全家总动员，把书一册册摆满庭院，如果主人古老一些，晒的应该是简牍，铺开来场面会更浩大。一切收拾停当，捋着胡子站在荫凉里，闻着满院热烘烘的木香，他心底肯定是骄傲的，是笑开花的，大概还会忍不住开个现场会，训几句诗书传家之类的话。

简牍好晒，铺开即可，很容易晒透，如果是大部头的线装书，蠹鱼都深深地藏着呢，想消灭它，得一页页翻晒才好。这可是个大工程。有个典故叫"曝书翻经"，说的是苏州寺庙里晒经书的事，那么多经书，和尚忙不过来，于是发动群众，把乡村的老妇人都召集过来，称"翻经十遍，再世可转男身"，毒辣辣白花花的阳光下，成群老妪虔诚地跪在经书前，一页页小心翼翼地翻，全然不顾头晕目眩挥汗如雨。能参加"翻经会"，相当于争取到一个做男人的机会，谁会不认真对待呢？可见那时做女人艰难，搁现在，要换男儿身，不见得谁就情愿呢。

这样的晒书晒经，总是直白地晒，还有一种晒，类似于今天的英文"share"，但不是分享，只有显摆的味道。东晋有个叫郝隆的名士，狂放诙谐，博学多才，看人家富户晒了满院绫罗绸缎，心中愤愤不平，到屋里转悠一圈，又拿不出像样的东西跟人比试，于是出了一招奇式，往大门口的石头上一躺，衣襟一扯，哼，咱晒肚皮！人问你袒胸露腹是为何意，他眯着眼回答，俺晒书呢，你们的锦绣在外，说不定哪天就烂掉了，俺的锦绣可都在肚里呢，越搁越值钱！

清代有名的藏书家、词人朱彝尊，走的也是这条"share"路线，据说某年的六月初六，他袒腹晒书，被微服出访的康熙皇帝遇见，交谈之间，康熙被他的满腹才华折服，就把他请到翰林院去撰修明史。朱才子此番晒腹，感觉像姜子牙钓鱼一样，目标就是帝王将相。不过也好，这为后世的读书人高高悬挂了一面旗帜，再到六月初六，秀才们，都晒晒肚子吧，说不定就能一头撞上好运。不过有一个前提，你肚里得有书可晒才行。

我将要实行的晒书计划，与"share"无关，不为撞好运，只为灭霉菌。可怎么晒呢？我住三楼，只有区区阳台，楼下的院子虽有点空间，但高楼间的阳光总是匆匆而逝的，为那匆匆的一把阳光，把上千册书一箱箱往下搬，太不合算。怎么办呢？要不，就在阳台外面的三根晾衣竿上架块木板，摊在上面每天轮流晒？可让人担惊的是，万一掉了怎么办？谁的脑袋消受得了高空坠书？聪明的，帮我想想办法吧……

爱上狐狸精

　　读完《聊斋志异》已是深夜。冬日的夜格外静，微风在屋瓦上行走的声音，远处火车长鸣的声音都在耳畔。这时候，关上灯，合上眼，书里的人物都走了出来，狐仙花妖、艳尸女鬼，来来往往环佩叮当，影子在我寂寞的小屋里飘来飘去。我一点也不觉得怕，这些妖魅大都有天使般的美，天使般的善良，尤其是那群狐狸精，我欢迎她们到来。

　　那些狐女，多是十三四、十七八岁年纪，细腰纤纤，容华绝代，在月华高洁清光似水的夜，出没于古刹深殿，她们从长满蒿草的墙头攀过来，从残破的窗棂飘过来，去迷惑和爱恋呆头呆脑的穷酸书生。她们不光绝色香艳，还有一身非凡的本领，常能让书生科场得胜升官发财，让他们扬眉吐气。

　　婴宁、红玉、小翠、青梅、辛十四娘，都是这样可爱的狐狸。

　　我最爱的要数婴宁。这个天真的少女，一直居住在"乱山合沓，空翠爽肌"的深山，由鬼母抚养长大，人间世故完全不懂。她以冰雪般的纯洁，以银铃似的笑，让书生王子服相思入骨。当王子服拿着她遗落的一枝干梅花，诉说自己相思成病时，她笑得迷人极了——这点小事怎值得如此挂念，一会让老奴折一捆给你带着。她还惊讶地问，咱只是远望亲戚，你怎么会想念我呢？更可爱的是，当王子服要求与她"夜共枕席"时，她沉思良久，说出了一句让人非常意外的话——"我不惯和生人睡"。想起这句话时，我每每要笑，如此天真的言语，蒲松龄怎么想起来的，简直就像脑筋急转弯！与王子服成了亲，婴宁仍改不了天真性情，攀树折花嬉戏笑闹，戏弄好色的邻居，其言其行总让人心生愉快。据说，这只狐狸也是蒲公的最爱，蒲公用自己弗洛伊德式的理想，把她塑造成童话世界里的完美精灵。她那颗干净透明的灵魂，在以后的几百年，一直慰藉着杂沓世界里向往清澈的读者。

辛十四娘的出场很惊艳，蒙着细纱，穿着莲瓣高履，细步踏着如毯细草，长袖牵出阵阵香风，她从乱坟堆里走出来，成了贫寒书生冯生的新妇。十四娘预料到冯生将要因酒招祸，预测到其友楚公子狡诈不可共事，极力规劝，阻止他们来往。然而劫数难逃，当冯生终被诬陷锒铛入狱，她又不辞辛苦，出钱出力设法营救。此间，人世的凶险与反复让她渐生厌倦，她想重回那个纯净的狐魅世界。难得的是，就是走，人家也走得仁至义尽，出资为冯生买了新妇，冯生执意不舍，她便让自己"容光顿减"，"暴疾"于榻。冯生后来科场失意，家道益落，眼瞅着没法生活，就在这时，十四娘早已埋好的金子出现了，那满满一瓮黄灿灿的金子，足以使冯生与新妇余生衣食无忧。你看，如此有情有义，世上几人做得到？这样的狐狸，与满嘴仁义道德的人相比，究竟要强多少倍？

其他如小翠，报避雨之恩嫁给傻少年；如青梅，识英雄于尘埃、誓死相从……她们演绎的爱情，都浪漫离奇又忠诚，莫说当事人难以割舍，就连我这个三百年后的女子，也倾心向往着呢。如有这样一个美狐伴我，话温凉，诵诗书，鼓琴瑟，我一定好好待她，听她良言，也不让黄犬与道士靠近。我们恩恩爱爱地过小日子，说不定哪天，她还会赠我一剂"汤沃水晶膏"，我服后悟性大增，当即识前生察后世，文采赛过叶广岑余秋雨！她肯定还能帮我猜中福彩的中奖号码，我们可以买一架私人飞机环球旅行，省去她剪纸驴招云彩之劳……

正迷迷糊糊地想着，又一列火车驶过，遥远的长笛尖利地划破夜空。同时起风了，大风从没关严的窗户钻进来，桌上的书页哗啦啦响——是狐女要来了吗？懒得起身关窗，就在这些异样的响动里睡去了。原以为梦中会有狐，可一觉醒来，一窗都是白花花的阳光，小屋安安静静，什么也没有发生过。

三生石上三生路

　　我与昆曲，算是有缘的。那个夏天，有一个奢侈的长假，在网上寻寻觅觅，无意中就撞见一折昆曲：《游园惊梦》。真是清音！婉转雅致，滑柔绵软，水一般无骨无形，慢条斯理、无声无息地就把人给淹没了，融化了。没来得及惊异与思考。时光凝止，都在那一瞬。窗外，阳光白花花的，香樟枝繁叶茂，紫薇花事繁盛，一切都阒寂都静止。自此方信，真的有个词，可以叫做"一见倾心"。

　　走近昆曲的世界，方才知晓，它比我喜爱的京剧早两百多年，因为渐渐衰落，已被联合国教科文组织列为"人类口述和非物质遗产代表作"加以保护。京戏在它面前黯然失色了，在我心里，那种千回百转的"水磨腔"，是京戏没法替代的。这是缘分。

　　听昆曲，自然不会错过《牡丹亭》。六百年前的昆曲，与四百年前的《牡丹亭》，那一场相遇盛大而华丽，如金风逢玉露，更像是有着前世的缘。昆曲版《牡丹亭》，在明万历年间红到了极致，据说有连演六百多场、场场不衰的盛况，坊间，凡有井栏处，皆能唱一句"良辰美景奈何天"。昆曲因此大放异彩，发展到顶峰；而汤显祖，这个被迫弃官归里的耿介才子，也因此得以传世不朽，可以扬眉吐气了——他在创作《牡丹亭》时，还是个闲情无寄的落魄书生，与杜丽娘有着"没个为欢处"惺惺相惜。昆曲与他，真不知是谁成全了谁。

　　杜丽娘这个如花美眷，是汤显祖在政治压抑下的一个理想化身，纯真、热烈、执着，当她拖着寂寥的青春，在明艳的春日乍一出场时，就不可抑制地惹人怜爱了。看，断井颓垣里姹紫嫣红开遍，荼蘼架外烟丝醉软，她"啊呀"一声，里里外外，都是似水流年的叹息，水磨的余音，绕在长长的水袖上抛过来，纵你是铁石心肠，也化作绕指柔了——年少的时光，谁没有过春愁缱绻？谁没有过顾影自怜？这声叹息，连同你我日渐模糊的青春，连同汤显祖入仕的旧梦，都一起付东流之水了。

　　也因为这一声叹息，千里之外那个叫柳梦梅的贫寒书生，忽然就感伤得无法自持，于是，他手持柳枝，走进丽娘的梦来。那一年，丽娘十六岁，因梦生情，又因梦而亡。

　　汤显祖是个善良的人，不忍心将美好的东西毁灭给人看，所以，他安排柳梦梅拾了丽娘的画，还了丽娘的魂，安排了一出起死回生的花好月圆。"是那处曾相见，相看俨然"，原本，彼此都是梦中见过的，谁也没有辜负对方的等待与寻找。剩下的便是欢喜无量。三生石上三生路，但使相思莫相负。

　　"世无其人，悬空设想，而甘为之死"，博怀的陈寅恪老先生称赞丽娘为

"情之最上者"，而今，物欲似海流，红尘万丈深，连昆曲的慢条斯理都少有人能忍受了，谁还会多情到因为一个梦一个眼神就生死相随？这种至上之情，也与昆曲一般，渐渐稀薄了。即便是有，大概也难存活下来。数年前，那个同样十六岁的兰州女子，也是因梦怀人，没乱里春情难遣，她用十三年的时间，去追寻一个叫刘德华的天涯歌手，结局大家都知道了，惨不忍述。

或许，曾经，她也是有那么一个刘郎的，三生石前别得仓皇，记错了转世的地点，命运便如同那株被诅咒的曼珠沙华，花叶错失，要彼岸相寻了。我心疼这个爱令智昏的姑娘，如同心疼丽娘一样。可惜，现实中没有汤显祖的那支童话笔，我们没法改写她的命运，也只能祝福了。但愿蓦然回首处，就是她的花叶团圆。

不记得也罢

我记性不好，见过多次的人，常记不住人家相貌；自家的电话，装了一个月还说不清号码；邮箱、QQ、淘宝等密码，都得写在一个小本子上；读书呢，总是看完也就忘得差不多了。我非常羡慕那些聪明善记的人。

少年时代读《司马迁传》，看到司马迁十岁就能倒背《国风》，一百四十五首诗全背得滚瓜烂熟，内心非常神往，试着跟他PK，拿最熟悉的《静夜思》"倒背"，本以为难度不高，但顺着容易，倒着背，想烂熟还真难，上思下忖，结结巴巴，根本就背不成句。这个结果让我非常沮丧，对自己很失望，就这水平，这辈子能成什么大器？当然，失望归失望，之后，也还偷偷做过当才女的梦——读书之人，谁不想成为才子才女呢？后来长大一些，多了一点见识，才知道，善记当真是古今才子的一项必备素质，便把"成才"的梦想彻底放弃了。

依然关注才子的生活，喜欢看他们善记的轶事。我敬仰的才子纪晓岚，就是典型的才思敏捷、博学善记。他修《四库全书》时，乾隆帝曾让他外出调书，具体去什么地方我不记得了，只记得是用船运了千余册图书回京。书太重，舟行太慢，他心里急了，便坐在船舱里不停地看书，看完一本扔一本，等到了他的家乡河北献县，已经扔了小半。凑巧，娘舅要贩小枣进京去卖，觅不到船，纪晓岚为了给他腾空装枣，干脆又连夜看了一宿扔了一宿。

回到京城时，就只剩二三百册了。乾隆听说他把那些珍贵的孤本绝本都扔到了水里，勃然大怒，要重重治罪。大家都替纪晓岚捏一把汗，可他却毫不慌乱，说书全在腹中，可以一册一册背出来抄写出来。乾隆担心对错"死"无对证，但另拿书来当场检验，果真一字不差，于是怒意全消。

　　这个情节，我是从《纪晓岚全传》里读到的，读过不敢全信，毕竟人脑不是电脑，几百册书装进去，还能原封不动地倒出来？一定有夸张的成分在里面。但对纪昀的好记性，我并没有产生过怀疑，毕竟，人家有这么多的作品传世呢，《四库全书》《阅微草堂笔记》《文达公遗集》等，这么多编的写的著作，其中的史料和掌故，都得在大脑里储存着吧。假如纪先生愚钝如我，合书就忘，就是给他三辈子的时间攻读，也积累不起如此渊博的学识。

　　拥有纪先生一般的记忆，一定是很多人的梦想。《聊斋》里有个故事，题目好像叫《甄后》，大意是一个姓刘的书生，性情愚钝，闭门苦读数载也没读出什么名堂，后来仙人甄后给他喝了一种叫"汤沃水晶膏"的东西，他立刻"心神澄澈""文思大进"。我想，蒲松龄的此番剧情设计，灵感肯定来自于他自己，过目不忘，肯定也是他自己植根心里的愿望。我对刘生羡慕极了，很长一段时间，夜夜都盼能有狐仙入梦，也送我一杯叫"汤沃水晶膏"的饮料喝喝。一度痴迷得很，那几年过年，给朋友写明信片，其他祝福都免了，只祝她们新的一年里能喝到"汤沃水晶膏"。可惜，大家和我一样，谁也没有如愿。

随着年龄增长，大概是过了三十岁，感觉记性更是一年不如一年，常常到厨房转悠半天，也想不起来要去拿什么东西；太阳能的自动上水阀，到底顺时针开还是逆时针开，先生说了上百遍，下次还是记不住。慢慢也就开始服输了，命里没有这样的天赋，强求也没用，想不起来干脆不想，水阀索性不沾手了，由他开关去，至于读书，忘完就忘完吧，反正那个读书的过程读书的乐趣，我已经享受了。母亲常说傻人有傻福，太聪明了未必是好事，就像司马迁，因为记性超常，小时候才以千两白银跟人赌倒背《国风》，才会得罪那个叫杜周的小人，他最终身惹宫刑虽因为李陵案，但也与那个当上了御史的小人不无关系。也就是说，与司马迁自己的聪明不无关系。高处不胜寒，聪明有时候会被聪明耽误。

佛家那个钓鱼的故事很适合拿来安慰我自己。只要有个好心态，渔夫钓鱼，同样可以悠然自得，同样可以享受巨富钓鱼的乐趣。忘性大些，记不住仇恨，装不下算计，不深谋不远虑，不投机不报复，所以才浑身轻松满心舒坦。能记得穿衣吃饭，记得亲人好友，下了班找到回家的路，足矣！

楚腰

　　楚腰、蜂腰、杨柳腰、小蛮腰……在细腰的种种称呼里，我最喜欢的就是"楚腰"了，"楚"，"楚楚"，单看这个字，就有止水般的静，有暗藏不露的千般娇媚；再试想，楚灵王在章华台上建的细腰宫里，一个个楚女柳条般俏立，嫩如金色软如丝，那般楚楚动人，不用说须眉，就连女子，也禁不住要起三分爱怜呢。

　　也许纯粹是因为那些楚腰吧，人们记住了章华台，记住了细腰宫，记住了"楚王好细腰，宫女多饿死"的诗句，至于楚灵王如何纵情声色终致朝纲混乱，以及如何落得个吊死村野的悲惨下场，反倒懒得提及和记忆了。生活已劳碌，那些凄惨的东西，不提也罢。

　　楚人的细腰之好，到了汉时仍未减热情，据说汉代选秀，先看腰，后看脸。汉成帝的后宫里，腰细如柳者比比皆是，史载汉成皇后赵飞燕，体轻能作掌中舞——什么样的体态才能在手掌上跳舞？包括我在内的后世人一直疑惑不已。有好事者汗牛充栋地分析研究，终于得出两则结论：一则说古人浪漫，此说纯属夸饰；一则说赵皇后是习武之人，轻功卓绝，莫说掌上舞，树叶上舞也不难。这两则结论都不甚让人满意，我期望有更美好的解释出现。

　　审美没有国界，细腰之好，中古如此，国外也略同。上学时，在寝室里读《乱世佳人》，那个妖娆的绿眼睛姑娘斯佳丽，全美国男子的梦中情人，她的腰17英寸。当时，我们宿舍的几个小女生就拿中国的度量衡换算，换算过来，惊得我们嘴巴张老大——才一尺三！而我们中腰最细的，也有一尺七寸五！后来看电影，见到费雯丽饰演的斯佳丽，细腰当真只有一束，她一袭墨绿衣裙，去参加阿希礼的十二橡树宴会，一出场，就让包括巴特勒船长在内的观众一齐倾倒了。

其他如奥黛丽·赫本、玛丽莲·梦露，这些银幕形象，都是以细腰为闪光点的，据说梦露为了追求细而又细，还开膛剖腹，抽掉了胸膛下面的两根肋骨。真是下血本了。

都知道楚王好细腰，在英国历史上，有位女王的细腰之癖一点不输于楚王，这位女王就是伊丽莎白一世。据说她在位时，大力提倡束腰，曾规定腰围13英寸以上者不得入宫廷，而她自己"以腰作则"，她的腰围是她规定的底线，13英寸。13英寸是什么概念，我也算了，不足一尺，以实物来说，恰是一只粗瓷碗碗口的大小。

有如此细腰，姿色恐怕也不逊于赫本、梦露之流吧，我好奇地找来照片，一观大惊——果真好腰呀，盈盈一握，柔若无骨，纵楚女再世，也愧弗如啊，只是仰观其面，不免失望，五官竟然不甚协调，脸色也沉郁得很，没有半点妩媚之气，比起中国的女王慈禧来，都有千里之遥。

唉，也难怪，手握王权，内要应对宗教分裂，外还得对战西班牙无敌舰队，内忧外患里，出嫁尚且不敢，哪还顾得上"妩媚"二字？据说女王晚年孤僻多疑，常阴郁地在宫廷徘徊，那寂寥无人处，她是否抚着细腰抱憾此生——或许原本，也想做个寻常人家的女子，让心仪的男人揽着楚楚纤腰，粗茶淡饭，过一场简单而平淡的生活？

从千层饼到高邮青皮

说是千层饼，其实远没有一千层，擀得薄的也不过十多层罢了，人们称其"千层"，恐怕与"白发三千丈""燕山雪花大如席"同出一辙。乡亲们语言朴实，不叫这个名字，只称它油馍、油酥馍。小时候，油和白面紧缺，母亲偶尔炕一次油馍，我们兄妹兴奋得跟过年似的，八口人坐在案板前挤挤地围成一圈，裹了蒜泥来吃，辣得"哧哈"声此起彼伏。与之相搭的还有一碗熬成稠粥的红芋稀饭，又甜又糯，吃着喝着，雪天里额头也会渗出一层汗，感觉满足极了。现在想来，那情景，若找几个字来形容，最贴切的不过"暖老温贫"。

"暖老温贫"的记忆，大概人人都有，于郑板桥来说，是就着一小碟酱姜吃泡炒米；于郁达夫来说，是早晨醒来躺在床上，听院子里扫落叶的声响；于我来说，则是那打了补丁的粗布被子，磕破了口的蓝边大碗，是昏黄的煤油灯光及灯光下焦黄酥香的油馍。这种老旧的贫寒的记忆是有温度的，大约三十七度，微暖，恒温，若干年后，当一颗心渐渐淡如止水时，当有冰悄悄凝结覆盖时，想起它来，就会生出一股温柔的暖意，这种暖意蔓延开来，心底的池塘会重生激滟波光。

于是越发喜欢油酥馍。燃气灶的火急，用它炕油馍不是糊就是夹生，于是常到小摊吃。银都巷北头那家小吃摊我常去，那里用的是电烤锅，炕出来的馍内里松软外皮金黄，还撒了一些黑芝麻在上面，吃起来似乎比母亲做的味道更好。摊上除了卖油酥馍，还有鸡汤豆脑，很鲜的鸡汤浇在很嫩的豆脑上，用薄薄的铁汤匙慢慢搅匀，就着油馍吃来，也比红芋粥差不了多少。小摊上有免费的咸萝卜丁，把油酥馍用筷子撑开，在夹层里夹上几粒，滋味很好。

我觉得油酥馍这东西，就是宜于在街头小摊上吃的。埋头坐在小凳上，身旁人车如流，嘈嘈切切，尽是凡俗市井的温暖，旁边烤羊肉串、烤鱿鱼的小摊时而飘来一阵浓烟，有些呛，但也是香而暖的，像头顶晚秋的日光，老旧踏实。高档饭店里则没有这种氛围。多味楼的油酥馍——服务生不叫它油酥馍，也不叫千层饼，而叫做"飞饼"，就是在油酥馍的夹层里摊上鸡蛋、香蕉泥，摊上各种馅料，十块钱一份，很薄，分量也很小，切成三角块，放在巴掌大的小筐里端上来，看着有些陌生，吃起来也没有老旧、踏实的感觉。

用油酥馍卷咸青皮来吃，不知算不算是我的创意。巷子南头有个卖咸青皮的流动摊，一个男青年推着辆三轮车，几乎每天都停在那儿，车上放着扩音小喇叭，喇叭里不时地吆喝着："青皮——高邮青皮——高邮双黄青皮"。

青年常捧一本书，坐在车座上，在吆喝声里看得入迷。他看的什么，我不知道，但那种尘嚣之中的专注，那种丝毫不受干扰的神情，让我莫名地感动。他卖的高邮青皮确实好吃，是袁子才《随园食单》里称赞的那样，质细而油多，咬起来满嘴红色的蛋黄油，蛋白也咸得刚刚好。而且，也确实有很多双黄的，卷进油馍里，焦酥喷香中多了层沙沙的感觉，别是一番滋味。

我这样喜欢高邮青皮，汪曾祺他老人家如果还健在，大概会很得意。最初知道汪曾祺是高邮人时，感觉很惊异，高邮虽然距宿州不远，但我从没去过，直觉上那应该不是一个灵秀之地，也不是古博之所，没想到会有汪老这般灵动恬淡的大人物出现，待到后来，知道秦少游、王磐、王念之、王引之也出自高邮，心里便不觉惊异了。原来此地不仅产大麻鸭和咸鸭蛋，也产文人名士。

作为名士的汪老很会做菜，腌韭菜花、煎焦豆腐、烧咸菜茨菰汤，都是些暖老温贫的东西，让人看了亲切，不像梁实秋，在那个饥馑的年代，动不动就燕窝鱼子酱，一篇一篇地写出来唯恐世人不晓，太脱离劳苦大众了。

天心冷月照孤影

看完一本李叔同传记时，我正在去合肥的火车上，车厢空寂，我被沉重的叹息压抑得坐立不安，在过道里不停地走来走去。

作为清末民初响彻海内的奇男子，李叔同其人，先前我也是有些了解的，知道他二十文章惊海内，集文学、绘画、音乐、戏剧等诸多才华于一身，知道他盛年之时，于绚烂之极处转身遁入空门，成为世人崇仰的弘一法师。这个传奇式的人物，好似天空那轮皎白的圆月，高洁、神秘，让我仰视并充满敬意。他写的那首《送别》，我一直很喜欢，"长亭外，古道边，芳草碧连天，晚风拂柳笛声残，夕阳山外山……"，毕竟是才子，天人一般，信手拈来，就把送别之情描摹得这么美。

而此刻，合上这本书，他依然明月般高悬，只是遍地月华里，多了些严秋的寂冷，一种荒芜的，捉握不住的冷，冷得让人生出战栗来。我总无法摆脱一个场景，那个叫福基的娇小的日本女子，李叔同相伴十一载的妻子，她于早春二月的寒风里，在虎跑寺外长跪不起，哭着央求他跟她回家。闭上眼睛，我就能听到她绝望的哀哭，看到她绝望的眼神和汹涌的眼泪。而李叔同决绝转身，登船离去，没有丝毫的犹豫和眷恋，他用力地划着船，一桨一桨，径直向着湖心划去，向着虎跑寺的钟声划去。从此再没有回头。

死生契阔，与子成说，情爱的河正温热地缓缓流着，他却突然抽出刀

068

来，齐刷刷地斩了下去。她是否飘零异国，是否孤灯独泣，她饥也否寒也否，他都不再想知道了，她的一切，都与他无关了。仓央嘉措转身离开时，尚有一声声不舍的叹息，纵然世间没有双全法，不负如来便负卿，但有那声带着余温的叹息在，她孤单的余生才不至荒冷啊。这个男人的心，却是冰做铁打的。

火车呼啸前行，窗外晨雾中的树木急速退却，快得让我无法看清一片黄叶飘落的姿态。我在这个行走的车厢里，对这场"送别"无限伤感。这场送别，如果发生在他的原配夫人，那个天津俞家茶庄的五小姐身上，或许容易理解和接受，毕竟他与她是媒妁之言的旧式婚姻，谈不上有多少感情，而这个日本女子，却是李叔同深爱的，留学五年，他们朝夕相对，两情缱绻，彼此无法割舍，方相携归国，也是伉俪情深啊。而今，冬未响雷，夏未雨雪，人心却是倏地转移了。真是世事无常啊。

也是从这本书里才知道，年轻时的李叔同，原非我印象里青衫磊落的书生，他原是个锦衣玉食的浊世翩翩佳公子，扣着丝绒碗帽，穿着绫罗长袍，常在大上海的十里洋场眠花宿柳，歌尽桃花扇底风，为殷勤彩袖题诗填词，醉吟终朝。那个时候，他从不管结发妻子伤心与否。而归国后，他开始老老实实在大学任教，再也不去歌舞流连，是福基把他的心牢牢拴住了吧。我没想明白，职场得意情场亦得意的他，仅仅因为断食疗疾，于虎跑寺里借住数日，就决计断绝尘缘了？

"尘缘"二字里，有我们的亲爱之人，我们依恋并为之奔走，那些蜗角虚名蝇头微利，我们都可以放下，却唯独放不下一个"情"字。问世间情为何物，直教人生死相许。我们在这些牵牵绊绊的"情"里鲜活着温软着，纵有向佛之心，终也拿不起刀来割舍。而李叔同终究不同，他"割舍"得下，寒芒一闪，手起刀落，就六根清净了，再也无悲无喜，刀刃另一面，两个妻子两个孩子血泪汩汩，都与他无关了。

身为高僧的李叔同那么悲悯，他每次坐藤椅，都要先轻摇几下，提醒藤条间的小虫子逃生，怕压坏了它们。那个虎跑寺外跪地哭求的女子，尚不如他座椅上的一只小虫。丰子恺说他之悲是大悲，他之悯是大悯，在天外天，在芸芸众生，不在个人个物，然而，如果不能让心爱之人幸福，成佛又如何，为仙又如何？我等凡人，别无他求，愿得一人心，白首不相离，我们只羡鸳鸯不羡仙。

我一直想知道福基的下落，想知道她生活得好不好，之后多年，也常有我一样的善感者，亲赴日本，上穷碧落下黄泉地寻找，但谁也没有找到她的踪迹。她深深地湮没在民间，如同消失了一般……

冷暖自知 张兆和

喜欢看陆小曼、张爱玲、张兆和那群民国女子的故事，尤其是爱情故事，总觉得她们有些像《红楼梦》里的十二钗，在"千红一窟，万艳同杯"的热闹底下，掩藏着一股令人心酸的苍凉。

见过张兆和三十年代的照片，瓜子脸，五官精致，秀丽温润如百合，也读过她的小说集《湖畔》，文字流丽婉转，犹同风之轻舞。如若不是沈从文的光华掩没了她，如若不是婚后为柴米生活所磨，她的文学成就定不会在冰心、丁玲之下。她嫁给沈从文，佳人才子，乍一看来，也算是天造地设的绝世伉俪，然而，读过《从文家书》的人都知道，他们虽共同生活半个世纪，却没有鱼水相得的自由欢快，更没有像人们所期待的那样，金风玉露一相逢，便胜却人间无数。

爱情一事，与其说缘分相牵，不如说性格使然。张沈二人，一个开朗大方，一个忧郁孤僻；一个是大家闺秀，一个是"乡下土包子"（沈从文语），虽不存门第之见，但张兆和一开始就不喜这个酸溜溜的老师。长她八岁的沈从文对她展开爱情攻势的时候，张兆和年方二十，正值闻风起相思的怀春花季，如若不是"顽固"地不喜，应该用不着让沈苦心孤诣追求四年。前三年，纵有校长胡适鼎力相助，有巴金、徐志摩出谋划策，千余个清晨日暮，千余封绵绵情书，也没能瓦解张的防备。倒是第四年，沈从文的执着打动了张兆和的二姐张允和，允和不住地从中调和劝解，多了亲情这张牌，张兆和自此犹疑，进而渐被打动，沈终于如愿以偿。

我看过沈从文的情书，那些经过战乱残存下来的文字，像春天的溪水一样，清澈，柔软，缓缓地铺叙，其细腻之情，深刻之爱，感人至深。的确，沈从文一生，如他所言，行过许多地方的桥，看过许多次数的云，喝过许多种类的酒，却只爱过一个正当最好年龄的人，这个人就是张兆和。因爱之深疼之惜，他笔下凡是至美至纯至善的人物，常不自觉地以张兆和为原型，《边城》里的翠翠是，《长河》里的夭夭也是。没有人怀疑他对张的爱，但生活不是童话。童话里，王子与公主无一例外地会过上"幸福的生活"，但二人尘世里相遇，要面对的是柴米油盐，是战乱时期的生计艰难。

而这一切，沈从文并不能应对。北京失陷后，他南逃避难一走了之，张兆和带着两个稚子借米度日，沈再来信，虽有满纸牵挂怜爱，张也不免抱怨指责，嫌沈平日不知节俭，乱买古董，甚至骂他"冒充绅士"。晨炊不继，犹舍旦夕而问商周，也难怪张会责怪。在感情上一直不甚自信的沈从文，因为张兆和言语间的不快，慢慢怀疑起自己的爱情，以至于后来分歧越来越大，有了长期的分居。"四人帮"倒台后，沈从文被调往社科院，有了房子，有了稳定的经济来源，两人才过上正常的家庭生活。

他俩的爱情故事，像鲁迅笔下的子君与涓生，旦旦信誓敌不过白菜和面粉的支离，说起来让人有些感伤，但仔细想来，也在情理之中。沈从文本来就不懂得白菜和面粉，他擅长的只是纸上的生活，是把自己纯洁的、天真的、执着的爱情铺叙成春水一般的文字。战火也罢，饥荒也罢，他只管铺叙，他眼里容不下白菜面粉之俗。陆小曼与徐志摩结合后，徐家断了志摩的经济来源，面对小曼每月500块大洋相当于今天2万元人民币的开销，徐志摩除在多个学校奔走代课外，据说还做起了"房产中介"挣钱。同是才子，同为佳人，沈从文不会如此。他的忧郁气质、孤僻个性不会令他如此。他只能给爱人精神上的春水。而张兆和恰恰不喜欢这种仅仅是文字的淹没——爱情降落到地面上，谁也不喜欢这种淹没。

晚年的张兆和回首两人55年的共同生活时，说了一句由衷的话——"我并不能了解他"，与沈从文结合，她说自己并不知道幸还是不幸。55年犹如此不决，这本身就是一种不幸吧。张沈二人，一个是飞鸟，一个是游鱼，可以有水面上的短暂相握，但终究是两个不同的世界，一个属于高阔的蓝天，一个属于深沉的海底，飞鸟入了海底，委屈的是那对翅膀。

沈从文去世后安葬在湘西，而十五年后，张兆和也走了，却没有要求儿子将自己与沈合葬，还是应凤凰县政府多次要求，四年后的春天，即2007年5月，张的骨灰才从北京迁往湘西。黄昏，待从文墓地上的游客散尽，几个沈家后人打开墓穴，铺上花瓣，将张的骨灰撒于其上。没放炮，没烧香，一切素朴安静。其后，新华社发了一则简短的消息：《张兆和骨灰移葬凤凰 从文夫妇从此听涛共眠》。

说起葬事，心里颇觉凄凉，节序无情，那朵精致的、温润如百合的民国才女，已是辽阔山川间的一抔黄土了，文章才艺也好，儿女情长也罢，不过都是历史皱褶中的一粒微尘。

谁解『痴』中味

"痴"这个字，字典上的解释是：喜好事物的程度到沉迷的地步；傻的；枉然的。解释还要多一点，我一眼就看到了这些，断章挑出来，呵，简直就是微小说呀！用情太深——如疯如傻——徒生枉然。事件的起因、经过、结果都有了，"痴"的结局，是枉然。

对于收藏者来说，"痴"更是虚无和枉然。家乡出产灵璧石，常可以看到一些石痴，倾家荡产赌石，到处寻石买石。采访过一个藏家，他的石头大大小小几千块，却饿肚子也不舍得卖一块，属貔貅的，只可进不可出。案上是石，床下是石，枕边也是石，这块瘦透漏，那块发磬声，在他看来，个个都温软如玉赛过美娇娘。

这等痴人，如果是皇帝，想必也要像徽宗那样，以举国之力搜石藏石吧。徽宗那时候多疯狂，为了得到一块好石头，不惜拆城门破庙宇，扒人祖坟害人性命，只可惜，后来金兵入侵，那许多好石，都砸成碎块当防御炮弹了，同时，艮岳里那些珍木作了劈柴，珍禽作了食物，珍字画作了引火物，而他自己，作为金兵一个珍贵的战俘，最终不惯穷病折磨客死异乡了。痴人做不得好皇帝。

所谓玩物丧志，痴，对于当权者来说，是大敌。上有所好，下必投之，所以，明白的领袖都不痴，像康熙和乾隆，着迷于收藏西洋钟，也只是着迷而已，留有余地的恋，不算痴，痴是全身心的投入，是迷途不返不计后果。而这两个人却还清醒地知道，钟能代表时间，却不能让他长生不老，不能帮他稳固江山。这两个，都不是痴人。

成化皇帝朱见深算痴人，长他十九岁的万贵妃，是她一生最重要的藏品吧。如若不痴，怎会让一个老保姆摇身变成贵妃，且是呼风唤雨的宠贵妃？她杀了他那么多龙子龙女，他照样恩宠信任，只因为对她有颗痴心。人间自是有情痴。她不可取代。他离开她不能生活。万贵妃喜欢斗彩杯，他就痴迷其中研究，命窑工用尽全力打造，连款名都亲自动手题写。好像，现存的历代陶瓷中，皇帝亲自题款的就只有成化斗彩吧。后来这个女子死去，他，竟然伤心到无法控制，竟然不久也跟着去了，在41岁的年纪。后宫佳丽三千，哪个不比这个已入暮年的女子好看？此情痴处，滋味谁解。

成化帝亲自题款的斗彩杯，如今已是稀世珍宝。1993年，马未都去日本一个富商家做客，主人奉茶，宝示识者，容器竟是这样一只斗彩，当时市值500多万元人民币。马作为一个见过大世面的收藏界大腕，捧着这杯茶，也止不住万千感慨，这杯子，在成化帝手里辗转过，还说不定也在万贵妃唇边辗转过呀。即便一只薄脆如冰的瓷器，也会比人更长久。

几百年光阴，多少代藏者，一只薄瓷尚可在时空里层层流递，那些坚硬的石头呢，已经存在了几亿年，还要存在几亿年？它们送走了多少藏者并将还要迎来多少藏者？非是人收藏物，分明物收藏人呢。在石头面前，在那些奇珍异器面前，一茬一茬的藏者，分明是一茬一茬的过客，只是因为这个"痴"字，仍然止不住要爱，要拥有，哪怕结局只是——枉然。

深夜闻杜宇

很多年来，在我心中，"杜鹃"一词一直诗意、唯美又不胜凄楚。最初读到这个名词时，我大约十六岁，是在李商隐的《无题》诗里，"庄生晓梦迷蝴蝶，望帝春心托杜鹃"，那时我想，望帝是何许人？他把什么心事托给了杜鹃？杜鹃又是一种什么样的鸟？

终于在《典故辞典》和《神话传说》中知道，望帝是古蜀国的皇帝，名叫杜宇，他在位时，总为时常发生的水患愁苦，后来寻找到一个叫鳖灵的异人，鳖灵治水成功，蜀国居民从此安居乐业，为答谢鳖灵，仁慈的望帝就把君位让给了他。但鳖灵称帝后凶相毕露，不仅霸占了杜宇的妻子，还把杜宇赶进深山。杜宇思念多情的妻子，思念美丽的家园，彻夜啼哭，凄楚而死，死后身化杜鹃。杜宇即杜鹃。

自此，在我心中，杜宇一词就与悲情系在了一起，之后读到的诗词，也果真都是这样，如"萋萋芳草忆王孙，柳外楼高空断魂，杜宇声声不忍闻"，如"一叫一回肠一断，三春三月忆三巴"。这种唯美的梦幻般的哀音，我一直以为，它只属于唐诗宋词，凡俗如我者无缘听到，但那年春天，我终于知道，杜宇原来就是布谷，我儿时就见过的布谷鸟。

那年暮春，我在蚌埠一家部队医院调养身体。疾病缠身，夜里常常失眠，辗转难寐之际，总能听到布谷的啼声。那段时间，有月亮和没有月亮的夜晚，总有一只布谷在窗外的水杉树上唱歌：布谷——布谷——收麦种谷。我在这种重复的歌唱中辗转反侧，睁着双眼想一些人一些事，不知什么时候才昏昏睡去。凌晨醒来，常是三四点钟，还是静夜，但让我惊奇的是，那只布谷还在唱歌！难道它不停歇地唱了一夜？竟然有鸟会彻夜不休地啼鸣？之后多日，我特意留心，发现它当真是彻夜不息，夜夜不息。

　　带着强烈的好奇，从蚌埠回来后，我就忙着查阅资料，原来杜鹃，春夏期间就是夜夜悲啼的，传说它口腔和舌头的红色，就是啼出的鲜血染就的。也就是说，悲情而诗意的杜宇就是布谷鸟，我儿时熟悉的四声布谷，它也叫子规。

　　布谷的确是我从小就熟悉的，它跟我的童年连在一起，给我的感觉是陈旧和温暖，我丝毫无法把它与杜宇的气质联系在一起。现在想来，也正因如此，在它的啼声里，我还能够勉强睡上一会，如果早知道它就是杜宇，是那样苦命的、身世苍凉的鸟，是从唐诗宋词中走出来的、从血和泪中走出来的古蜀国君，那么，异地他乡、疾病缠身的我，大概会闻声伤感，掉许多悲愁的眼泪吧。肯定会的。

　　孩提时代，当五月的南风在故乡吹起，小麦摇曳成一地金黄时，总有布谷鸟会来，它们在麦田上空唱歌：布谷——布谷——收麦种谷，声音婉转悠扬，已经飞远了，空中还飘着长长的余音。我与小伙伴们，就追着它的声音在下面一唱一和：布谷布谷，你在哪住？——我在王庄家后。——做的啥饭？——面条子浇醋。而父亲及乡亲们，就在这种热闹里磨亮镰刀，扫净麦囤，准备收割。这个童谣也不知是谁教的，缘何而起，但小伙伴们都会唱，并且只要有布谷飞来，大家就会不约而同地追着唱。为什么偏要吃"面条子浇醋"？我不知道。也许那年月白面金贵，收了新麦，能吃上一碗浇着老陈醋的擀面条，就是乡亲们的理想生活了吧。

那时的布谷鸟不多，它们总飞得很高，总不爱停留，而且总是形单影只，所以小时候，我每年都在想，天空中飞过的，是不是昨年那只布谷，它是不是还认得我，为什么它没有亲人朋友？那时我还不知道杜宇的故事，只知道它不像其他鸟那样成群地飞。现在想来，是杜宇一直没能回到家园，没能与心爱的妻子团聚，所以宁愿一世孤单吧。

后来的后来，一个偶然的发现让我错愕不已——"鸠占鹊巢"中的"鸠"，指的就是这种四声布谷，也就是说，杜宇这个悲悯仁慈的国君，一直在以一种毁灭的方式延续着自己的生命！

这也和我想像中的不一样。

梅兰芳菲

　　泥做的身子，在丝弦声里浸泡、淘洗、沉淀，打捞出来，就是女儿身，是一汪清秀的泉。铺油彩、打胭脂、画眼、描眉、涂唇红、贴片子、戴发髻、插珠簪花，水衣的立领挡住叛逆的喉结，着裳、穿衣、披云肩，腰肢一转，水袖一摆，试一试声吧，"哎呀呀，奴似嫦娥离月宫，好一似嫦娥下九重……"，那嗓音，这般的甜美圆润，高处穿透云层，低处绕地三匝，那个婉转透亮啊，真真是九曲回泉，百折千折都不能断。出场亮相，一摆袖，一侧身，一抛眼神，满堂喝彩，风华绝代。

　　谁说是男儿身，分明是女娇娥。

　　这女娇娥，是花衫，是刀马旦，是青衣，是代父从军的木兰，是忍辱负重的西施，是胡笳声里垂泪归汉的文姬。唱念做舞，一招一式，水袖一抛，西半球水波奔涌，碎步一移，东半球掌声雷动。人声喧哗，镁光灯刺着眼帘，世界呼啸癫狂，她听不见也看不见，只踩着锣鼓点儿，在戏台上安静地唱念做舞，旁若无人地唱念做舞。她不是凡间人，她是木兰是西施是苏三，是嫦娥下九重，随身带着广寒宫。她住在人间的广寒宫，在热烈的底色里，清冷着，寂寞着，孤独着。"月明孤影毡庐下，何处云飞是妾家？"蔡文姬思乡的痛，她承受着；"父年迈弟年幼怎敌虎狼，满怀的忠孝心烈火一样"，木兰从军的热情，她燃烧着；还有那弱柳扶风的西施，"奴这里心中痛玉颜清减，夜不眠朝慵起又向谁言"，这种折磨，也一直在她的心上眉梢游走盘桓。

人生如戏，戏如人生，戏是浓缩的人生。一台戏，就是千年的人生。她的人生，是一场接着一场的戏，是千年万世聚拢的沧桑。恩爱情仇，风云变幻，油彩珠翠底下，替那些女儿们爱了多少回痛了多少回，生生死死了多少回？那些纯真美好执着的奇女子，早就偷换了她那颗男儿心，从内而外，从外而内，她早已是女娇娘。彻头彻尾的女娇娘，袅袅婷婷，娴静处娇花照水，行动处流风回雪，眼眶里盈盈脉脉一潭秋水，咽喉中啾啾呖呖百鸟啼鸣。百年戏台，千年沧桑，多少繁华过眼，多少黄粱梦断，多少惊涛骇浪集于一身？馆娃宫中秋草黄，项王帐外楚歌响，绿纱又糊在旧时蓬窗上，这些，她都化了在心里，万千冲突汇集心底，大音稀声大象无形，成一种清冷岑寂，看尽繁华历尽劫波后的一种安静孤独。是月上西楼时的洞箫，是满眼江雪里的孤舟，是密林深处不拣寒枝的最后一只荆棘鸟。

锣鼓喧天的戏台上，她安静地孤独着，安静地抖着水袖，安静地发着玉腔，时而是高山流瀑，时而是巫峡猿啼，时而是梦呓般的悠长念白。谁毁了她的孤独安静，谁就毁了她的艺术，就毁了她的人生。她的人生属于戏台，属于那些戏文里的女儿们，属于座儿，属于——孤独。

她67岁离开，死于心脏病。她只能死于心脏病。那一颗心，承受了几千年来多少女儿的悲欢离合疼痛相思，还不早就碎裂成片零落成泥？终于不能再跳动再呼吸，于是躺下来，以一个卧鱼的姿势，抖袖，翻袖，屈腿，侧身，卧倒，面向天空的云彩。粉面飞霞，妩媚动人。永远地这样卧着，永远地妩媚动人。

"她"叫梅兰芳。我拒绝用这个"他"，因为她不是须眉，她是水做的，深山冷泉里泠泠的水做的，一眼见底，清澈透明。

在燕翅上凝望

1

天气暖了，楼下的老梨树，树顶向阳的枝条已铺开了雪白的花，紫色的木兰也绽了七八分，暖融融懒洋洋的风里，麻雀和黄莺高歌着飞来飞去。我在楼上凭窗望着，陶醉着，忽觉得，这片春和景明里好像少了些什么。少了什么呢？想来想去，原来是燕子。是的，自从来到这座城市，好些年了，从没在小区里见过燕子。在我年少时的记忆里，在那些看过的书里画里，春天怎能少得了燕子呢？燕子是春天的标点，是春天画龙点睛的笔墨，它剪刀似的亮闪闪的尾巴，是饱蘸了桃红和柳绿的狼毫，来回挥舞几趟，就染得万紫千红一地锦绣。眼下河山已经斑斓，怎么竟不见那管狼毫呢？

九九歌我儿时背得烂熟，七九河开，八九燕来，说得多准啊，每年"八九"一过，燕子就在老家门前飞了，神兵突降似的。它们双双对对，来回衔草啄泥，修补旧巢，或在房梁上再垒出一个新家。我用敬畏的眼光仰视着，看它们从门楣上的花窗间出出进进，有时衔一点湿泥，有时衔一瓣野花。母亲说，燕子是祥鸟，会给咱家带来好运，你们谁也不许害它。父亲找来盛馍的高粱莛子织的大盘子，郑重地吊在梁下，来接燕子的粪便。我每天在燕巢下吃饭，做作业，看14吋的黑白电视。我们那个土墙草顶的家，因为有了燕子明丽的歌，因为有了雏燕的嘤嘤叽叽，因为有了它们飞翔的翅膀，而彩云缭绕祥瑞蒸腾，有了三月桃花般的灼灼希望。

乡亲把燕子奉为神鸟，幼年的我信以为真，长大后又自作聪明地以为，这缘于村人朴素的爱心，他们深得与大自然的和谐相处之道，要保护这只吃害虫的益鸟，再后来，读书，读到《诗经》里的"天命玄鸟，降而生商"，才知道这又名"玄鸟"的燕子，被视为神鸟自有渊源。传说中，帝喾的次妃，也就是有戎氏的女儿简狄，外出时捡到一枚燕卵，她吞下后便身怀有孕，生下契，契就是商人的始祖。所以，燕子是殷商的图腾。此外，战国时的秦王，清朝的始祖，朝鲜新罗的始祖，其降生也都与燕子有关，都是仙女误吞燕卵所致。燕子很久很久以前，就被人们奉作神灵，它负了天命而来，不光要点燃春天，还要救赎世界。

吉祥的燕子，果真给我们家带来了好运。那年，哥哥接到了大学的录取通知书，这是村庄里有史以来的大事，村里的长者纷赞，咱村里风水好，咱村出"秀才"啦！母亲脸上堆满笑，一双手在围裙上搓来搓去，露出那颗缺了一个角的门牙。母亲的牙很整齐，那个角，是为我撕甘蔗时硌掉的。那时的甘蔗，自家种出的甘蔗，节很硬皮很硬，芯里呷出的汁水蜜一样甘甜。母亲露着残缺的门牙，望着燕窝喃喃自语：你看，谁家的燕子能像咱家这样，一年不落地回来？……

母亲把哥哥的出息，视为燕子的赐福。燕子是我们家的神灵。我们待它更为殷勤，邻家有孩子来玩，在家里疯闹，母亲也不允的，怕惊了小燕。老燕捉虫回来，扑闪着翅膀停在窝的边缘，小燕们一个个伸出头来，鹅黄的小嘴张得那么大，先给谁吃呢，母亲仰着头悄悄地看着，看得那么入迷，被太阳晒得黝黑的脸上堆满幸福。

一年后，我也中了"秀才"，村里的第一个"女秀才"，几年后，妹妹也考上了大学。望着头顶软语呢哝的一窝燕，母亲眼里闪着骄傲的感恩的泪花。

2

如果说儿时，燕子是被仰视的神明，在我们成年后，它就是惹人羡慕的鸳鸯。

当你有了第一份青春的心事，燕子就不再是神了。神都是威风凛凛不苟言笑的，哪会花前月下卿卿我我？看那燕子，一双双形影不离，言语轻软，呢哝不尽，比着翼并着肩，在细雨中穿花，在阳光里拂柳，那份恩爱和温存，分明就是一对会飞的鸳鸯。

心中有爱的人，谁不羡慕一对燕子，谁不想找到另一只燕子？可惜世上的不圆满太多，落花丛中，春草楼头，独立的人太多。在这样的人眼里，那贴地争飞的双燕，就是一处醒目的痛，心中的怅惘和期待，被燕子四只锃亮的翅膀驮着，扑闪开去，成了云成了风，成了灌满衣袖灌满眼眶的疼痛。深宅思妇，羁旅男子，被千钧的疼痛压着，对着这双宿双飞的鸟，发出一声深长的叹息。

"燕燕于飞，差池其羽。之子于归，远送于野。瞻望弗及，泣涕如雨……"，《诗经》里的那个他，眼泪正纷纷地落下来，吧嗒吧嗒地打湿脚下的土地。她，披着红红的盖头，被迎亲的队伍吹吹打打着送走了，消失在春天的碧野里，站在送亲的队伍里，他踮着脚尖望啊望，终是看不见了，只剩下一对对燕子，张着钢蓝的翅膀比翼双飞。曾经，他们执手盟誓，愿作在天比翼鸟，燕子般形影不离，铿锵言语，犹响在耳，人却要相隔天涯了。眼前的燕子，张着利刃一般的翅膀幸福地飞翔，刺得他遍体鳞伤。这个痴情男儿的痛，在《诗经》泛黄的纸页里绵延了两千多年，别泪春雨一般淅淅沥沥，一直潮湿着观者的眼睛……

　　燕子且自缠绵，丝毫不管身边的离人心怀，惹得多少男儿泪如雨，又让多少女儿眼朦胧。长安城内，一个女子终于沉不住气了：你只顾自己恩爱，就瞧不见俺在你们的恩爱底下形只影单?! 秋去春来，你都途经湘中，就不能替俺给夫君捎个信，催他回来? 面对指责，燕子似乎内疚了，女子话音一落，它旋即上下飞鸣，落于其膝，女子遂写诗一首，缚于燕足，燕子啾啾颔首飞鸣而去。多日后，湘中的街市上，一个叫任宗的男人肩头，便停了这只燕，男子从燕足上取下书信，展纸而读："我婿去重湖，临窗泣血书。殷勤凭燕翼，寄于薄情夫。"原来是娇妻托燕传书啊，满纸都是相思和眼泪，她重情若此，禽鸟尚为之动情，我又岂能做薄情商人?

　　这便是唐朝女子郭绍兰的爱情故事了，有名的"燕足传书"。这只唐朝的燕子，当了一回仗义的红娘，一对思妇旅男因它圆满。可是，有多少女子会如郭绍兰这般幸运呢，那些带血的情书被燕子带走，封封如石沉大海。"伤情燕足留红线，恼人鸾影闲团扇"，他们终究没跟燕子一起归来。是成了无定河边的白骨，还是坐上了哪个员外家的东床? 是柳昏花冥、自顾缠绵的燕子误了天涯芳信? 还是它原本就没想成全别人的爱情? 坐立不安的佳人，泪眼里忽闪着失望和嫉妒，望着梁间的生灵，纤指绕痛，银牙咬碎。

　　恨他，还是恨燕子呢?

3

　　母亲在电话里叹息：这燕子，一年比一年少了啊!

　　母亲乡下的家里，已多年不见燕子了。老房子给了二哥，他在原址上起了新房，砖墙，楼板，防盗门，玻璃窗外还加了铁栅栏，燕子是没法住进去了。放眼望去，整个村庄几乎都是这样的平房楼房，几乎没人给燕子留下一扇花窗。父亲倒是惦记燕子的，他在村口建新房时，特地在门上留了个风窗，活动的，可以掀起来，这样，春天打开来，还是燕子的绿色通道。新屋的水泥梁取代了从前的木梁，也很粗，燕子仍然可以在上面做窝。父亲希望它们与往年一样，秋去春来，岁岁如此。

可是，为什么，燕子从此就不再来了呢？

暮春，我坐在父亲的家门前，看着稀疏的几只燕在高高的一根电线上停着，一会儿又张开翅膀飞走，太阳底下，乌黑的羽毛闪着钢蓝的光，一如当年。它们住在哪里，又到哪里捕食呢？村里，没听说谁家住了燕子，燕子是家鸟，不住家，它又能去哪里流浪呢？桥下吗？树杈上吗？我蹚着河水去看，桥下没有；我攀着老树去找，树上亦没有。它们都去哪里安家了呢？怎么也不出来竞争夸轻俊了？小时候，村间地头，到处都是燕子啊，黄昏时，它们像是在比赛，一个个贴地争飞，把捉虫进行得如同竞技，看得人眼花缭乱。待滚圆的红日从西边的林子里沉下去，待暮色把虫影吞没，它们也吃饱了玩累了，一个个孩子似的往家里赶，身影在迷蒙的暗里轻灵地划过。飞得再远，它们也不会忘了回家的路，那路，是空中一个美丽的弧，划向那一盏红红的摇曳的灯火。灯火跟前，母亲像等孩子一般，看着它回来，看着它栖在巢里，窸窸窣窣睡好，才放心地去安歇。夜越来越深，我的梦呓和燕子的梦呓混合在一起，母亲听着，眯上眼，满足地笑了。连梦都是笑着的。

那个时候，虫子好肥美。棉花的花蕊里，肉乎乎的白虫子呼呼睡着，豆地里，圆滚滚的大青虫贪婪地啃着嫩叶。燕子们飞过去，一嘴一个准，窝里的雏燕，被滋养得羽毛光滑油亮，很快就长大，很快就可以飞翔，也加入捉虫的大军，它们织布梭一样，在田间穿来穿去。那些丰茂的庄稼们，因而苍碧葳蕤，因而果实累累。我们这群孩子知道，那庄稼底下，还藏着许多美丽的秘密呢：一丛一丛的小惊喜，紫的哨子花、粉的菖蒲苗；一片一片的野果子，金黄的香泡泡和小马瓜；还有花大姐、蚱蜢、鹌鹑、地毛牛⋯⋯

而今，庄稼看上去依然青葱茂盛，只是，那茂盛底下却是寸草不长生灵绝迹的孤独。种子是农药泡的，发芽了长叶了，就一遍遍地喷农药，想让虫子断子绝孙。与此相关的，是毒生姜、毒大米、毒蔬菜，是人类断子绝孙的隐忧。除草剂这个新生事物，是举着"只留庄稼不留草"的旗帜来的，它灭绝了美丽的菖蒲苗，灭绝了香甜的小马瓜，灭绝了庄稼地里和孩童心头的春天。

还有多菌灵、除螨灵，等等，诸多的空药袋空药瓶堆满田头，燕子捕虫的那个时代终结了。被迫下岗的燕子们，断了食物链，只能一年比一年少了。那些只吃活虫从不吃杂食的玄鸟，那些神一样洁身自好的燕子，放眼四望，田野青青无以为食，高楼幢幢无以为家，此时此刻，它们会不会也像艳羡它们的那些痴男怨女一样，流下悲哀的绝望的泪水？

4

夜来，窗外是沥沥春雨，屋里也有三分湿漉漉的寒。斜倚在床上读书，读文天祥。

文天祥真不是个好命人，19岁就乡试第一，有满腔才华和报国之志，却做不了官，待人到中年，终于做了官，又逢上蒙古大举南侵，南宋兵败如山倒。那些平日里雄赳赳气昂昂的英雄们纷纷龟缩，他终于派上用场。终究得保卫国家啊，朝廷再腐败，再愧对咱，她也是咱的祖国咱的母亲，哪有孩子弃母亲于不顾的道理？可怜这个忠义之士，凭一股浩然正气，遣散所有亲人，拿出全部家产聚兵买马，一天天奋力抵抗着元军的铁蹄，屡战屡败，却屡败屡战。1279年深秋，文天祥战败被俘，作为代表着民族气节的将领，敌军要押他往大都，也就是今天的北京城，元军以为，劝降他，攻取人心，能胜过十万兵马。

他们想错了。零丁洋里叹零丁，文天祥早就抱定了赴死的决心。人生自古谁无死呢！丹心是一定要留下来的。

作为战士的文天祥不惧死，作为诗人的他却痛不堪言。这一路北上，昔日繁华的故国满目疮痍，披离的荒草埋了倒塌的宫殿，残垣断壁底下掩着累累白骨。这里，曾经都是歌舞升平和盛世繁华！囚车颠簸，夜以继日，沿途不见行人不见炊烟，只有战后的颓败和荒凉。眼前的金陵城，再没有昔日的富贵温柔！

> 草合离宫转夕晖，孤云飘泊复何依？
> 山河风景元无异，城郭人民半已非。
> 满地芦花和我老，旧家燕子傍谁飞？
> 从今别却江南路，化作啼鹃带血归。

这首《金陵驿》，与其说是文天祥写出来的，不如说他叹出来的更为准确。"满地芦花和我老，旧家燕子傍谁飞？"燕子是和人类一同起居的鸟，富庶繁华的金陵，熙熙攘攘的金陵，笙歌遍地的金陵，只剩芦花和荒草了，春天再来时，燕子将何处寻找旧时的家园旧时的主人？若只是没了王谢，那堂前的燕子犹可到寻常百姓家落户，而今的国都，连普通百姓都找不到了啊。

彼黍离离，彼燕喈喈，燕犹如此，人何以堪！

囚车在金陵的废墟上驶过，咕咕噜噜的车轮，在文天祥的心上辗出一道道深深的辙痕。辙痕里血泪汹涌，澎湃着巨浪滔天的家国之痛……

转眼，七百多年过去了，如今已是2013年。2013年的南京与1279年的建康有着天壤之别，花月春风，车水马龙，它比历史上任何时期的金陵都要繁华。我们的乡村也富庶起来，普通人家都堪比王谢了。可是，曾经的燕子，你们更幸福了吗？你们在哪安家筑巢，在谁的仰视里飞翔？

　　今天晚上，母亲打电话来，她说她看了新闻，竟有人逮燕子！她愤愤地告诉我，这燕子没虫子吃没地方住，已经够"作难"了，竟还有人在它迁徙的路口布下天罗地网，成车成车地捕杀！这人，咋越来越残忍，连燕子也敢吃进嘴里？他们不怕遭报应？

　　让母亲更为痛心的是，咱家从前的那窝燕子，是不是也在其中？她的子孙后代会不会也在其中？

　　母亲为没能保护她的神鸟而自责而伤感，她在电话里的叹息，被话筒啘啘地拉长着，我能感觉到，她长着萝卜花的眼里正淌下浑浊的泪……

柳色如烟

　　"五九六九，河边看柳"，每年立春，母亲都会念叨这句话，吟诗一般。果然，母亲的话音落下，院前的几棵大杨柳，满树的枝条就应声而青，青得油光水润，藏在枝条里的那些芽苞儿，也听话地破皮而出了，千千万万的小雀舌膨胀着、舒展着，转眼之间，就是一树茸茸的鹅黄嫩绿。

　　于柳来说，这是它的豆蔻年华，是及笄之年的小女儿，青葱妩媚，水润灵灵，可惜这青春太短，闪一下就过去了，似乎没给我留下多少印象。昨天，在电脑里翻图片，无意间翻到一幅谁画的《早柳图》，是垂柳，一片线一般的柳丝直直地披挂下来，从黝黑的枝干上顺垂地披下来，软软的，像一屏丝绸锦幛，嫩绿的颜色清新似洗，微风拂过，齐齐地摆过去一点儿，那份娴静温柔，让我烦躁疲惫的心忽地软下来，忽觉得天清地明。我不懂画，但这幅画触动了我的心弦，让我有突忽而至的温柔与感动。还让我动心的，是那丛绿稠幛拂进了一顷碧水，半掩了一叶垂钓的扁舟。风拂杨柳，柳丝拂面，小船上的人大概意不在鱼吧。我休眠多时的游兴，瞬间被勾了起来，眼下正是早春，这柳色，不要错过才好。

　　我与柳，算是很有感情的。儿时，常常在盛夏里，爬到院前的柳树上，顶着个柳条帽，坐在粗大的侧枝上看小人书，听金蝉叫，小腿悠悠地荡来荡去，兴致高时，还会来几个"倒挂金钩"。那时候柳色是浓绿的，狭长的细叶密密地缀满枝条，因为不是垂柳，细细的枝条都长长地向天空伸展着，努力地伸展伸展，又因为细弱纷纷披垂下来，把树冠披成一个个温柔的弧，这些弧，远远望去，便是浮在空中的一团翠雾，有烟岚气，有水墨气。我的童年，就掩在这翠绿的烟霭里，今天偶然忆及，恍如梦境。

院前那四株老柳，不知是祖父哪年栽下的。母亲说，我家的院子原是一个荒弃的大坑，祖父和父亲每天从村外运土，一板车一板车，拉了三年，终于填平了，盖了房子，植了树。我会爬树的时候，它们已经合抱粗，都不甚高，但树冠很大，枝条浓密。我们兄妹五个树上树下疯玩，祖父就蹲在树根上，靠着树干抽他的旱烟。火星子密密地闪过，"叭"地吐出一口白烟来，慈蔼的祖父似乎很享受，眼睛眯成一条缝，即便呛得直咳嗽，咳出眼泪，再抽，眼角仍有笑意。祖母早逝，蹒跚学步的父亲和襁褓里的姑姑，让他苦熬了多少年，终于熬过来了。有一次，祖父抽好烟，在柳树根上磕烟锅子，边磕边自言自语："这几个柳树头，够我的棺材本了！"当时我不懂得这话的含义，而多年后，每每想起，想起此言此景，鼻子就酸酸的，就忍不住眼泪。人生，就是这样的吗？柳一般顽强地生长，努力地生长，竭尽全力荫庇着子孙，待子孙长大，便可面带笑意抽身而去？我不知道，当年祖父说这话时是什么心情，想笑，想哭，还是想叹？那悲欣滋味，在岁月里酿着，也许，要等到暮年的时候我才会懂。

祖父患病的时候，我正在外地读书，暑假来时，他已是弥留。院外的老柳刨了，黑漆漆油亮亮的一口棺摆在院子里。父亲持着柳丧棒，哭得几欲晕厥。最终，棺木沉沉地续进深深的墓穴里，高高隆起的新坟沿上，插了父亲手里抱了又抱舍不得放下的粗柳棍。翡翠绿的柳棍上缠绕着冥纸，冥纸飘飘，带着父亲的体温和眼泪，带着我们破碎到无法愈合的心。我们走了，柳棍留下来。如果没有人拔掉，它很快会发芽，会长成合抱粗的老柳，会撑开浓郁的柳荫，来陪伴土里坚忍的祖父。月朗风清时，祖父还可以倚着它抽袋旱烟吧。

我把无名氏的这幅春柳写意设置成了电脑桌面，每次开机，看到，心头便觉得清明，清明之后，又有雾起，有隐隐的感慨与辛酸。日子一年一年，过得真快，正说着冬日难熬，倏地就是春天了，东风吹来，绿丝凌乱，倏地又柳絮乱舞，春天老了。从前读东坡的诗，"惆怅东栏一枝雪，人生看得几清明？"只觉得美，觉得惆怅也那么清朗，而其中深意，多年之后，于一幅写意前，恍然明白。

屏
风

　　屏风，顾名思义，就是屏蔽风吧，最初也确实只是为了睡眠时挡风用的，后来，聪明的木匠们把它移植到床上，创造出有顶有壁类似房屋的卧具，这屏风屏蔽风的功能就渐渐弱化，而与此同时，它的装饰作用倒加强了，各种镂空雕花，各种题诗绘画，各种镶珠嵌宝，各种名贵木材用料，将它抬举成风雅与富贵的象征。

　　印象中，古代帝王的龙椅后面常有几扇巨大的屏风，上面九龙入云镶金嵌玉，皇权那等巍峨绚烂，就是要让臣下们莫敢直视的，而那些紫檀木花梨木的素屏风，则可以摆到书房里去，皇帝想起什么来，随手记在上面，像我们手机上的备忘录。众好汉集聚梁山时，徽宗就把宋江林冲那些人的名字写在上面，以时刻提醒自己抓紧收拾这些心腹大患。

　　华丽的屏风摆在显贵和大户人家的待客厅里，除了装点门庭，还有一个重要的功能就是分隔空间，跟现在酒店大厅里的屏风功能差不多，但这一分割，就有了私密，就容易发生故事。许多的暗算、谋杀、争权夺位，就在屏风之内诡秘地进行着，屏风外酒杯一摔，和乐乐的宴饮哗地结束，屏风内伏兵四起，刀锋和鲜血刹那间取代歌舞管弦，朝换代改序幕拉开。当然，也有很搞笑的，近代有一场军变，也是屏风后面暗藏伏兵，可没等到号令响起，那厢却把屏风给挤倒了，白花花的利刀瞬间割断亮处的谈笑风生，那一刻，双方僵住的该是什么表情？想想好滑稽啊。那鸿门宴上的客人，自然也没有抓住。

萧墙之内，也不仅仅滋生阴谋。"萧墙"这个词，有一种解释就是屏风，祸起萧墙，祸起屏风，一样的意思。但祸可以起于屏风，爱也可以的。你看旧时候，那些没法走出绣房公然相亲的千金小姐们，常都是躲在屏风后面试郎君的，甚至，逢着家里接待男客，被禁锢着无限春情的姑娘也忍不住躲在屏风后偷窥一番，相中了哪个面目如玉的，羞答答将心事告与母亲，明媒正娶再好不过了，再不然还有丫环传信相约私奔，修成正果的也不乏其人，只可怜那些空惹了相思的，闺门寂寂，再会无缘，只落得皓腕瘦损甚至玉殒香消了。

现而今，哪家的女子也不用再隔屏偷窥，家里摆放屏风的也几乎没有了，城市的居室逼窄狭小，恨不能把墙都给打通了扩展点空间，谁会弄个屏风来碰头打脸？屏风很大程度上成了一种雅玩和收藏，那天看电视，见一张不大的紫檀屏风，竟拍出2500万元高价，天呐，真是感慨极了，这屏风搬回去，怎么搁置好呢？

黄昏

　　黄昏是美丽的色彩。夕阳初沉，绯红的霞光将隐未隐，染得天有些迷离，若有若无的黄，带着幽幽的一点暗，村庄、田野、河流，都抹上薄薄的、雾气霭霭的一层红晕。这时候的乡野，就像一幅巨大的山水图，刚刚画好，掺着金粉的油彩还微微的潮湿。

　　霞光渐渐变淡，暮色从远处悄悄包抄过来，屋后的杨，屋前的柳，慢慢开始失去形态，村庄的轮廓也开始模糊，一切都是意兴阑珊的样子。这个时候，家家户户的烟囱里都已经升起了炊烟，轻烟正袅袅地、一缕一缕地向上飘去，在空中隐起身形，草叶和树枝燃烧的香味藏不住，若有若无地弥散在空气里，村外的人嗅着了，就撵着羊群往村里走，扛着锄头往村里走，响动惊扰了谁家的一只狗，它汪汪几声，紧接着，庄子里所有的狗都响应起来，吠声此起彼伏，惹得刚上树的鸡不安起来，扑扑啦啦地挪来挪去。这些声音，这些味道，在黄昏这幅油彩画里浅浅地隐着，看似闲笔，功能却同于画眼，给人的感觉是愈加的静，愈加的恬淡安然，如深林里一声响亮的蝉。

　　这是二十年前的故乡的黄昏，很寻常的黄昏。那样的时候，我正背着书包，从几里路外的唐寨中学往家里赶，如果是假期，我可能正驱着几只羊，或者背着一粪箕猪草。那个时候，我对这样的黄昏没有丝毫好感，我一直想逃到它的背面去，我理想中的黄昏，应该是灯火辉煌的，应该有车水马龙的繁华和热闹。

只是，我着实不曾想到，若干年后，在彻夜不息的城市里，我常常发疯地想念那时的黄昏，发疯地想坐在那幅少年时的油彩画里，安静地、不受一点搅扰地看看落霞，听听犬吠。很多次，我在城市的街巷里努力地寻找，纺织路、汴河路、淮海路，可那儿都没有黄昏。城市有白天有黑夜，却没有黄昏。

街道两侧，楼群那么高地耸立着，尤其是新小区，全是高层，密密的像树林，但林有罅隙，高也不过几丈，余晖可以透过来，楼群却直插云霄，日头刚往西边一拐，就被它们伟岸的身躯挡住了。城市的黄昏堕落成一个时间概念，冬天约五点，夏天约六点。黄昏来临，下班的人匆匆奔走，去买菜，或者赴酒宴。那些收摊的，出摊的，放学的，遛弯的，来来往往，满街像涌动的潮水。于是马路常常堵车，焦躁的喇叭声，车铃声，刹车片刺耳的摩擦声，路人的争执声，振聋发聩。天还没有暗下来，路灯、店招、霓虹、车灯，都争先恐后地亮了，明晃晃翻滚着，让人眼花缭乱。黄昏时的新月，城里看不见，即便透过高楼的罅隙偶尔看见了，也只见其形，不见其色。城里的月亮没有发光的机会，她洗不净遍地纷乱的色彩，也滤不掉汹涌的市井声。月光的生命力在乡村，在荒寂的郊野，它才可以无磕无绊长驱直入。

儿时的黄昏多美，圆月往树梢上一挂，就是刚刚洗过的样子，"海岛冰轮初转腾"，应该就是这样的干净。黄昏和月亮同时并存的时候，月亮也只见其形不见光华，待到天色老一些，再老一些，霞光褪尽，浅灰老成黑蓝，短暂的失明之后，银光就如水泄一般铺下来，世界在一片皎白里重生，那些黑黢黢的树影子，都影影绰绰地亮起来。如若是冬日，这个时候，村庄已非常安静，家家都亮起了灯，掩上了门，月光下的灯火隐隐约约，虽然是橘黄的，虽然只有豆大，却有焐得热心坎的温暖，晚归人的脚步，必是急匆匆奔它而去的。

从夕阳西下到黄昏来临，再到月出东海，只需几袋烟的工夫。正因为它的短，它的转瞬即逝，黄昏才含义特殊。它是结束，是开始，是河流的岔道和文章中的起承转合，是太阳的死亡和月亮的新生。归结到人心里，黄昏就是一种情绪和感觉，它是迷茫困惑，是归心似箭，是感慨万端。如果人约黄昏后，黄昏就是发酵粉，能让眉梢的欢喜无边无沿；如果断肠人在天涯，黄昏就是复印机，能把愁苦洒播得一地凌乱。

人心，忧或喜，却因为一场场黄昏而丰盈鲜活。我常常觉得，城里人灵魂之所以麻木，就是因为他们远离了这样的黄昏；乡亲们表情之所以慢慢僵硬，就是因为他们的黄昏，不再有从前安谧的油彩。

而今的故乡，日之夕矣，没有牛羊回家，桑树上没有鸡鸣，深巷里也少有犬吠，普遍使用的煤气灶和电磁炉，生不出飘着草木香味的袅袅炊烟。这些都是村庄的表情，村庄丢了这些表情，便如同抛荒的土地，也一层一层板结起来。

我的心也在板结。我想让它复活，于是，我跟着旅行团长途跋涉，到千里之外寻找黄昏……

美
髯

颈不同于项，髯不同于胡、须、髭，中国的古汉语词义区分真是细致，现代人嫌麻烦，干脆颈项都算脖子，唇上唇下腮边的毛也都统称髯或胡须。

儿时对美髯的印象来自于外公。外公是旧时大家户的公子，举止尚有老式贵族的作派，我对他有记忆时，他大概已八十岁，留一副尺把长的胡子，雪白，但不算浓密，胡子打理得很干净，加之他相貌清癯衣着整洁，颇给人几分仙风道骨之感。他吃饭时，左手把唇上的胡子捋到一边，把嘴露出来，右手把饭菜送进去，再盖上胡子，慢慢咀嚼，一顿饭吃上老半天。我在一旁呆呆地看着，恨不得替他一直掀着胡子，像抵住一扇随时要闭合的门——我好担心它会不合时宜地关上，让那些食物碰了壁啊。

然而诗意总是高于生活之上，美学意义的美髯根本不考虑饮食上的不便，大概诸如商山四皓和战神关羽之流，都可以不食人间烟火的。

京戏里老生戴的假须，叫髯口，或黑或白或灰，都很长很密，在胸前铺着，单手一拂双手一托或用力一甩，可威猛可清雅可悲壮，将相得意，英雄末路，总少不了这一片夸张来表现情绪。但对于那个传奇女子孟小冬来说，无论她扮上哪个角色，都让我觉得苍凉。一个柔弱多病的纤细美女，她以老生的形象扎根戏台上，手托玉带，脚踏皂靴，作龙形走虎步，长髯铺满前襟，一亮嗓，就是《洪羊洞》的洪迈悲凉，满满都是沉郁凄怆。和梅兰芳分手，她那样决绝，再不同台，再不相见，再不相恋，他不再是北番的公主，她也不再是恩爱的四郎，她不再是出宫的游龙，他也不再是快乐的凤姐。安得与君相决绝，免教生死作相思。她远远地离开，为生计而唱，为填补失爱的虚空而唱，满襟长须飘飘扬扬。再后来，她丢掉那一挂苍白的髯口，转身，嫁给了长她20岁的青帮头目杜月笙，不动声色地做了他第五房姨太太。天知道，她快乐吗？

不再留须的时代，男人受伤了，常常要蓄须，当然，也非有意为之，只是无心梳洗呀，心再痛，胡子还是不识相地长，就任它和痛苦一样疯狂吧。前些天，某忠厚男星被老婆所伤陷入离婚门，网上晒出的照片，他就是满脸胡楂的模样，而后天日重现，才剃头光脸，再面生活。

王洛宾的一首歌里唱道："孤坟上铺满了丁香，我的胡须铺满了胸膛"，他唱给三毛听，三毛听罢，失声痛哭，歌里那个维吾尔族青年自从痛失所爱，再也没有剃过胡须，没有了心爱的她，他一任胡须铺满胸膛！闻听此曲，三毛哪得不哭呢，宝奁尘满，鸦寒树老，这痛须臾就是多年啊，荷西荷西，你的坟前是不是也开满了丁香？可看到我心中雪堆云涌白须万丈？

晚年的王洛宾也是蓄着须的，不知道可有几寸，是为那橄榄树下痴情的三毛？她等待又等待，你徘徊再徘徊，直到，她永远不会再回来。

她永远不会再来，你胡须再长，也不能把遗憾赎回来。

凝露为霜

霜降到了。一夜细雨淅沥，晨起推窗，见楼下两株银杏的绿叶，一下子全黄了。前几天还滋润的槐叶，枝头已不剩什么了。这世间，凡事都逃不过一个限数，霜降是秋天的最后一个节气，是草木的限数。这个时节，若是晴日，若是在乡下，大地该满目霜华了。乡下的节气心思敏感，从不拖沓，霜降一到，秋露立刻退场，心甘情愿地把场地交接给小手冰凉的霜花。

在儿时的记忆里，落霜的日子非常醒目。天色微明，一轮残月当空照着，放眼望去，目光所及之处，一层银白雪沫在清冷的月华下熠熠闪光，房顶上，树上，厚厚的落叶和茸茸的枯草上，霜花薄而均匀地铺着，那脆弱的细粉，拈在手里立刻融化，变成一片冰凉的潮湿。霜天的凌晨萧瑟肃穆，静得出奇，鸡啼和犬吠，即便是一声，也有撕破夜空的嘹亮和凌厉。这个时候，往往是我醒来的时候，轻手轻脚地穿衣起来，吱呀推开门，踏着满地白霜去镇上的学校上学。

住在西屋的祖父总比我起得还早，他蹲在门里面，吧嗒吧嗒地抽着一袋旱烟，我走的时候刚好抽完，起身在鞋底上磕净烟锅，出来喂鸡。鸡还没从树上下来，祖父端着簸箕，一边撮着嘴"啵啵"地呼唤着，一边把几把秕玉米高高抛出，鸡群闻声而动，咯咯地扑楞楞地跳下，争先恐后飞奔过来，把一院白霜踩出无数凌乱的"个"字。霜华上清晰的足印，总会让祖父自言自语，"浓霜猛太阳啊，今得是个好晴天！"像说给鸡听，又像说给我听。我听着他的"预言"走出大门，总想找个机会推翻，结果却总是他对。我不大喜欢霜，下霜的早晨，自行车的把手格外凉，吸进去的空气也格外冷，祖父略带欣喜的预言，让我有青春叛逆期里的微微不快。

踏过无数次浓霜之后，记不清何时，我在课本里读到一首诗，温庭筠的《商山早行》，"鸡声茅店月，人迹板桥霜"，竟一下子着迷了，迷上了诗句，也迷上了冷霜。你瞧，鸡啼、月明、霜华、足迹，寥寥数字，有声有光有形有影，多妙的意境！那时我正迷恋写诗，迷恋所谓的"意境"，枕边常放着笔和小纸条，随时要记下梦到的句子。我很惭愧，如此之妙的霜，我的双脚在它身上踏了十几年，却从没琢磨出什么味道来，而那些鸡，也从来没有入过我的诗行。我对这句诗爱不释口，自此不再反感霜花的冷，也不再反感祖父的预言。霜开始以花的姿态，在我心里开出万丈诗情。

多少年后，当我经历过人生的霜寒，才渐渐明白，最深的意境其实不在霜花，而是霜意。西风漫卷，黄叶飘零，霜重天寒，羁旅艰难，大概谁的人生里，都会遇到这样的秋天。在这样的天地里踽踽早行，风是刀，霜如剑，步步紧逼，感到寒冷的是心，而不是身体和呼吸。林黛玉曾叹：一年三百六十日，风刀霜剑严相逼。大观园里衣被温软，刀光剑影在哪？就在拳头大的那颗心里。心里的霜降，再热的熏笼也焐不暖。而《商山早行》里那种迷人的诗情，就是我懵懵懂懂说道不清的人生霜寒。

冽冽霜寒里，红薯、眉豆、丝瓜，都不再挣扎，也许它们试过，挣扎过，结果总在节气面前败下阵去。后来它们慢慢明白，这是天时，只能顺应不能违抗，于是从容合眼，低下头去。苹果树、梨树、柿子树身子骨强些，性格也倔犟些，它们的叶子，忍着寒意在枝头挂着，心存侥幸地看着霜的威严，却不知道是哪一会，身体就被烙上了烫人的红，这是霜的印章，是霜占领地盘的标记。终是逃不脱的啊，叶子一惊，也从树上跌了下来。几场严霜之后，红的黄的叶子铺了厚厚一地，树薄了，大地空荡荡的，一派苍凉的底色。此时天也空了，大雁在腾空了的天路上成群南迁，乘着残月，马不停蹄，它们飞过江枫，飞过渔火，一心要逃出漫天细细弥漫的霜花。

霜降是大雁北居的限数。天地万物都有限数。祖父的限数在1992年。暑假我从学校回来，他已经非常虚弱，我寸步不离地端汤奉药，给他洗最后一次衣服，剪最后一次指甲，并于那个阴阴沉沉的日子，把他送到村西头的桃花园里。祖父的土冢上有繁茂的青草，有霜的早晨，衰黄的青草总蓬松地顶着一头粉粉弱弱的霜花。泉下的祖父，还清楚地看得见一场一场的浓霜。只是不知道，那样的霜天残月里，他还有鸡可喂吗，还说那句天气预言吗？

窗外，秋日的雨还在下着，黄叶上雾气蒙蒙，没有霜的影子。即便是晴日，也不会有霜的影子，城市的霜降没有霜。城市的人也不信"限数"，他们满脸堆笑，那风刀霜剑，都在心里深深地藏着。

长亭

"天下伤心处，劳劳送客亭"，这劳劳亭，就是古诗词中常常出现的长亭，无数长亭中的一座亭。十里一长亭，五里一短亭，旧时的驿道上，数不清的有飞檐翘角的木头亭子，见证过多少生死离别，也成全了多少动人辞章，它存在的意义，远远背离了治安、邮驿歇脚那些初衷，标志性的功能只是——送别。

在那只靠舟船车马甚至双脚作为交通工具的年代，十里开外都算路遥了，出行实在是人生的重大事件，尤其是远行。外出经商，进京赶考，迢迢千里，常常要翻山越岭，何况还有志士谋臣，动辄要去帮离国游说诸侯，那么长长的一路，山恶水险风霜雨雪，更还有狼虫虎豹强匪流寇，多少不确定的危险等着呢，这一去，什么时候回来，还能不能回来，可都没有定数了啊。所以，古人重别离，古人怕别离，你翻翻唐诗宋词，里面一半的眼泪，都是为离别而流的。

于是，送行，也就成了人生路上重要的仪式。你看，郊外的长亭里，一拨又一拨，都是举袂拭泪的饯行人。贵胄高门的，备珍馐列酒浆，张琴羽陈箫鼓，声势浩大，但热闹过后，那个人仍要独自上路。而小姐别书生，思妇别征人，慈母别游子，更适合安静的话别，流泪眼观流泪眼，断肠人送断肠人，依依不舍。可终是要离开的，悲欢聚散一杯酒，南北东西万里程，饮了这一杯，你就上路吧，一路之上，千万多加小心才好。

说好的就此分别，可背影消失的那一刹，怎么又追上来了呢，再送十里，到下一个长亭吧。长亭更短亭，一亭又一亭，驿道绵延，情意绵绵，"家书你要频繁寄"，"事毕你莫归还迟"，这是长亭听到的最多的叮嘱吧。他走后，她还在亭下坐着，坐在他的痕迹里，不忍离开。此刻若是春日，绿树连天百鸟声喧，那离恨就如春草，渐行渐远还生。"感时花溅泪，恨别鸟心"，有离别的情绪在，看什么不都黯然神伤？秋天呢，更不用说了，秋草枯黄秋叶凋零，秋风秋雨愁煞人，还不要断人肝肠！

黯然销魂者，唯别而已。出行难的时代，只要是离别，什么时候，都让人心折骨惊。古人有"父母在，不远行"之训，实在是因为路途艰辛，归来无期。而今天，谁再把这句话搬出来作训，一定会被人笑得闪脱了大牙。以当下的交通，地球都成小村了，当年文成公主的和亲路，从西安到西藏走了一年多，如今两个半小时的飞机搞定。飞机、高铁、公路，再加上发达的通讯，真个是"天涯若比邻"，人们还有多少机会体味离别之苦？

长亭终是无用武之地了。所以，它们消失了，退回到诗词里，以长句短句的姿态。车站、机场、高速入口，这是21世纪的长亭，少有别泪的长亭，少有惆怅与诗意。

蒹葭苍苍，白露为霜；桃之夭夭，灼灼其华……手持农具的农人在自家长满黍苗的田里除草，偶一抬头，看见一片丰茂的芦苇，看见一丛妖艳的桃花，一不小心，脱口而出，便有了这些流传千古的诗句。在我的家乡砀山，在淮河以北那片开满梨花的平原上，你走过去，也可以随处听到这样的吟哦。

述说光阴：一茬一茬的庄稼

冬闲无事，农人嫁女。新娘粉面娇羞，身姿袅娜，惹得迎亲队伍啧啧连声。这时，一个倚树抄袖而立的老妪叹了口气，嚅动着瘪进去的嘴唇自言自语：真快啊，这大闺女啊，像庄稼，一茬一茬的，熟得真快……熟得真快！催人老唉！

是啊，这新娘昨天还是满脸鼻涕的小丫头，一夜之间就亭亭玉立起来，像小麦，扬花了，成熟了，散发着新鲜的香气。新麦催陈麦，教我咋能不老呢？数十年前，我也是一个水灵灵的大姑娘，婉转娥媚，须臾之间，就萎谢如隔年的麦穰，我的鹤发已乱如皎丝了。等我去了，化了一抔黄土，这小麦还会一茬一茬地长，一茬一茬地熟，再一茬一茬地割。——一茬一茬，无尽无休啊。

是啊，一茬一茬，无尽无休。自古至今，有松柏作薪，有桑田变海，麦茬代代无穷已，江月年年只相似。生命有限，你能见得几番绿肥红瘦、几茬麦生麦长？只有月亮能看到，在一茬茬美人化作黄土后，月亮仍挂在上空，静静地看着人世间生命的轮回，麦茬的轮回。

古往今来，人们对光阴有过无数的嗟叹和思考，诗人为此留下过无数的名篇与佳句，但叹来思去，写来写去，不就是老妪自言自语的这句话吗？

描摹相思：心里长草

月亮爬上东头那棵老柳的树梢，姑娘没有来；月亮又挂在了南头那棵老梧桐的枝头，姑娘还没来。小伙子沮丧了，躺到床上，辗转反侧。天亮了，几只鸟在窗口跳来跳去，唱着清脆的歌，小伙子猛然起来，开门，拣起树枝，愤怒地打鸟，把正在院子里喂鸡的小妹吓了一跳。这时，倚着门框抽袋烟的爷爷安慰道："小妮别怕，没你的事，你哥他心里长着草呢。"

相约黄昏柳树下，望穿明月人未来。打起黄莺儿，莫教窗前啼。这些，老汉都明白。老汉也年轻过，也有过关关雎鸠，知道相思的滋味。相思难受啊，一如一川荒草长在心里，支蓬着，嘈杂着，失落之情犹如西风，席地漫卷而来，一阵阵，茅草起伏，飞沙走叶，抽打得心壁疼痛难忍，迷乱难言。因为疼痛，因为难言，所以要怪鸟雀惊梦，怨夜长天短。

爱情是亘古不变的话题，相思更是。古人描摹相思之愁苦，有丁香枝豆蔻梢，有衣带渐宽，有莺莺燕燕，当然，也有烟光草色。烟光草色之首，莫过于贺铸的"一川烟草，满城风絮，梅子黄时雨"，而此中的"一川烟草"，不正是老汉所说的"心里长草"吗?

一辈子只与黄土打交道的老汉,肯定没读过贺铸的《青玉案》,他的如此诗情,只是惯看草木,偶一发之。偶一发之,便是佳句。

比喻娇美:皮肤就像嫩黄瓜

三月里,梨花洁白桃花红,八月里,苹果飘香酥梨甜。故乡的花香果香黄土香,将初长成的姑娘滋润得个个明眸皓齿,水灵鲜活,脸蛋儿白得刚刚好,红得也刚刚好——施朱太赤,着粉太白,可怜飞燕倚新妆。

如此村姑,被扛着锄头的姊子大娘们碰见了,必遭三分爱怜,七分嫉妒,脸蛋儿逃不脱被拧上一把的命运,拧过之后,她们还恨恨地丢下一句话:"你看这皮子,多水汪,跟嫩黄瓜似的,一掐一股水儿!"

从表面看来,黄瓜与美肤并没有什么直观的相似,然细一想来,又觉颇有道理。毕竟,两者同是水做的骨肉。

水做的骨肉还有很多,比若酥梨,比若苹果,再比如柔荑。柔荑是三千年前的植物,白茅初生的嫩芽。三千年前《诗经》里的农人形容纤手细白,用的就是这个比喻:手若柔荑。另外还说,领如蝤蛴。蝤蛴是天牛的幼虫,我没见过,想必是蚁卵一般白嫩光亮又细长圆润的东西。这样形容手颈之形之白,典型的原生态。如同村妇的黄瓜之喻。

生在帝王家的孩子可怜,没见过柔荑,也没见过蝤蛴,黄瓜应该吃过,但可能是削了皮切成段的,所以曹植形容美肤,不会想起这些意象。所以他用露珠,用凝脂,用贵族化的比喻:"延颈秀项,皓质呈露"。有些苍白。如若曹植务农,那么他的洛神,他亡故的嫂嫂,肯定更有风采。

较之《诗经》里的农人,较之故乡的农妇,曹植略输文采。

106

摇篮曲：灯尽见窗影

小时候，家里经常停电，停电的夜晚，就点煤油灯。一灯如豆，灯下是寂寥。小妹怕黑，缠着不让母亲熄灯，母亲就说："灯灭了，就能看到窗影了，那是仙女在咱窗棂上画的画，可好看呢。"果然，屋子里暗下来后，融融的一片月色就从小窗泻进来，白亮亮的窗纸上，印上了院子里那棵楝树的枝条，刚被秋风删减后的枝条。简洁的几笔写意，还有淡淡几点楝豆的影子。秋夜的仙女果真是丹青高手。

小妹张大眼睛，看得入神，看着看着就沉沉入梦。当然，我不否认，在此之前，母亲也用过"狼来了"之类的招数。没管用。而窗影，管用了。母亲这个招数是无意的。长大后的小妹，执意要拿画笔，上美院，不知是不是跟这童年的窗影有关。

前几天，读袁子才的《随园诗话》，在卷十二中，袁枚盛赞盛复初的一句诗，"灯尽见窗影，酒醒闻笛声"，言人人共有之意，共见之景，一经说出，便妙。我愕然。

——原来，母亲早就是盛复初！

脱口秀：诗意的丈量

李白用东流水丈量过离别之意的短长，杜牧用铜雀台的深春丈量过已逝岁月的短长，但是，有人用实物的刻度丈量过风的短长吗？

有。故乡的农人丈量过，比如风薄。风一样薄。夏日炎炎，新扯了一件短袖汗衫，穿上，立在树荫下乘凉。邻人路过，问，大热天还穿褂子啊？答，这褂子风薄风薄的，可凉快啦。瞧，风一样薄，薄得风都可以随意出入，你说，那是多少厘米，或多少毫米微米？过年擀饺子皮，切牛肉，也可以说风薄。擀得风薄，切得风薄。那么，风的厚度，又变成了饺子皮和牛肉片的厚度。

一位写诗的朋友说，意象的跳跃是写诗的最佳状态。你看，乡亲们不就处在这种状态吗？所以，他们出口成诗。无意为诗而成诗。如果有人将它记录整理出来，那将是又一部《诗经》。

同样值得记录的还有很多。如，"日子还浅呢"，"你媳妇来咱家的日子浅，你别总欺负她"。这肯定是一个老太太告诫孙子的话。小两口发生口角时，老太太还会顿着梨树枝砍成的拐杖，恨恨地说："日子比树叶还稠呢，哪能老吵着过？"

如此丈量岁月，李白杜牧若在，也会汗颜。

西出阳关无诗情

淡月，鸡声，寂历小路，荷把锄头在肩上，踏着朝露，果园锄草去。累了，采花篱下。天色晚，农事毕，倚树闲立，斜阳晚照里，满袖梨花听杜鹃。这是历代文人隐逸的梦想。这种梦想，是故乡农人的家常。

然而，这种家常，却不是他们的梦想。多少代了，故乡的农人们，都想跳出农门，摆脱面朝黄土的生活，摆脱清贫又枯燥的劳作。到了这一代，机会来了，大批的乡亲扔掉锄头，走向城市，走向一个金碧辉煌又诗情画意的梦想。然而，聒噪的城市里有洋面包，有大马路，有无数星星一样的路灯，却没有鸡声茅店月，没有人迹板桥霜，没有天上的市街——没有梦想中的诗情。

没有诗情的人生是空乏的，充满了日暮乡关的孤独。孤独中，这一代无根的飘萍们，开始思念故土，思念故土上的窗影与梨花，思念梨花和窗影下形单影只的罗敷。在思念的酸楚里，他们挣扎着、取舍着、反复着，在一次次返乡又离乡的征途上，一步一步迷惘。

我——跳进龙门的另外一种民工，也在城市的空乏里痛苦地思念着，思念着故乡的诗情。

闲下来的时候，常常捧一杯普洱，坐在窗前，看光阴流逝。

我常想，"光阴"这个词，如果换作"光影"，该是多么直白和贴切。你看，阳光把窗户的影子投射下来，把窗台上这盆兰花的影子投射下来，这些光的影子，一点一点地移动、移动，渐渐地淡下来，直至暮色围拢，黑暗将它们吞没。一下午的光阴，就在这场明暗转换里，悄无声息地消逝了。

杯中的普洱，是二十年的陈茶，它身上凝聚了多少场这样的光影。在这样安静的午后，在光的影子里，茶块伏在杯底的开水里，看似不动声息，却缓缓地将那板栗壳一样的深红，一层一层渗出来，如同一滴饱墨在宣纸上无声地洇开，一圈一圈地往外扩散。慢慢地，满杯就是红酒一样的颜色了，浓浓的，沉甸甸的，沉静雍容。时间的醇香从袅袅升起的热气中流溢开来，若有若无的轻烟一样的热气，也是正在游走的光影，嗅一嗅，是经年的陈气。这茶，啜一口，咽下去，香和甘从心底浮上来，在唇齿间萦绕，顺滑，温暖，妥帖，像回味不尽的已经走远的岁月。

邂逅普洱后，竟不再习惯喝了多年的绿茶。绿茶展示的是青春，满杯翠色，起起伏伏，争相缭绕，却经不起几番冲泡，清浅的香很快寡淡下来，余下的便是叶的腐气了。终究是阅历浅啊，属于时令的鲜物，经时便灭，隔年见弃，没有多少岁月的味道。普洱却不同，它是可以入口的古董，是沉淀的

110

一场一场的光影，它的味道就是时间的味道，愈陈，便愈发地醇厚香浓。水过七遍，余香仍在。只是，这种香，结藏在中药一般难描的苦里，只待有缘人来解。那有缘人，自然也要经历岁月的发酵，见过无数的光影流转，尝过人生的辛辣酸楚，方能懂得苦后的淡定和甘贻。如凤凰涅槃。

普洱的发酵，本身就是一次涅槃。鲜明的翠叶，一片片从枝头分离下来，杀青、揉捻、干燥，受了奔突之苦，尝了辗压之痛，再被放逐到黑暗里堆闷起来，一年、两年、三年，百年千年，它在无人问津的角落里沉睡着，寂寞着，光的影子来了，又走了，来来走走，周而复始。直至它身上的青涩尽脱，彼时的锐气和光华，一层一层地收敛起来，如同一尊年代久远的瓷器，在时间的修为里，锋芒隐晦，贼光遁去，只剩下柔和、温暖、包容万象。

谁说草木无心？这样一杯茶，是最有心的，最懂得光阴。你静对它，它就会与你展开一场对话。它会告诉你，一株幼苗如何长成参天大树，一块巨石如何化成齑粉，告诉你茶马古道上的驼铃如何消失在山林深处，告诉你当下如何变成历史，历史又是怎样弥散在漫漫的时光的尘烟里……

这样一杯，多么适合中年或暮年，在这样的午后或黄昏，就着光影啜饮。懂得这杯茶时，锋芒毕露的少时岁月注定已经远去，青丝覆了霜雪，当初的明亮与热烈茶一般沉淀，脊梁还挺着，眉眼却低顺了，目光俯就下来柔软下来，这个时候，摸刀尖是温的，听喧嚣是静的。

这便是普洱的味道了。不是妥协，不是卑怯，是懂得和宽恕，是阅尽沧桑后的一怀慈悲。

枕头

　　这阵子颈椎病犯了，头痛肩痛失眠，长夜漫漫啊，什么样的枕头才能让我安稳入睡？一直相信中里巴人的中医养生，从他的网站搜罗出一则经验来：枕黄豆枕。一尺长半尺宽，装四斤黄豆。网民们一条一条的治愈感言，看得我信心满怀热血沸腾。可是，忍着硌死人的生硬一动不动地枕了十几个夜晚，疼痛竟越来越重了。只好再换枕头。

　　这枕头，我不知都换了多少种，李时珍推荐的几款药枕，荞麦皮的、决明子的、菊花的，等等，我几乎换了一遍。荞麦皮的最舒服，虽然刚用时感觉有点硬，习惯以后，那种能在中间捶个窝安放后脑勺的服帖，还是挺好的，美中不足的是，荞麦皮爱脱屑，难清洗，据说还是螨虫的安乐窝，因为鼻子有些过敏，用一阵就放弃了。而菊花枕、丝棉枕、记忆枕、塑型枕，好像没哪一种更适合我。

　　真是瘸子走不稳怨路不平。古时候，人们石头拿来能当枕头，草秆捆来也能当枕头，都不嫌软道硬，后来的竹枕木枕陶瓷枕，也能让人睡得很香。没有被现代文明普及的颈椎病，"寝能安枕"似乎不是个问题。

　　我曾枕过一阵装满热水的矿泉水瓶，那东西跟一截木头棍子差不多，据说能校正颈椎的生理曲度。母亲见了，非要给我砍一段桃木来代替，朝东南的粗树枝，她奇怪我的脖子怎么老不好呢，是不是中什么邪气了，桃木可是

112

辟邪的。

这样的桃木枕，古人也是常用的。平民的木枕，估计也就是些桃啊柳啊之类的普通木头，枕黄杨木的，必定不是普通人家。瓜子黄杨，那矮墩墩的一丛灌木，城市的绿化带中到处都是，你看了它几十年，何曾发现长大多少？俗话说，千年的黄杨不成树，因为生长极其缓慢，所以又叫千年矮，能长到当枕头，怎么也得人的小臂般粗细吧？如此大的黄杨，据说在中国也就发现三棵，一棵在北京故宫，一棵在山东曲阜，还有一棵，很幸运，就在我们萧县的皇藏峪，树龄一千五百年。黄杨木不生裂纹，作枕头可疏通经络，活血化淤，是养生佳品，我们可得好好保护，别被人砍去喽。

司马光的木枕名气最大——警枕。他弄一圆木枕枕在头下，若是睡着了，头就会滑下来摔到硬木床上，以此提醒自己莫贪睡，要"日力不足，继之以夜"地勤奋读书。如此自虐般的好学形象，简直就是头悬梁锥刺股的翻版。榜样的力量是无限的，这个枕头已经教育了华夏子孙一千年，我们上学的时候，总被父母、老师不断地提醒，要努力努力再努力，能夜夜不沾枕头，他们才欣慰呢。我们在填鸭式教育中长大，以至于多年以后，偶尔放松一下唱个歌喝个茶，心里还会有虚掷光阴的负罪感。

"警枕"的故事，让我很担心司马光的健康，不仅睡眠不够，他还犯了一个常识性错误：把枕头枕在脑袋后面。以我多年南征北战治疗颈椎病的经验，枕头是应该枕在脖子下的，枕在头下，颈椎悬空，时间久了，生理曲度消失，就不愁像我一样头痛失眠了。

还有一款枕头同样有名，就是唐人沈既济《枕中记》里记载的那个。屡考不中郁郁寡欢的卢生，在邯郸旅馆里遇见一个道士，道士给了他一个枕头，他伏枕而眠，着实地做了一场美梦，梦里升官发财荣华富贵，可醒来，旅店里的黄米饭还没蒸熟呢。这就是传说中的"黄粱一梦"。卢生醒了，自此堪破世事。人生如梦，苦拼苦打机关算尽，到头来什么是你能带走的？权乎？钱乎？美人乎？不过落个土馒头而已。今天实行火葬，连土馒头也落不下了，尺把长一小盒子罢了。

现实中若真有这样的枕头，该多好呀，世上该少去多少是是非非？战争、杀伐、贪欲，都没有了。眼下若给贪官们一人发一个，可省下多少反腐的力气？

青
衣

京剧的旦行里，最迷我心神的是青衣。那些青衣，是夫人，是娘子，是闺阁里深情无限的千金小姐，是污泥中不染纤尘的青楼女子，富贵也好，落难也罢，总保持着一贯的端庄风雅，小碎步踩着西皮流水，朱唇轻启玉喉徐展，三尺水袖云卷云舒，一转身，一回眸，一低头，风情无限，声声慢里，一字一句，把风烟唱老，把年华诉尽。常常，醉在这样的风情里，我就忘记了我是谁，我在哪里，仿佛我也涂着淡粉的油彩搽着玫红的胭脂，妆容婉丽满头珠翠地做着一个台上的青衣。

那十里长亭，莺莺正送别张生。这份爱情，成就得迟分别得早，相国夫人挥着大棒劈头断喝，要中个状元回来才行！碧云天，黄花地，袖里西风凄紧，头顶归雁声声，她罗衣冷透泪眼不干，好不惨凄，"做一对并头莲朝夕相对，不强似壮元及第衣锦荣归？"青衣，都是水一样的女子，透明的，多情的，柔软的，不管境遇如何，内心一直高贵清纯，我不要你高头大马封侯拜相，我只要举案齐眉朝夕相对。一个"青"字空灵啊，青衣无尘，青衫磊落，世故的女子做不了青衣。终要分别，相公啊，不管能不能夺魁，你都要早早地回，这一路，荒村雨露宜眠早，野店风霜你要起迟，这一去，莺莺离分睡不稳，茶饭不思衣带缓。青衣里裹着的，都是痴情女子，被相思消磨得形容憔悴。

"一霎时把七情俱已昧尽，参透了酸辛处泪湿衣襟"，那出《锁麟囊》，薛湘灵即使以布缠头衣衫破旧，即使夫离子散沦落为仆，举手投足间仍是青衣本色，那饥肠辘辘时唯一一碗热粥，也送给腿脚不便的乞丐老妈妈了。"只道铁富贵一生铸定，又谁知人生数顷刻分明"，富家千金被一场洪水卷为仆妇，如此惊天巨变跟前，不是呼天抢地怨天尤人，她眼里的泪是含着的，眉间的悲是收着的，慢抬纤手，缓移莲步，依旧玉貌朱颜端庄娴静。"这也是老天爷一番教训，他教我，收余恨、免娇嗔、且自新、改性情，休恋逝水，苦海回身，早悟兰因"，你看，风再咆雨再哮，青衣的眼神都定的，乱云飞渡里静如处子，江河呼啸时仍凝神自省，这便是青衣本色。当然，善果也在剧末的戏台上等着呢，曾经惜弱怜贫举百宝囊隔轿相赠，那个因囊富贵的贫家女子，那个青衣，她的回报就要来了。京剧的戏台上，不良善的不是青衣，不感恩的也不是青衣。

还不能少了白娘子吧。雨过天晴山如洗，东风习习透裳衣，这个一身素白的青衣在西子湖畔邂逅许家美少年，油纸伞一借一还种下姻缘。她助他治病卖药学前贤，她替他仙山盗草遭颠连，她为他勇斗法海水漫金山……受尽危难，落得个金钵罩体身困塔底，这一切，都只为一个"爱"，爱得无怨无悔，爱得坚贞不屈，爱得排除万难。爱情的坚贞让一条蛇修练成青衣。只要有爱，只要纯洁，异类也可以修成青衣，修练成人们心中的女神。

还有勇斗权贵的李香君，怒沉百宝的杜十娘，罪衣罪裙的玉堂春，她们都是青衣。青衣不问出处，夫人当得，妓女也当得。她们都那么美，从眼角到灵魂，都那么贞洁娴静，都那么聪慧美好。但，浊世里的美好注定要孤独，注定和者寡，青衣们在震耳的丝弦锣鼓里安静着，在兰花指下桃花扇底孤独着，在纸醉金迷的繁华深处寂寥着，如寒塘鹤影，如月下花魂，如这清冷秋夜窗外最后的几声蛩鸣……

116

贰

草木情

凤仙情

　　农村长大的女孩儿，谁不熟悉凤仙花呢？它最大的作用当然就是染指甲了。炎热的夏天，一株株凤仙闹哄哄地开着，黄昏时，我们忙着采花摘叶，等晚上洗漱好，就把它放进蒜臼子里，加些明矾，一下一下用木臼把舂捣。那个时候，月亮已经带着清凉爬上来了，啪啪的捣臼声在安静的村庄里回响着，我们坐在庭院的月光下，坐在蛐蛐的歌声和偶尔的犬吠里，满怀都是兴奋的期待。等花叶舂成泥糊，就可以开始染了，把花泥小心地在指甲上按实，用早就备好的眉豆叶把手指包裹起来，再用线仔细缠好。姐妹几人围坐一处，都伸着手，头凑在一起，你帮我我帮你，包好之后，都把十指直直地张着，上床睡觉。梦里还保持着硬邦邦的手势。清晨早早起来，赶紧扯掉叶子，把手伸出来比较，看谁的上色最好，偶有一指夜里脱掉了，没染上，就有些沮丧，晚上会接着再包。

　　凤仙花染指甲，初次上色是橘红的，想要大红大紫，多包两次就行。几天过后，染在周围皮肤上的颜色褪去，嫩白的尖尖的十指上，丹红的甲盖闪着釉质的亮光，宝石一样流丽动人。等指甲长长一些，丹红上面便有了一个粉白的月牙，我们都觉得这个样子最好看，没人的时候，常把十指并拢着高举起来，自个儿欣赏。十来岁的女孩儿，从闹着染指甲开始，慢慢就有了小小的心事，指头上的那点艳是暗藏的情窦，说不定哪一天，就会偷偷开出一

118

丛醒目的花来。

　　所以，凤仙花无比受女孩们宠爱。春天里，谁都会在自家的庭院里种上几棵，从长出两瓣嫩芽开始，就认真地夹起小篱笆，怕鸡踩了它，怕羊吃了它。长到一拃高的时候，我们已经能根据根部的颜色作出判断，根部青者会开白花，粉者多开粉花，而深红的，必是红花无疑了。凤仙花花柄长长的，花朵有头尾有翅足，样子翘翘的，像金凤，非常漂亮。种子也很可爱，长椭圆的一个个翠绿囊包，等熟得发白发亮，轻轻碰一碰，叭地就炸了，囊包迅速卷作一处，种子忽地弹出老远，所以凤仙还有一个名字，叫急性子花，宿州人一直叫它"鸡爪子花"，应该就是这个名字的误传。

　　凤仙花的栽培历史，我不知道具体有多长，只知道一千多年前的唐朝，宫廷里已经流行用它染指甲了，唐人李贺的《宫娃歌》里有一句诗，"蜡光高悬照纱空，花房夜捣红守宫"，说的就是宫女夜捣凤仙花染指甲的情景。据说此诗的灵感来得很偶然，李贺晚上去邻居家串门，无意中窥见小姑娘正在灯下染指甲，回家忽成此诗。邻家小女孩夜捣凤仙花，说起来天真有趣，但移植于宫廷，悲剧效果就出来了，深宫寂无人，笋尖似的指头染得再红丽，能引来君王看一眼吗？孤独的静夜，她抚一曲琴，红指在弦上流转如花，端一杯水，指尖在杯口浮漾如丹，那点点艳红，怎么看来都是悲愁苦情，都是闺情无寄的幽怨，是老死后宫的残酷。

红楼梦里，大观园的女儿也喜欢聚在一起染指甲，纱灯盈盈，笑语声声，像我们小时候那样，她们互帮互助满怀兴奋地包着指甲，场面好不热闹。那样的热闹，从什么时候开始没落的呢？印象中，晴雯的红指甲算一个拐点吧。一个丫头，养着两三寸长的指甲，还染得这么艳，拉到王夫人跟前一跪，谁敢说"媚惑主子"的罪名不成立？被驱逐出去的她，抑郁而死之前，干脆将流言"坐实"，与宝玉交换了贴身小袄，又把两根通红的长甲嘎崩咬断，塞在宝玉手心里。两块红甲盖碎了宝玉的心，也带走了大观园里的红运，渐渐地，一园姑娘死的死，走的走，群芳不久零落殆尽，那一株株备受宠爱的凤仙花，在寂寂的园子里，从此一年一年空自热闹。

如今指甲油种类多了，黑的蓝的绿的黄的，镶钻的贴金的，姑娘们把指头弄得千奇百怪，渐渐就把凤仙花给忘了。老夫子李渔一直看不惯人家染指甲，说纤纤玉指妙在无瑕，染得猩红就是怪物，若让他穿越四百年来到现世，看到林林总总的怪物，不得直接气回清朝才怪。不过有一点让他宽慰，无人摘损的凤仙花，终能如他所愿，于篱墙院落处完好盛开了。

赠之以芍药

芍药一名的来历，据说源于"绰约"二字，芍药花大如盘，娇瓣千重，开在尺把高的细茎上，看起来柔弱可怜不能禁风，称得上风姿绰约。可美貌姿容外，它又兼具济世救人之质，其根同人参能补气，同当归能补血，同白术能补脾，同姜枣能散湿，等等大用，不得不让人称之为"药"了，"绰约"于是就成了"芍药"。如此一变，好似天上的七仙女落户凡间成了董永的妻子，和劳动群众一下子亲密起来，又是那样好养活，篷窗底下，井栏旁边，到处都有她摇曳生姿又落落大方的影子。

芍药花与牡丹花非常相似，古时的风雅闲人品头论足，把她俩并称为"花中二绝"，牡丹为花王，芍药为花相。之所以牡丹为王，一则因为她比芍药早开十多天，二则牡丹属木本，植株高大。这些区别，让牡丹与芍药有了不公正的高下之说。小时候的春天，村东头的一片地里发出丛丛紫红的新芽，我们提着篮子去割草时，得知那几亩地都是牡丹花，兴奋地剜几株回家栽上，不久便开出朵朵碗口大的雪白的花，花瓣重重叠叠十几层，满院香气流溢，关都关不住，正自珍惜着兴奋着，忽一日亲戚来，说这是白芍呀，白花的芍药，人家当药材种的，我听了立马沮丧，不再神气和炫耀了。

现在想来很替芍药委曲，牡丹与芍药本如双胞胎姐妹，不看枝叶，两花相并，很难能辨出分别来，待遇却如此悬殊。其实草本有何不好呢，正因为高不过二尺，所以枝细花硕，绰约之姿更胜；正因为晚开数日，才让渐渐萧条的春暮有花可赏。可为什么挂历上、年画上、新娘床头的大红锦被上，团团簇簇抢眼的总是牡丹？这就是芍药的谦让了吧。下凡的七仙女，什么样的繁华没见过，还消于与尘世之物争上下高低？就让着她吧，每年三月，牡丹轰轰烈烈盛开，把人们蕴藏一冬的热情全部引爆，东奔西走的到处都是游赏大军，待春天与春心一起离去，世界趋于安静了，芍药才出来，这一处，那一处，从从容容地开。"多谢化工怜寂寞，尚留芍药殿春风"。芍药是在断后呢。芍药还有一个名字叫"殿春"，"殿"，在最后之意。春天尽百花杀，不争宠的芍药从容断后，这是神仙的修为和气度。

　　古时候说扬州芍药甲天下，我觉得今天，未必胜过我们安徽的亳州吧。亳州的药材有名，芍药在当地农村是当庄稼种的，"小黄城外芍药花，十里五里生朝霞。花前花后皆人家，家家种花如桑麻。"据说现在当地有二十多万亩的种植面积。二十万亩会是多大的一片，还不连阡接陌如同海洋？暮春里，海洋似的芍药花灼灼怒放，阳光融融暖风拂拂，花朵轻摇香气弥漫，人在这样的野地里穿行，该是一种什么样的情景？文学作品里描写芍药花的情节，我印象最深的莫过于《红楼梦》，醉酒的史湘云醺睡在芍药丛中的青石板凳上，"四面芍药花飞了一身，满头脸衣襟上皆是红香散乱。手中的扇子在地下，也半被落花埋了，一群蜜蜂蝴蝶闹嚷嚷的围着，又用鲛帕包了一包芍药花瓣枕着……"，这样美丽的芍药图，与亳州的浩瀚花海相比，岂不太小儿科了！而这二十万亩花海中，又有多少善良的芍药仙子，正积蓄着力量，准备用身下的根茎来救治凡胎肉体的种种疾苦？

芍药还被称作"将离"，大学问家董仲舒说，此花宜将别时赠之，为什么呢？《诗经》里描写过上巳节青年男女的约会，"维士与女，伊其相谑，赠之以勺药"，两个人开心地说笑着，小伙子随手把美丽的芍药花送给女孩，那场景是浪漫而温馨的，并没有将要离别的凄惶之情呀？然而，生活在西汉时期的董仲舒距诗经时代不远，其言也应当是可信的，难道说上巳节的盛大幽会，真如学者们考证的那样，是一场转瞬即别的相亲大会？那些正享受甜蜜爱情的女孩儿，手里突然多了一支绰约的芍药花，只好忍住心酸晏晏一笑：后会有期，咱们就此别过吧……

文艺芭蕉绿

芭蕉给我的感觉一直是神秘的，有文艺气质。少年时代的北方乡村从来没有见过它，它的绿意只婆娑在诗词书画、电影电视里，一会是雨打芭蕉的怨，一会又是绿上窗纱的喜，似乎就是为了表现人们的情绪而生。再看芭蕉本身，原是草本植物，却高大成一株四时不枯的树，没有枝没有干，叶子直接从茎秆抽出来，每一片都舒展得比人还高，裁一件拖地长裙也用不完，这样的一株草多么震撼人心，它把巨大的翠绿往书生窗前一铺，往仕女楼阁一伸，雨来蓬剥风来潇潇，再生硬的心，也湿了软了淋漓了，也会按捺不住地发几根嫩芽出来，忍不住要嗟叹一番，吟叹两声了。

蒋坦的夫人关秋芙，门前也种了一株芭蕉，秋天的风雨里滴滴沥沥彻夜不息，惹得人辗转反侧心与俱碎，天明蒋坦在芭蕉叶上题句，"是谁多事种芭蕉？早也潇潇！晚也潇潇！"秋芙见了，拾笔于叶上续书，"是君心绪太无聊！种了芭蕉，又怨芭蕉！"瞧瞧，这女子够机灵够齿利吧，一下子就给夫君找到病根了。旧时有文化的大户人家择妻，可不能只求模样俊秀，要想姻缘美满琴瑟和谐，还得有点文艺范儿，随时能弹几支曲续几行诗。

芭蕉这样一种有文艺范儿的草，读书之人，谁能不在庭院种几株呢，纵是潇潇沥沥惹人情怀，那情怀也是一种文化氛围，说不定还能成就一首好诗一幅好画。可不，那滴沥之声，在关汉卿耳里是"扑簌簌泪点抛"，在欢喜人心里，又变成一支妙曼的歌，广东民乐里有一曲有名的《雨打芭蕉》，绿叶上的每一只雨脚都像踩在琴键上，声声透着欢快明亮的轻盈呢。而"红了樱桃，绿了芭蕉"，在蒋捷口里是江湖飘零的思乡苦，到丰子恺笔下，加上两只茶杯一蜻蜓，就是宁静温馨的一幅漫画了。历代蕉阴图里，蕉阴底下有捕蝶的仕女，有游戏的稚子，也有凌寒的梅花和苍劲的墨竹，蕉叶的滋味千万种，只看你的心是阴是晴呢。所以，你忧你喜，勿怨芭蕉。

风雅的古人喜欢于叶上题诗，也喜欢在叶上练字。唐朝书法家郑虔用柿叶练字，晚他三十年出生的和尚怀素，把他的创意发扬光大，就在芭蕉叶上练字。一只蕉叶在桌上铺开，赶得上几百只柿叶吧，所以怀素的草书比郑虔更好。据说为了练字，怀素在寺院附近的荒地种了上万株芭蕉，一片片摘下来没日没夜地写，叶子的生长速度赶不上他使用的速度，满园芭蕉很快被摘秃，舍不得再摘新叶，这个对书法无限痴迷的和尚，就把笔砚端到芭蕉跟前来，每天站在叶前写。烈日下也写，风雪里也写。人真是有无限潜能的动物，只要一个信念一个希望，就能激发出无限热情来。怀素草书里的热情，至今无人能够超越。叶上练字，本是贫穷逼出来的无奈之举，但事关艺术，关系芭蕉艺术和书法艺术，后世之人，也就揣摩出许多雅趣来了。

今天，芭蕉的绿影，于我生活的这座北方城市，偶尔也能见到一株，狭窄的庭院里，它把巨大的翠绿高高地擎上二楼三楼，感觉那灰扑扑生硬的钢筋水泥，也有了一抹古诗词的温软。我从没见过芭蕉开花，不知是错失时机，还是亚热带的植物不适应淮北的寒冷气候，但直觉上，我并不喜欢芭蕉花，中学时代读过郭沫若写的散文《芭蕉花》，花骨朵像尖瓣的莲花，他艰难地爬过墙偷了一个，要给母亲治晕病，回家却挨了一顿狠打，生活的困顿和母亲的病痛，塞得花苞里硬邦邦的全是心酸，不看也罢。芭蕉花谢之后结出果实，那情景想来也不美，翠叶扶疏如树高舒垂荫的芭蕉，给我的感觉是二八少女亭亭玉立，结了沉甸甸一柱芭蕉弯坠下来，就是牵儿抱女的超生孕妇了，哪里还有袅娜可言？很庆幸，我眼里不开花不结果的芭蕉，盛放的永远都是文艺绿，都是唐诗宋词里的无尽诗意。

韭菜花开

韭菜花开了。那日走在路边，忽见高楼间的一片空地里，两畦韭菜高高地挑出了一根根碧绿的苔茎，顶端的小白花儿一簇一簇，开得碎银似的，未开的小花苞状如鸡心，米粒大的花骨朵躲在半透明的青衣里面，窥帘少女般娇羞可爱。白的小花和翠的细叶，在秋风里款款摇曳，那份清素雅致，有兰的风采。

对于韭菜，真是太熟悉不过了，小时候，母亲的菜园里从没少过它。早春时节，母亲拿镰刀割上一把，再从鸡窝里摸出几个鸡蛋，炒一盘鸡蛋抱韭菜，翡翠的韭绿配土鸡蛋的金黄雪白，明艳悦目又鲜香诱人，总馋得我们口水直流。后来读到"夜雨剪春韭，新炊间黄粱"时，我心里最大的疑问就是，杜甫那盘春韭是怎么吃的，也是炒鸡蛋吗？香喷喷的黄米饭就着美味的韭菜炒蛋，对于离乱中遭贬谪的诗人来说，当真是一份贴心贴胃的温暖。这算是高规格的接待吧，难怪他要感慨唏嘘，激动得一举累十觞了。

从前的韭菜也确是高规格的菜，大概相当于今天的鱼翅之流吧。因为《礼记》就说："庶人春荐韭，配以卵"。通俗点说，就是拿韭菜炒蛋祭神。《诗经·七月》里也说："四之日其蚤，献羔祭韭"。意思就是给神仙供奉羔羊和韭菜。这些正应了家乡那句俗语，"早春的韭，佛开口"，头刀韭菜的美味，古往今来的神仙都无法抗拒，就让他们吃吧，吃痛快了吃满足了，也好上天言好事，下界保平安。

今天的我们有口福，昔年敬神的菜，想啥时吃就啥时吃。我就是吃着韭菜长大的，每年从春吃到秋，而今，冬天的大棚韭菜也供应不断了，尽管没有春阳下的好，但总还是韭菜的味道。

小时候看母亲收拾韭菜，总觉得太繁琐，太耗时间，以为自己将来肯定不会做这样的事，那个时候，自己的理想远大着呢，哪屑于为衣食劳碌？而今，我也常买韭菜回来，一根一根地择，一遍一遍地洗，然后一缕一缕地摆齐，用雪亮的刀刃细细抹碎，做成馅儿，捏饺子，裹春卷，或者烙韭菜盒子。韭菜盒子可是宿州的特色小吃，几乎每个巷子里都能闻得到，但要想好吃，还是得自己做。我做韭菜盒子算是拿手的了，揉点面，转眼间擀出几张薄薄的圆饼，鸡蛋打碎和韭菜、调料拌匀，摊在两张饼之间，待平底锅里的一层油热了，往里一铺，翻个过，折一下就好了。这样的一盘菜盒端上来，皮金黄酥脆，馅香气扑鼻，看着他和孩子吃得急吼吼满头大汗，心里的那个小幸福，真是难以言喻。也是在这个时候，我才恍然明白，劳作归来疲惫的母亲，为什么总还不怕麻烦地收拾韭菜。

母亲常说，韭菜吃两头，春秋两季的韭菜最鲜，六月里是"臭韭菜"，味道冲，要割了扔的。我觉得秋天的韭菜花更胜韭菜一筹。把那将开未开的花苞儿摘下来，洗净晾干切碎，放点调料封在坛子里，过阵子再取出来佐餐，花的看相还在，青青白白的一小碟，那原味的鲜美，可享用一个冬天。也有人喜欢做韭花酱，就是把韭花磨碎了来腌，糊状的，我不喜欢，不仅毁了其美貌，吃起来也太腻了些。不过现在火锅店里用来涮羊肉的，都是这种韭花酱。

　　说到韭花酱，练过字的人肯定都会想到《韭花帖》。这个同王羲之的《兰亭序》齐名的书法名帖，其作者是与颜真卿合称为"颜杨"的五代书法家杨凝式。杨是个传奇式人物，性情孤傲放纵，亦颠亦狂，字如其人，也奔放奇逸，不循规矩。据说，一日秋阳正好，杨午睡起来，感觉腹中饥饿，刚巧友人送来一盘韭花酱，他用来蘸羊肉吃了，味道美不胜收，于是起身写了这封帖子答谢，却不料日后会成为稀世珍宝。此帖被一代一代地传下来，听说现在被收藏在国家博物馆里，希望以后有缘一见。

　　没见过真迹，但《韭花帖》我早年临摹过一阵子，行楷，字距行距都拉得很开，单个字看来，常有重心偏移头重脚轻的感觉，但整篇自然流畅，疏朗空灵，如今想来，有眼前这韭菜花的风采。

丝瓜心

　　"家家瓜架傍篱搭，满架黄花满架瓜。藤缠萝绕蔓连蔓，分甚邻家与自家。"这首小诗里说的就是丝瓜。昔日农家，常常两家共用着一墙一篱，丝瓜蔓儿沿着竹竿篱院爬过去，藤缠蔓绕难分难解，两架丝瓜就合成一架了。架上黄花明艳照眼，蜂蝶嗡嗡成群飞舞，翠果儿累累垂垂，游戏其下的稚童，一不小心就碰着头了，这情景养着两家主人的心呢，谁还会计较此瓜彼瓜？

　　最喜青嫩的小丝瓜，一条一条的，碧绿细长，从翠叶丛里疏疏地垂挂下来，底端坠着那么一朵朵玲珑的花儿，丝瓜半尺多长的时候，花儿还亮晃晃地开着，风吹来，跟着瓜儿一起荡秋千，真是秋日里一道美丽的风景。自然界的果蔬们，往往是花褪残红方结子，这般花果并存的，更招人待见吧。

　　这样的嫩丝瓜入得画来，很好看，许多画家都喜欢画它。齐白石喜欢，他的两个门生李苦禅和娄师白也喜欢。作为齐派画家，三位大师的丝瓜有相同之处，但白石老人素来强调"似我者死"，强调自成风格，所以画法又各有不同。门外的我更喜欢娄师白的，因为他喜欢画嫩丝瓜，他的画里，丝瓜往往细长青绿，坠着的花儿娇黄艳丽，配上墨叶棕叶，瓢虫蜜蜂，整幅画儿清丽灵动。而白石的丝瓜喜用灰和蓝，花也偏用略暗的土黄，画面不及师白明亮；苦禅喜画老丝瓜，用重墨渲染，有磅礴的气势，不是我喜欢的素静的样子。也许，拉过人力车住过庙宇的他，生性阔豪直率，不似我等小女子，偏好婉约清浅。如此妄谈，真是唐突大师了。

那些顶着花儿的嫩丝瓜，入画美，入口更是诱人。把那层风一样薄嫩的青皮，用刮刀一条一条地刮下来，滑嫩的瓜瓤渗出芬芳的汁液。切成片，做丝瓜炒鸡蛋，烧丝瓜蛋汤，都是爽口的菜。如果想花样翻新，还可以做丝瓜蒸蒜蓉、丝瓜火腿，甚至丝瓜馓子、丝瓜油条。因为喜欢丝瓜那种略带中药气的香，这些做法我都尝试过，不过最喜欢的还是清炒丝瓜，每次炒时，我都喜欢拍些蒜瓣在里面，这样，用素净的碟子盛出来，青瓜上白蒜点点，仿佛小舟浮碧水，又若白荷绿叶间，有那么一点诗意，又有寻常岁月的朴素与安分。不及动箸，先赏心悦目了。

丝瓜能食，丝瓜藤的汁液还可以美容，现在网上的化妆品店里，常有卖丝瓜水的，不知道这个灵感是不是来自《红楼梦》。大观园里，黛玉曾收集丝瓜茎里的汁液，妙玉采撷梅花雪，各自放进鬼脸青的花瓷瓮，封存在地窖里，次年七夕取出调匀，加上柠檬、丝缕梅等，兑上桃叶水，就是丝瓜水了，纯天然的美容产品，肯定不含铅和汞，不含防腐剂。识货的元春娘娘说，这是佛祖释迦牟尼曾用的天罗水配方哩！想必内服外用都可吧。小时候我以为护肤品就是"雪花膏"，只是膏状的，近些年才知道还有了水、乳、油等。更不知，这水，在金陵十二钗之前早就有人用了。

远离乡村，丝瓜见得少了，偶尔于闹市中看到一架，便有些兴奋，就想多看一会儿。纺织路边上有几架，藤蔓沿着墙根爬上去，爬到房顶，覆盖了一片墙一片屋瓦，还有一处攀上了电线杆，把丝瓜挂得高高的，让你够也够不着。那高悬的丝瓜总能得以幸存终老，慢慢在深秋的风里枯干。北风呼啸的时候，它在电线上荡来荡去，满腹的种子哗啦啦作响，让人心生萧索苦寒之感。不知道哪一天，藤蔓枯断了，老丝瓜啪地坠下来，被人拣去，撕了皮磕了籽，刷锅洗碗去了。

平生默许秋风后，始见君心万缕丝。用来当洗碗布的丝瓜瓤如丝如网，盘绕纠结，却也甘于盆勺之间的油污和寂寞。那些蜂痴蝶恋，那些月浸风拂，都枯干在如网的内心，是前世里的事了。少时无心无丝，爱上层楼爱言愁，中年心结千缕，欲说还休，等到暮年，芯已成空，随处可安，又怎会计较在厨房还是挂高墙呢？

豌
豆

　　冰箱里还有一些去年的嫩豌豆，青青的圆圆的，覆着一层晶莹的冰，像被遗忘的一窝珍珠。我每天拿出一些来，烧汤、煮稀饭、炒菜，或者干脆用淡盐水煮来吃。捧一小碗碧绿的盐水豌豆，盘坐在沙发上看一折京戏，耳畔声韵婉转，口中沙滑香软，盼望中的周末之美，不过如此了。

　　盐水煮豌豆，这种吃法，最能保留豌豆的青芬之气，嚼在嘴里，两颊都是醒神的香，宛若春天的旷野，你躺在草地上，身下压断了的那些草淌出来的味道，纯净自然，像白的云、蓝的湖水，像你少年时的一个邻家姑娘，簪着豌豆花，从田野里小跑过来，看见你，低眉垂首。捧一碗盐水豌豆，吃着吃着，你就容易想到她，想到从前，想到很久以前的故事。

　　豌豆花开起来像极了蝴蝶，花瓣若涂了一层蜡，小花朵紫的油亮，白的也油亮，支楞楞的，随时展翅欲飞的样子。数年前的春天，十几岁的我和一群同学，就喜欢坐在淮河大堤上看豌豆花，轻风拂来，满田花朵轻颤，若蝴蝶翩翩，而恰又有众多白的紫的蝶栖于其上，孰真孰假，不可分辨。我们背靠大堤坐在那儿，面朝阳光和淮河，满目晴光迷离花蝶起舞，一河碎波浮光耀金，像我们完全不自知的青春。沉醉在那样的青春里，我们做着各自的梦，设计着美好的将来。可世事难料，多年以后，那些梦想多在光阴里消磨干净，当初一起看豌豆花的人，或分飞南北，或长眠地下，惟余款款花蝶，依稀还在记忆里，散发着豌豆般淡淡的香，淡淡的迷惘和模糊的清纯。

豌豆是一种清纯的植物，花里果里叶子里，都有让你怀念的味道。豌豆苗在田里长大的时候，掐一把嫩头，配豆腐烧汤，滋味恬淡清爽。爆炒亦是。于炒来说，我更喜欢的，是那种像发黄豆芽一样在水里发出来的豌豆苗，素油翻炒，出锅来清香扑鼻。尤其是在新年，满桌鱼肉间，这样一盘翠绿，就是清风明月的气息，就是懵懂青春的气息。水发豌豆苗很养眼，白碟里铺一层青豌豆，铺一层水，它就慢慢发芽，长高，长成森森然一盘绿，一根一根顶着青绿的脑袋，挨挨挤挤齐齐整整。萧条冬日，大雪封门时，这样绿意盎然的一个盆景，是出乎意料的惊喜，可以引发你无尽的遐想。

豌豆与野豌豆有什么关联，我没有考证过，但我相信它们是有亲缘的。在我的故乡，野豌豆常常夹在麦田里生长，纤细的茎负着一身细碎的羽状绿叶，顶着卷曲的须扶摇直上，直长得高出小麦半头来。它开淡紫的花，钟管状，细小而密集，排刷一样垂列着，在绿油油的春天的田野里非常醒目。小时候，我尤其爱去采它，若抱得满怀回家，必兴奋得小脸通红。当时我们管它叫"哨子花"，后来看《诗经》里的注释与图解，才知道它叫"薇"，也叫野豌豆或大巢菜。

薇也是能吃的，是古时候人们充饥的野菜，据说嫩时味道不错。"采薇采薇，薇亦作止"，两千年前，出征的士兵们没有食物，就采它的嫩芽嫩苗充饥。而今菜粮丰足，野外真的遇到一株薇，只捧起来当花赏了。

菊有黄花

　　提起传统名花里的菊，人们首先想到的是园艺上的大菊花，平瓣的管瓣的，抱头的四散的，千重万瓣，红紫白绿，一朵朵开得比盘子还大，这样的菊花，我心里一直不大喜欢，那些硕大的独头菊，虽然艳丽虽然惹眼，感觉却没有生气，不妩媚也不端庄，端出的是一副正襟危坐拒人千里的架势，而且身上还有难闻的艾蒿味。花之美，形态之外，总应该有些风韵的，总应该有点香气的，劣质花瓶里的塑料花，哪怕再妖娆再艳丽，也不见得谁都愿意亲近。

　　那些盘子一样的大菊花，死相也不好看，"宁可枝头抱香死，不随黄叶舞秋风"，且不论是否有香可抱，菊花确是凋而不落的，飒飒西风里一大团花瓣在枝头委顿，无精打采地蔫几日后，就成了一堆颓败的破抹布，还不如当初尚鲜妍的时候，同黄叶一起逐风离开好。你看蔷薇谢时，你看紫薇谢时，莹洁的花瓣随风飘飞而去，这种老法多优雅。

　　我如此说，有"作践"菊花之嫌，大概要触犯众怒的，大概有人已气得胡子乱翘拍案而起了——菊花是什么，在中国的文化历史上，菊花根本不是花，它是一种精神，是不畏严寒傲霜怒放，是独善其身高风亮节，你看，正直的屈原吃的是秋菊之落英，隐逸的陶潜采的是东篱之菊，陆龟蒙、苏轼在花园里种菊，就图春天里采苗做菜，而文人们诗词里颂的，画家们宣纸上留的，尽是气势昂昂的菊花。天下有节操的人争相与菊为伍，有这样好的群众基础，谁还能说它味道不好、死相难看？可是不好意思，我心里还是不喜欢，顽固地不喜欢，就像不喜欢松柏，感觉它们严冷方正的，像牌坊，像掉到河里被小叔拉了一把就要砍断胳膊的女人。它们身上没有温情。

　　小时候的院子里也种菊花，虽不是肥硕的独头菊，也是开得比较大的紫菊黄菊，管状的花瓣一层层辐射开来，骨朵未出之前，就常被父亲用剪刀修了枝杈，少留几朵，以期开得更大。它们开在霜天，开在嘹亮的雁啼里，却远不如一株蒲公英一朵指甲花带给我的欣喜。所以长大后的很多年，秋天里我几乎没买过一盆菊花，倒是那种小雏菊，它们在野地里星星一般散落着，黄金一样闪闪发亮，总惹得我欢喜无尽，常一大捧一大捧地采回来，插满家里所有空闲的瓶子。从幼时到现在，一直如此。

　　野菊花多是黄的和白的，开得小，一层长舌头状的小花瓣手牵手围成一个圆，团结在蜂巢似的鼓鼓的花蕊周围，它们开得是那样多那样密，一簇簇，一蓬蓬，一片片，因为开在广阔的田野里，因为摇曳在高天下清风里，青艾味就淡成了一种薄薄的香，我觉得这样的小黄花，才应当是十大名花里的菊花。事实上，晋朝之前的菊花，也就是这种摇曳在原野上的小野菊，两三千年前的《礼记·月令》曾有记载，季秋之月，"鸿雁来宾……鞠有黄

136

华"，那时候的菊花以黄为主以黄为正，所以就叫黄花。因为花小而繁，因为茎长而细，黄花枯萎时并没有独头菊的惨相，反倒是朵朵有致楚楚可怜，有当成干花清供的风韵，这样的菊花，才当得起"枝头抱香死"一说。

黄花的发展还是自晋朝以后，尤其是唐宋时期的一次次人工培育，培育的结果是花朵越来越大，花色越来越多，距离当初的样子越来越远。所幸的是，野生的这些小菊还在，我们常常拿来泡茶的杭菊滁菊，也都保留了黄花大体的形态。大风弥漫的干燥春日，捏几朵干花放在玻璃杯里，开水冲下去，花儿一会就苏醒过来，尤其是杭白菊，蕊如黄金瓣如白玉，浮沉之间有淡香流溢，这样的菊花，比起大而无当的园艺菊，不知要强上多少倍。

八月断壶

"七月食瓜，八月断壶"，是说七月吃田瓜，八月摘葫芦，这句诗让我想念葫芦。

儿时的八月，葫芦满架，头上悬着，地上坐着，一个个娃娃似的，披着青青的衣衫，身子圆乎乎胖墩墩，可爱极了。摘葫芦是让人兴奋的事情，那么大一个抱在怀中，两步一停三步一歇，满头大汗也不让别人沾手。回到家里，看母亲用它炖菜，或者去皮切片，挂在树枝上晒着，小人儿气喘吁吁，心里却美滋滋的。那是收获的快乐吧。

喜欢看父亲锯瓢。待葫芦风干，用墨线做好标记，父亲的小手锯一推一拉，细细的葫芦末子轻轻飘出来，散发着好闻的草木香，很快，葫芦一分为二，掏去籽，再修整一下，就是两只瓢了。那些葫芦籽儿，被母亲小心地收起来，留待明年再种。母亲总叮嘱，千万不能吃，吃了会长大龅牙，所以，尝遍冬瓜籽、南瓜籽、丝瓜籽的我，从没敢碰过葫芦籽。后来看到书里描写美女整齐洁白的牙齿，说的是"齿如瓠犀"，瓠犀，不就是葫芦籽吗，是不是她葫芦籽磕多了？母亲欺我，如果我当初吃些，会不会也"齿如瓠犀"？

那年月，瓢很重要。过日子，怎能少了瓢啊，从田里回来，掀开水缸盖子，摸起瓢舀上半下水，咕咚咕咚一饮而尽；擀面条或者蒸馒头，伸手从面缸里掏两瓢面出来；早晚喂鸡，从粮囤里掏半瓢玉米粒撒出去；过年了，邻

138

里间你送我一瓢炒花生，我送你一瓢红芋面糖，找个地方把东西倒出来，瓢还得带回去。

孩子们最感兴趣的，并不是这种能做瓢能当菜的肉葫芦，我们爱的是亚腰葫芦，就是有着细细腰身的那种。春天，大人们种葫芦时，也跟着种上一棵，看着它发芽，长叶，生出藤蔓，等它青青的触须绕满我们精心搭好的架棚，葫芦花就开了。葫芦花开在满架阔大的墨绿的叶子里，雪一样白，花瓣薄薄的，娇嫩得仿佛风吹即破。它的味道很特别，香里带着甜腻腻的气息，沁人心脾，据说与麝香类似。这香常招惹得一种蛾子来，一头扎进花蕊里，撅着肥硕的屁股，专心致志地吸吮花粉，被我们捉住时，常常还沾着一脸金黄的细粉呢。

小葫芦初长时，青青嫩嫩，浑身披着细绒绒的白毛，羞怯地藏在叶子后面，我们一天看三回，总嫌它长得太慢，终于熬到八月，摘下来，宝贝一样，放在枕边，挂在颈上，日日把玩。那大个的，就央父亲把口锯开，当百宝箱，自己的小珠子、小发卡、小石子，都珍重地放进去。谁有几个漂亮的亚腰葫芦，可是会被同学们羡慕的呢。

大人们也喜欢这样的葫芦器皿，拿它收瓜种，装旱烟火石，或者什么都不装，就系在身上，说是"压腰"。葫芦在人们心中是吉祥物，它与"福禄"和"护禄"谐音，且结籽众多，是多子多福的象征。更重要的，葫芦还是传说中的仙物，是中华民族最早的氏族图腾，身上沾着仙气呢。你看，很多仙人都是葫芦不离身的，像铁拐李、南极仙翁、济公和尚，葫芦就是他们的法器和酒器。西游记中，太上老君用葫芦盛仙丹，被调皮的孙猴子偷吃了，还惹出一场大闹天宫。八仙过海里，铁拐李把葫芦往海里一扔，就可以当船使了，连掌舵的都不要。

庄子《逍遥游》里有个故事，"魏王贻我大瓠之种，我树之成而实五石……"惠子对庄子说，魏王送我大葫芦种子，我种了，结的葫芦很大，仅里面的种子就有五石。五石？能盛五石葫芦籽的葫芦得有多大啊？我甚是惊疑，很想算一下。找不到战国时期的换算标准，有一种大致的算法是：一石是十斗，一斗是十升，一升约合现在的3斤，忽略粮食与水的比重差异，这个大葫芦，能盛1500斤水啊！

这么大的葫芦，惠子嫌不能当瓢使而把它打破了，庄子批评他不善变通：你要是把它绑在腰上，就像带了一个救生圈，可以在水中载浮载沉啊！——载浮载沉，多好！这与铁拐李的葫芦过海可真有一拼！可是，离开庄子的浪漫想像，我们谁能种出这么大的葫芦呢？

凌霄凌霄

最初听到"凌霄"这个花名，是在舒婷的那首《致橡树》里，"我如果爱你，绝不学攀援的凌霄花，借你的高枝炫耀自己……"年少轻狂，独立又自尊，我对舒婷批判的这种只能攀附的花儿很是不屑。加上白居易也在一首诗里说凌霄花，"疾风从东起，吹折不终朝。朝为拂云花，暮为委地樵"，字里行间充满鄙夷与嘲笑，我对它更是排斥了，暗自立誓，一定要做一株树，绝不做依附的凌霄。尽管我从来没有见过凌霄的样子。

多年后的一个夏日，阴沉的黄昏，我在故乡的护城河边寥落地行走。天是灰的，小路是灰的，路边的水泥房子也是灰的，河水寂寥无波。我兀自低头走着，至拐角处，抬头，猛然看见一墙碧叶繁花，橘红色喇叭状的花儿热热闹闹地铺开来，亮煌煌的，像一片火烧霞，从脚下的墙根，一直烧到三楼的房顶，明艳得让人错愕。花墙底下清香细细，两个老者正蹲着对弈，棋盘是白粉笔在水泥地上画的，他们很投入，棋子拍得啪啪响。无风，不时有金钟似的花筒儿噗噗地坠下来，沉甸甸地落在棋盘间。

好一幅灿烂安然的画，让人心惊肉跳后，又生出明媚的暖意来。

——这就是凌霄花。凌霄以这样的惊艳与我初相见，我的心激动又忐忑，如同深山古寺里的小和尚初见可人的少女：原来老虎竟是这样好！

之后，走在小巷里，偶见谁家的院里伸出来一枝凌霄来，总会停下来看看。一次下乡，在一截颓圮的断桥上，竟也看到一簇凌霄开出花来，如同火焰在荒冷里燃烧，心下颇为惊异，它有这样强的生命力吗？它就有这样的生命力。凌霄不是娇贵难养的温室花朵，它不择地点不择土壤，盐碱地里照样枝繁叶茂，而且遇树遇墙皆可攀援，给点阳光就能开出一片锦绣来。至此，我已经非常喜欢凌霄了，很想也养上几株，让那炫目的花染亮我的墙，染亮我的窗户和阳台，可惜身居高楼室于寸土，只有空羡了。

印象最深的是一株老凌霄，在一个江南小镇见到的，藤如杯口那般粗，缠着一棵高大的水杉攀援而上，把花朵挂满十几米高的树冠。抬头仰望，那花真的就冲天而去了，蓝天白云，橘红的花朵冲霄直上，摆出的是凌云的气势。这是我见过的最大的凌霄，百尺青藤绕树，半空紫蕊穿云，无骨的藤偎着绕着笔直的树，紧紧相依，花叶不分，有一种壮观的美，有一种撼人的和谐。原来藤和树在一起，也可以这样好！为什么非得以树的形象和他站在一起呢，如此相互装点缠绵无尽，岂不更好？至此已反感舒婷的劝诫——只要有爱，原不关乎是凌霄还是木棉。

"藤花之可敬者，莫若凌霄"，我开始喜欢前人这样的言语了。

我生活的皖北，凌霄花不太多见，我原以为是因它的栽培历史短，不料它却是商周以前就存在的花了，那时的名字更诗意，叫陵苕。《诗经》里

142

说，"苕之华，芸其黄矣"，就是说凌霄藤开花，颜色黄又黄。古时候很多人喜欢养陵苕，且养出许多经验研究许多理论来，为养得好凌霄，常常先叠石筑假山，让凌霄攀援其上。石上的凌霄我没亲见过，只见过一些现代的照片，照片上，不见藤，只见高耸的假山顶上覆满繁花，那繁花又从顶上披下来，密密地垂挂，水泻一般。灰石，绿叶，青草坪上落英赤黄，这美景让我的心狂跳不止。

这些照片来自千年古凤凰城的一个小镇——南城镇，据说此镇享有"凌霄之乡"的美誉，满街满巷都是这样的凌霄花。这个地方，是我决意要去的。凌霄的花期长，可以从五月开到十月，不知此时去，还来得及不。

　　"夜半三更哟盼天明，寒冬腊月哟盼春风，若要盼得哟红军来，岭上开遍哟映山红……"——想起映山红，老电影《闪闪的红星》里的这首歌，就会在心里嘹亮而起，悠扬的余音在漫山花海里婉转飘扬，小战士潘冬子那双渴盼的眼，越过一望无际的山花，一直向着迢迢的远方。这是映山红留给我的最初的记忆，有悲壮，有眼泪，有希望，就是没有作为花木的美好。在时代的灾难和痛苦跟前，所有的植物都失去了应有的美好。

　　而翻着唐诗宋词的时候，读着那些或忧伤或快乐的句子，映山红沉睡的美好才渐渐苏醒。在诗词里，它的名字不叫映山红，常叫山石榴，或者杜鹃。杜鹃是一个有多项指义的名词，可以是鸟，也可以是花。杜鹃花，这个名字与"映山红"相比，听起来要唯美和诗意得多，在希腊，此花被称作玫瑰树，其浪漫程度与之有的一比，不过追根溯源，"杜鹃"一名更有引人入胜的故事情节。

　　杜鹃作为布谷鸟中的一员，传说是古蜀国君杜宇所化。蜀国常有水患，蜀相憋灵治水成功，深爱国民的杜宇就把王位禅让与他，而憋灵称帝后凶相毕露，不仅霸占了杜宇的妻子，还把他赶出家门。流浪山野怨愤满心的杜宇身化杜鹃鸟，却不能忘记自己的百姓，每到春暮夏初，就昼夜不停地唱歌，提醒农人"快快播谷，快快播谷"，以至累得口舌鲜血淋漓，而这滴滴鲜血，洒在山岭上，岭上就盛开了红艳的杜鹃花。这个传说有着广泛的文化基础和群众基础，唐人成彦雄的诗很多人喜欢——"杜鹃花与鸟，怨艳两何赊。疑是口中血，滴成枝上花。"这杜鹃花，就是杜鹃鸟用鲜血染红的。一边是花一边是鸟，一边有艳一边有怨，但怨也好艳也罢，终究花鸟是主题了，不是战争年代一幕悲怆的背景。

除了花市上的盆栽，我还真没有在山岭上细赏过杜鹃，那年暮春去黄山，也只在盘山路上行驶的车内看见几株零散的红杜鹃，匆匆地一闪而过，没有漫山遍野的气象，更没有花海穿行的体验。神农架的高山杜鹃很有名，海拔两三千米的高山上，每年四五月间，绵延十多公里都是花海，遇上冰雪天，照样开得如霞似火，可惜去的时候是十月，看到的只是一丛丛无花的灌木，它们厚厚的叶片在枝端坚强地聚拢着纷披着，摆出一幅用力抵抗劲风的架势。那时候，导游指着悬崖上的许多野生植株告诉我：瞧，花开的时候，能把崖壁都染红呢，你们来的不是时候！

杜鹃是杜宇鲜血所染，花却不仅仅是红的，还有白的，还有粉的黄的青的紫的橙的，大概作染料的不仅是杜宇的血，还有眼泪和汗水吧。爱隔着迢迢鸿沟，我愿意倾尽身体里全部的液体，只要能成就你的青春。花形也不光都像百合，还有像石榴花的，像月季花的，那些宝贵的液体高高落下，摔得七零八落粉身碎骨，在大地上疼痛成各个不同的姿势，成就了花朵的千姿百态。白居易说杜鹃是花中西施，当是恰切，西施是水做的，是液体的唯美，西施又是忧郁的，她身背风口林梢的孤独，压抑得心口疼，常掉眼泪，大概有时也会咳血。

投我以木瓜

　　一楼的院子里，不知什么时候栽了一株木瓜树，我注意到它的时候，它已经把粉红的花枝伸到了二楼，四月的晴好天，阳光把阳台照得亮白，我推开窗户，就有一股淡香袅袅飘来。那株树形似海棠，花儿有短梗，贴着枝条从绿叶的腋下开出来，当时我以为是一株贴梗海棠，而两个月后再看，发现枝条上竟缀着几十个拳头大小的青瓜！原来这是一株木瓜树。木瓜的坐果率确实不敢恭维，原来满枝满梢的花朵，竟然只结了这样稀稀拉拉几十个果实，怪不得要说它"千花一果"了。

　　那年去徐州植物园，也见过几株木瓜树，之所以一眼确认，是因为时值秋日，树上还有几个金黄的果子。那些树很大，像我们家果园里的老苹果树，只是树干和老枝都是暗红的，印象中好像没有皮。木瓜树旁边有一个猴园，时有调皮的猴子在树上蹿来蹿去。我看那木瓜黄得诱人，不顾旁边禁止攀摘的提示，偷偷摘了两个，要在回去的路上吃。良人笑我，七岁的王戎都知道，路旁的李子不能吃，这木瓜要是甜的，早被猴子吃光了！果真，我咬了一口，满嘴苦涩，皱眉直吐。因为似木头一般硬，也只啃破了一点皮，就苦涩如此，另一只完好的，没谁敢再尝了，带回家保存着，偶尔拿出来闻一闻，真香，就放在衣柜里薰衣服吧。

　　木瓜之所以称木瓜，据两晋时期的训诂学家郭璞考证，就是因为它"木实如瓜，酢而可食"，如今这瓜仍如木质，怎么竟苦涩不可入口了呢？我查了很多资料，才知道它种类原多，有的香而甘酸，有的味涩微酸，有的则如此这般苦涩不堪了。中国人食木瓜有两千多年的历史，最有名的品种是宣木瓜，原产地就在我们安徽的宣城，两晋时期是朝廷贡品，至今仍有上万亩的种植面积。李时珍说宣木瓜花色深红，而今天的宣城，开白花粉花的也有种植，想那万亩木瓜园逢了春天，漫山粉白红赤如锦绣，遍野香气弥漫，恐怕比我们故乡的梨园苹果园还要迷人吧。

小时候的夏天，苹果长大尚带青涩的时候，我们一家常常剪纸，剪双喜剪心形，剪平、安、幸、福等字样，一张张贴在红富士苹果上，等秋天苹果红透，把纸揭下，果实上就形成了色泽青黄的图或字，这些带字的红苹果单独放着，冬天里挂在墙上，或者送给亲友，很招人喜爱。宣城的木瓜，明代以前也常这样贴花贴纸，"夜露日烘，渐变红，花色其文如生"，这样的木瓜拿来进贡，俗称"花木瓜"，诗人杨万里有诗"天下宣城花木瓜，日华沾露绣成花"，陆游也有"宣城绣瓜有奇香，偶得并蒂置枕旁"，可见当时名气之大。

《诗经》时代的姑娘投给帅哥的那些木瓜，不知有没有这样贴过花，"投我以木瓜，报之以琼琚"，"投我以木桃，报之以琼瑶"，"投我以木李，报之以琼玖"，木桃和木李，也都是大小和味道不同的木瓜，一边忙着采摘水果，一边见缝插针把木瓜绣球似的抛来抛去，这情景也真够热闹。那个时候，水果又何尝不是当绣球来抛的呢？闻一多考证说，女投士以木瓜，示以身相许之意。所以，水果就是绣球的早期存在形式。西晋时期，著名的帅哥潘安驾车游洛阳城，就被满城好色的女同胞大抛水果，车都扔满了，因此给后世留下一个"掷果盈车"的典故。木瓜质硬经摔打，又香而耐久存，当绣球比其他水果都够料，不知美男子载了多少回家……

147

石榴红

写下这三个字后，竟有些不知所措，我要说花红还是说果红？五月榴花红似火，八月石榴万盏灯，可都是火焰一般的红啊。说到哪是哪吧。

石榴花按说也不只是红色，还有粉有白有黄，但最能代表此花风韵的，非红莫属。石榴花开之时，满树都是油亮亮的绿叶，朵朵红花开在其上，有怡红快绿的恣意和热闹。加上那花也不同凡响，花骨朵像红宝石，擦了鞋油似的锃亮，盛开的，像玛瑙红瓶里插了一束温柔的小红花。这样的宝石玛瑙一朵朵别在枝叶间，在初夏的阳光里灿烂夺目，"五月榴花照眼明"，这个"照"字多形象，一树亮红招摇，明亮亮有宝气珠光。

花苞红亮，花朵红亮，如此激情燃烧的样子，小石榴也被感染着呢，它蓬勃地生长，迎着太阳，迎着风，努力地长大，一天天鼓胀起来的身体里只装了一门心思，就是有朝一日也如此艳美。它没有辜负自己，待到八月，果真就长成了一盏红灯笼，油光滑亮的红灯笼。一树百盏灯，一园万盏灯，青春期的明艳照眼又卷土重来了。

不光脸红了，八月的石榴，心也红透了呢，甜蜜在腹中发酵得容纳不下，不由地咧嘴大笑了，这一笑，把一肚子心事都抖搂出来，玛瑙似的籽粒们把头都挤扁了，每一颗都晶莹剔透，都红艳欲滴。这时候，路过的人忍不住涎水沥沥，要赶紧扯下一颗来，扒开皮大快朵颐，石榴籽一把一把塞到嘴里，满嘴酸酸甜甜，好一个汁液淋漓！

我喜欢把石榴籽剥出来放进白瓷碗里，中等大的一颗石榴就能剥出一碗来，那种堆积很有成就感，也很有画意。画家都喜欢画枝头炸开的石榴，还真没见谁画过白瓷碗里的红榴籽，想那红也剔透白也瓷亮，入画来应该不错。每次捧着一碗榴籽开吃，我都想认真数数，一颗果实里面究竟能包藏多少粒籽，可一吃起来就把这事给忘了，估一估，怎么也得好几百吧。

也正是因为这个特点，石榴自从被张骞从西域引入后，就一直被视为吉祥物，我们的先人，多福的最大一个标准就是多子，你看石榴籽多到什么程度？别笑，那也是人的理想。所以，人们婚床上喜欢放石榴，供桌上也喜欢放石榴，印象中，外公家里有一张大红的老式木床，床帮上就雕着几幅石榴图，熟透的石榴裸着满腹艳红的籽粒，把喜庆张扬得满屋都是。那时候村里有结婚的，头天晚上吹吹唱唱，也少不了一个小曲——《摘石榴》："姐在南园摘石榴，有一个讨债鬼他隔墙砸砖头，刚刚巧巧砸中了小奴家的头……"砸她的头不为吃石榴，为的是"约她溜溜"。故乡有很多梨树、桃树、苹果树，唯独少见石榴树，可偏偏要石榴来传情来作媒，说起来还是因为人们对它的崇拜吧。

爱屋及乌，那石榴一样的火红衣裙，也成了人们喜欢的色彩，据说唐宋时期颇为流行，它就叫"石榴红"。——如此说来，这三个字，又多出一种含义来，变成颜色了。

古代衣料的石榴红，就是以石榴花为主要染料染就的，武则天特别喜欢穿这种颜色的裙子，我印象最深的是她的一句诗，"不信比来长下泪，开箱验取石榴裙"，是她当小尼姑时写的，唐太宗死了，没生育的后宫佳丽全被赶到感业寺出家，那种情形下仓皇离宫，竟然还把一件红裙好好保存着，还拿来给当了皇帝的"儿子"李治写诗传情，她最终从李治处重见天日并红运当头，"风吹香罗带，日照石榴裙"，石榴功不可没。

而若干年后，在唐明皇时代，集三千宠爱于一身的杨玉环也喜欢穿石榴裙，明皇要求众臣对她行跪拜之礼，大家心中不服，私下便自嘲说是"拜倒在石榴裙下"。后来贵妃身死马嵬坡，这个说法并没随她消失，反而愈传愈广，直演绎成今天的样子。今天的你拜倒在某人的石榴裙下，当然不再是讽刺，而是对其倾心相许了。

桂
花
开

　　桂花开了。千层碧叶中，粟粒大小的黄花千点万点，小到极致，香却是大手笔，洋洋洒洒，淌得到处都是。

　　在我国传统十大名花中，桂是最谦逊最不起眼的。不欲与谁争春，把花压成点点的小，退缩着躲藏在叶柄里，直到秋天还不肯出来。但，是花总归要开放的，说不定哪一晚，捂不住的无数小花苞倏地钻出来，按捺不住地裂开，香气就哗地一声喷涌出来，浓稠如酒浆，竟是有些熏人了。好在凉风徐徐地来了，把这香揉匀，化开，带着它飘啊飘啊，一直飘到数里之外。所过之处，人们不由地深吸几口气，叹一声香。这香暴露了它的名花本相。

　　宋之问有咏桂诗曰，"桂子月中落，天香云外飘"，是我一直喜欢的句子。桂原本是江南的树，昔年的淮北平原少有种植，小时候听说此树，还是从嫦娥奔月、吴刚伐桂的传说里，印象中，它本不是凡间物，这数里异香，自然也就是天香了。

　　初识这天香，是在怀远水校。校园里有很多年长的花木，那些合抱粗的百年老桂，秋天里总幽香四溢，教室、宿舍、后面的荆山，远处的石榴园，都浸在依依无尽的花香里。我们常坐在后山的卞和洞上，在袅袅桂香中，看白练般的淮河水，想入花入云的少年心事，说仗剑江湖的远大理想。流光容易把人抛弃，转眼就是许多年，今天的我们，在平淡琐细中自得其乐，当初的宏图壮志，早已和着点点桂花，埋在越来越深的光阴里，偶然忆及，恍惚有隔世之感，但那隔世的记忆，仍有着迷蒙的金黄与暗香。

何须浅碧深红色，自是花中第一流。因为其香，貌不倾城的桂花，常得君王带笑看。汉武帝认为桂是通神的佳木，不但建了一座遍植桂树的桂宫，还以桂为材搭了座虹桥，想在桥上与仙人相会。南朝陈后主想像力更丰富，他在光昭殿后为爱妃张丽华建了一座桂宫，修了一个如月的圆门，用水晶装饰，后庭空无他物，只栽了一棵桂树，树下放了一个捣药臼，驯养一只白兔让丽华抱着。想那三秋时节，桂香满庭，怀抱玉兔的张贵妃粉面明眸，衣袂飘飘，七尺长发滑如锦缎，这样的玉人儿月下凭栏，何不就是嫦娥下凡？花好人俏月儿圆，陈叔宝沉醉不识归路，终于国破家亡，成了"后主"。而后隋国为俘时，再逢金秋桂开，再忆起此宫此香，会有什么样的长恨盈怀？

桂树长寿，几百年上千年的都不罕见。国内人工种植的桂中，最年长者在陕西汉中，据说是西汉名相萧何亲手栽植，两千多年了。此树高十三米，主干直径两米多，树冠覆地面积四百多平方，花开之时，金蕊万点，方圆数里香气扑鼻。当年，先入咸阳的刘邦兵力敌不过项羽，被其毁约封为汉王，本来心下不服意欲强拼，但萧何劝他在汉中招兵买马，养精蓄锐等待时机。萧何种下此树，想必就是率先表态，要有等得及桂花开放的隐忍吧。刘邦、

152

萧何、韩信，说不定就常在这棵桂树下研读兵书，商讨逐鹿中原的大计，终逼得西楚霸王一败涂地，乌江自刎。如今，老桂依然苍健，昔年那些叱咤风云的英雄，却连一把黄土也找不到了。人是活不过一株树的。有机会，我一定要去一趟汉中，在冷露无声的秋夜，坐到这棵桂树下，听它讲一讲人生是什么，成败是什么，光阴又是什么。

桂花一开，月就要圆了。桂是喜欢成全的树，要给团聚的人们锦上添香。太平中的人们懂得桂的这份心意，不管千里万里，也要在月圆之夜赶回家，月圆人圆，方不辜负了这天香。说来惭愧，我已经好多年没陪父母一起过中秋了，总有这样那样的理由。每年桂花开时，一颗愧疚的心都会想，来年一定要为二老植两棵桂，一株丹桂，一株金桂，我不在的中秋，就让桂香在他们身边缭绕，让桂花落在他们日渐白去的头发上。我想把我的愧疚与牵挂托付于桂。可是，一年又一年，总是误了植桂的季节……

海棠春

　　农历二三月间，淮河两岸桃红李白，一树树花儿明争暗斗较着劲开，这其中，海棠高张艳帜，敲锣打鼓地闹着，牢牢抓住了看花人的目光。垂丝海棠尤其艳丽，其蓓蕾红若晚霞，盛开者粉若桃花，陈与义说"海棠不惜胭脂色"，说的就是其花色之艳，满树胭脂泼得浓淡相宜，像大笔濡染出来，湿漉漉透着灵灵水气。花亦繁密，六七朵作一簇，一簇簇挤挤挨挨，高低俯仰密不透风，气势盛得如同万马奔腾，远看稠得没缝没隙，近一些看，也几乎要覆满枝条。

　　海棠是常见的园林景观树，这样的好花，眼下各个公园里都有，在宿州，要看最好的，还得到政务中心的后院去。那儿有处假山，有个人工池塘，山上山下，塘边路边，都有成片成片的海棠林。清明前夕，两米多高的林子开得如锦如霞，条条花枝负重低垂，捧起来满掌滑软。犹记得三岁稚子，披着青色披风，猫着腰在花林下钻来钻去，像出没在桃红海洋里的一尾鱼，那兴奋劲儿，同花开一样热烈。可惜的是，后来政府要建食堂，填了那个池，除了好多花，海棠林就小了很多，不过开得依然好。

　　张爱玲说她此生有三恨，其中一恨就是海棠无香。海棠到底香不香，惭愧得很，我虽然年年去看，倒真的不曾留意，被那千朵万朵压枝低的气势所慑，气息如何，顾不上计较了。但直觉中它总是香的。大凡抢眼的花儿，即便在纸上也是香的，即便隔着时空也是香的，如张自己所言，"桃红的颜色闻得见香气"。邓丽君歌里有个海棠姑娘，十七八岁，辫子长长，穿一件花衣裳，你没见到人，但从那甜甜的歌声里，从那同于花的名字里，就可以闻见她的香气。

海棠艳美早成定论，即使不香，也不愧"国艳""花中神仙"那些称誉。"嫣然一笑竹篱间，桃李满山总粗俗"，苏轼此语一出，谁也不好意思再拿桃花来糊弄美人了，这一点上，唐明皇比他更有先见。唐杨之恋里有一个风雅段子，说贵妃晨醉未醒，醉颜残妆，鬓乱钗横，不能拜君，明皇深喜那娇憨之态，打了个比喻说：岂妃子醉，直海棠睡未足耳！瞧，皇帝跳过桃花，直接拿海棠作比的吧，贵妃这样的国色，就得海棠这样的国艳方能形容。典故"海棠春睡"也是从此处化来。有金口玉言在，自此，海棠花的地位更难撼动了。

海棠春睡是画家喜欢的一个素材，我看过一些，基本上是史湘云醉眠芍药茵的意趣：花丛之中，美人枕了一帕子花瓣酣眠，头顶飞红片片，脚边红香散乱。而张大千的《海棠春睡图》上，有怒放的海棠，却没有春睡的美人。据说此画创作于他故去的前一年，即1982年，是专为家乡四川的故友所画，而后还委托女儿亲自送达。大师晚年居于台北，老来疾病缠身，常常思念故土故人，如他画中所题：卅年家国关忧乐，画里应嗟我白头。两岸隔绝，虽一母同胞却难通音讯，送一张画，也要费尽周折，此般家忧国忧，如何不教我满鬓雪白？乡愁是一湾浅浅的海峡，我在这头，大陆在那头。那些看花的人，那些白首赤子，都隔着海峡对花垂泪呢，画中的海棠，也只能在纸上空空开放了。究竟何时才能人花团圆？

可以告慰大师的是，在他去世四年后，中断三十八年的海峡两岸同胞往来终于恢复，他若泉下有知，也该含笑了。只是含笑之余，还会期待更圆满的未来吧。

花椒

　　花椒人人都不陌生，它最寻常的作用是烹饪调味，做麻婆豆腐，煮麻辣火锅，少了它的热辣辣麻酥酥就没滋没味。平日里烧鱼烧肉，无花椒更好吃不起来，热油锅里干花椒哗地一炸，满屋都是烈火火的麻辣鲜香，鱼羊的腥膻气立刻望风而逃了。

　　花椒我们熟悉，但它生长的过程，它的树它的花，未必人人都见过。我的故乡就很少有花椒树，小时候父亲在庭院里种过一棵，好像还没有形成多深的印象，就被母亲砍了，母亲说，花椒树妨害人，等它长到狗头粗的时候，就会对栽种它的主人不利，所以得老年人才能植它。

　　砍了后来也就没有再种过，花椒一年能吃多少，买点就行，大家都是这种心理吧，所以之后很多年，我也没有见过一株花椒树。前几年，在离故乡几百里外的这座城市，在我小区的楼下，竟意外地看到一株。初见它时是盛夏，乱蓬蓬的一堆灌木，两米高的样子，枝条上尽是尖细的刺，叶柄间结着一堆堆比绿豆还小的碧绿的花椒，摘下一窝来往鼻子跟前一凑，是火辣辣的霸道的香气。花椒的叶子也香，叶片碧绿油亮，叶梗很特别，是扁平的，不须揉碎，就有一股香气扑面而来。而四五月间，黄绿的花椒花从小小的青骨朵里炸出来，盛开满树，散发出来的也是这种气息，急吼吼的，不容你商量和准备，一下子冲进你肺腑里去。花椒的骨头里有烈性。

156

花椒还有一个名字叫秦椒，先前我一直弄不清楚，秦椒不是我们小时候常吃的一种辣椒吗，细长的，表皮不太光滑，秋天时通红，农家常用线串起来挂在门框上晒着。后来才知道，我国古代并没有辣椒这一物种，明朝才从国外引进，最初在秦地广泛种植，所以就称秦椒了。在此之前，秦椒独指花椒，冠以"秦"字，是因为花椒的原产地也在八百里秦川，后来才传入全国各地。时至今日，陕西仍是我国花椒的主要产地，常有漫山遍野的花椒树，想想，如果在这样的山岭间行走，烈性子的椒香千军万马似地冲杀过来，于嗅觉来说，该是一场什么规模的盛宴。

　　用于烹调的花椒通常是干老的，褐色的外皮已经炸开，黑色的椒目也露出来了，已经没有什么看相，但在此之前，在秋天花椒成熟的时候，满树都是累累簇簇的艳红紫红，碧树枝头红花椒，那情景养眼着呢。看椒人欢喜，椒农心里更欢喜，邀亲戚托朋友，成群结队地来收花椒，踩梯叠凳，左一筐右一篓，人比花椒还热闹——花椒有乔木和灌木之分，你看看这阵势，就知道为什么没人栽乔木了，高了哪能够得着啊。收花椒不像收苹果，应该不是个好活计，那么碎那么小，枝条间又那么多刺，刺一手血肯定是常事。但困难远远挡不住收获之乐，《诗经·唐风》里就有一个采收花椒的场面："椒聊之实，蕃衍盈升。彼其之子，硕大无朋。椒聊且，远条且……"花椒籽儿生树上，籽儿繁多满升装，芬芳的气息里，妇女们边唱边采，开心着呢，刺着了，也当是指头开花吧。

花椒多籽，在这一点上，它似乎比石榴还要讨女人喜欢，谁不希望芳香之外，还宜室宜家多子多孙呢。所以，花椒在饮食之外，就有了另外一款运用：打碎和泥，粉刷皇后住的宫殿。这个习惯从西汉的未央宫开始，一直延续了很多个朝代，那时候皇后的寝宫，也因此有了"椒房""椒室"这样的别称，再后来，这两个名字还用来代指皇宫众妃，这小小的不起眼的花椒，也算入了上流社会吧。

既然花椒是如此吉祥之物，小时候母亲的"妨人"一说，又从何而来呢？我问过一些乡人，他们也都说不明白。母亲或许也是无意听人一说，就宁信其有吧，毕竟，一株花椒的地位，如何能与种它的人相提并论？

梦回桑园

古时候的农人，谁家田间地头不栽几棵桑树呢，不光养蚕要用，就是有个头痛脑热上火咳嗽的，撸一把桑叶煮茶，几杯下肚就可以除病了。几千年来，人依偎桑树住着，鸡在桑树上叫着，就酒的闲话也脱不开桑和麻，而"桑梓"这两个字，至今仍是故乡的代名词。

我的故乡在淮河以北，那儿虽不广泛植桑，但也是不鲜见的，这个地头几株，那块田畔几株，印象最深的，是二里路后的马庄村，有老大一片桑园，那些桑树整齐地列队站着，都手腕那么粗，两米多高，且都修剪得保留三个主枝，父亲说，那是留着做木叉的。所以那片桑园就叫桑叉子行。每年初夏，桑叉行就是小孩的乐园，我们常常三五结伴去偷桑葚。偌大的桑园里，熟透的桑葚缀满枝条，一个个乌黑锃亮，甜蜜的浆汁似乎要炸开皮喷溅出来。正午时分，太阳暖得自己都困倦了，周遭一点风也没有，唯有果实甜腻的气息和鸟们的叽叽碎语。我们利索地爬上树去，找一个舒适的姿势在叉上坐稳，然后就一把接一把地吃开了，饱饮琼浆似的，弄得满手满嘴满脸黑紫。肚子盛不下时，吃过晌午饭后的农人也该来了，我们听到人声，赶紧跳下树去，一哄而散。

那样的吃法当得起"饕餮"二字，真是当饭来吃当水来饮的。后来的语文课，学到《氓》，"吁嗟鸠兮，无食桑葚"，说成熟的桑葚会自然发酵，斑鸠吃多了会昏醉，老师在台上讲，我在台下就想笑，我想起了桑叉子树上的饕餮，人的饕餮和鸟的饕餮，我们都吃了那么多，谁也没有醉过。当时还嗤之以鼻，以为老师言不确凿，后来才知道，桑葚果真可以酿酒的，只是我们吃的，没有发酵到那个份上罢了。

　　偷吃桑葚的孩提时代，我做梦都想也有一片桑园，可以让我从从容容地大快朵颐，后来，大概是读初一的时候，父亲还真的就栽了一地桑苗——我们家里要养蚕了。春天，我和姐姐一起，在人把高的桑田里撸树叶，一人手里扯一个很大的蛇皮口袋，满满两大袋，倒在蚕床里，沙沙沙沙，要不多会，就被那群肉乎乎的蚕宝宝吃光了。我们还要去采，小辫子刮得乱蓬蓬，手上衣服上都沾了难以清洗的桑绿。好在过不多久，蚕就不吃不喝了，屋里摆放的树枝上很快挂满白白的茧，摘下一个，丢到开水里烫一下，捞起来，就可以抽出细细的长长的丝。我们很兴奋，这就是可以织绸的丝，这些丝都是田里那些桑叶变的。

　　因为有了一点养蚕的经验，我就有些瞧不起乐府诗里那个邯郸美女罗敷，总觉得她不是老实巴交的劳动妇女。你看她去采桑的行头，"头上倭堕髻，耳中明月珠。缃绮为下裙，紫绮为上襦"，如此绫罗绸缎精心打扮，还不被桑条刮坏了？还有，"青丝为笼系，桂枝为笼钩"，篮子也需要如此装饰

160

吗，挎个篮子能盛几片桑叶？她之采桑，意不在桑，她是出来赚回头率的，目的就是让耕者忘其犁，锄者忘其锄。农夫们贪看美女忘了干活，回到家里夫妻吵架，罗敷应该少不了挨骂的。红颜祸水啊。

我家那次养蚕，好像也就一两季的事情。后来不知为什么不养了，那片桑田也不再有留下来的理由。可惜那些年幼的小桑条，最终也没给我结出甜蜜的果实来。桑园而后被一片梨园取代，再后来，要进城打工的二哥把梨树也刨了，一任荒草疯长。马庄的桑叉行也早就没了，农耕时代已经过去，谁还用得着打麦扬场的木叉子？又成长起来的孩子们，他们大概没有机会识得桑葚滋味了。

沧海变桑田，可能需要很多很多年，桑田变成荒园，不过就是一代人的工夫。

合欢合欢

　　"结合"的"合","欢愉"的"欢"，这株树，就是带着合欢的使命来的。它是蛊，是诱惑，远远地，你看到一片粉云似的花，夏日里热燥的那颗心，就不烫了，不乱了，及至走近，那一朵朵温柔的丝绒，把一丝一丝的触须探到你心里去，轻轻地，触一下，再触一下，成片地一扫拂，你便安静了，便醉了。

　　合欢树下是人间的好去处。一树的幽香漫下来，那香浓郁又别致，有陈年的气息，似乎在地下窖藏了几千年，遇见你，为你打开。幽幽地，从长长的时空里飘出来，从深深的地底下溢出来，以最体贴的姿势拂扫你，让你沉下来，静下来。叶子也同样醉人，一树的羽状复叶，细碎到入微，每一片都是两扇长长的浓密的睫毛，早晨张开，捧鸟的情话，捧风的私语，捧满掌的阳光雨露，黄昏来临，再合起来拢起来，把一天的相思捂在手心里。于是，团圆降临。

　　月光下的团圆该有多么美啊，那些合拢的叶子，亲密的，手心触着手心，安稳地入眠，头顶细密的毛茸茸的花，是一床多么轻软温香的被。盖着花被，披着月光，我一直想看看合欢这样睡眠的样子，可惜城市里没有月光，没有清露。昨晚，在那个叫水木华庭的居民小区，我无意中走进去，被浓郁的花香绊了个趔趄，撞见的，竟是那么多那么多的合欢树，开满米白

162

的、浅粉的、桃红的花朵，弱弱的灯光下，它们睡得同样好，体息芬芳迷人，鼾声窸窸窣窣。

它们在做很甜很幸福的梦。有相抵的那只手在，有心与心的贴合，原本，哪里都是月华遍地啊。

"夜合枝头别有春，坐含风露入清晨。任他明月能相照，敛尽芳心不向人。"这祈福的花朵，因为一个合字，一直香在古人甜蜜的爱情里。那合卺的酒，一定要用合欢花儿酿制，红烛摇罗帐新，酒香幽幽，郎情妾意风声月影，都敛在杯里，就着彼此的眼神，一小口一小口啜下去，你我就化在一起融在一起了。两扇睫毛关下来，挡住外面的世界，从此芳心不向人，你即是世界，世界即是你。

那壶合欢酒，曾是黛玉生命里皎洁的月华。那一回，大观园里的姑娘们赏菊、尝蟹、钓鱼、吟诗，身子骨单薄的黛玉受了螃蟹的凉，心口微微地疼。她的胃，多么需要一盏热乎乎的烧酒。眼前却只有黄酒。正执壶蹙眉，宝玉来了，命丫头速送合欢烧，且要烫得热热的。螃蟹的寒，温平的黄酒怎能抵御得了？而这一盏合欢烧下肚，黛玉的心立即就会暖，就会熨帖。姑娘的身体和心思，宝哥哥最懂。黛玉短促的一生，一直期待能与这个哥哥共饮一盏合欢酒，而最终，只因差了他的那一口，生命没能圆满。临走，她帕子上咳出的那口血，怕是还带着合欢花朵甜丝丝的软，甜丝丝的恨和憾。合欢合欢，说到底，这酒，就是要两个人喝的，不可独饮，"独"便是"毒"了。悲哉黛玉。

运粮河畔也有很多合欢树，密密的枝柯交合，粉红的花朵连片，风来，花叶轻摇，晃软了那条生硬的水泥路。路沿上，一个老人正蹲着，吃力地挪动着，一朵一朵捡拾被风拂落的合欢花。他说，老伴失眠，这合欢花煎水，可安神解郁。他说他每个花季都来捡，晒干了收起来，供她饮上一年。至此我才知道，这合欢花原是一味中药，可以解郁安神，可以理气开胃，可以活络止痛。总之，这是一味体己的药。这味药，以一个人的爱作引子，把盏交臂互饮，可一生无郁一世安好。

有合欢花儿四季陪伴，有一只煎药的熟悉的手，那老太太，连病痛也溢着合欢的幸福吧。

又一朵飘下来，花丝儿还嫩嫩的粉粉的，它落在老人银白而稀疏的头发上，很写意。我立在树下看着，心底叹出长长的、幽香的、绵软的一口气。

合欢合欢，它原本就是一个美丽的蛊。

红
柿

在故乡种类纷繁的水果中，柿算是独树一帜了，它红而艳，举在深秋光秃秃的枝头，像一盆盆燃烧的炭火，要给你冰凉的手煨一煨寒气。

好像也就是在最近七八年间，故乡的柿子树突然多了起来，柿树不生虫，无需怎样管理，只要把根埋在土里，农人就可以放心地外出打工了。秋冬回来，沉甸甸的果子热闹地等着，有火把一般的明亮与温暖，让你不得不念及土地的好。

可柿子留给我的最初的记忆不在树上，却在墙上。小时候柿树稀罕，秋日里父亲不知从哪带两枝回来，一枝有五六个果子，叶尚青，柿尚橙黄，高高挂在堂屋正壁的钉子上。风一日一日紧，柿子的红一日一日深，年关临近，叶子枯落，通红的柿子满面油光，照得土壁三面生辉。母亲常仰着脸，一边撩起围裙擦手一边念叨："看，多好看，跟红灯笼样。"红柿——红事，成年后忆起母亲笑眯眯的眼神，忽地想起来，他们每年中堂挂柿，原是一场郑重的祈福仪式，期待好事临近，期待生活美满。

的确，柿子的可爱之处，首先就在于这个胖墩墩的模样，你看它鼓而圆，憨而拙，周身通红，何不就是正月里挂在门楣上的红灯笼？薄薄的皮一揭开，浓稠甜蜜的浆汁缓缓涌出来，也像凝固的火。柿子是没有心计的果实，肚子被蜜汁挤满，没有机会空虚，没有空隙盛得下一点算计。白石老人

165

的柿子图，常让人有这样的感慨，图上的柿子那样肉乎乎的笨拙，像画家的心，一意向纸，不设机巧。唯此专注，方能收获满腹创作的甜。

柿子的味道特别。大口吸进，或用小勺舀来送进嘴里，无须动用牙齿，便凉凉地滑进喉咙里去，把每一个味蕾抚弄得欢醉不已。宿州的老作家耿海涛，前几天送我一些他家的柿子，两层的，两层之间像扎了一根细细的线，下面是圆柱，上面是鼓鼓的轿顶，那样的柿子，红皮里面包的不是浆汁，却是一汪带丝瓤的糖水，可以插吸管来吸的。他说他家的柿子树，是故友梅纯一让他种的，画家梅老有言：如果有小院，一定要栽棵柿子树，蜡质的小黄花可看，浑圆的果子可看，经霜的叶子殷红如枫，也可看。

柿叶如枫，不光可看，还可以泡茶。中华医药的神奇之处，就在于取材自然，百花百草皆可入药。柿子是药，柿蒂柿霜是药，柿叶煮水，也能降脂安神，治疗咳嗽吐血。想从古至今，人们倚柿而居，一棵从不索取的柿树，给予了我们多少滋养。

还需一提的是，柿叶的赐予，更有精神上的。《新唐书》里有个故事，说唐朝才子，诗、书、画三绝的通儒郑虔，他的才华就有柿叶的成全。郑虔家贫，好书，但苦于无纸，见长安郊外的慈恩寺里贮了数屋柿叶，就过去租住。柿叶阔大如掌，他每天取叶肄书，岁久殆遍，直把草书练到如"疾风送云"的奇妙境界。你看，书画史上的那些天才，都少不了"秃笔成冢""池水尽墨"的苦修，少不了"书尽柿叶"的艰难。汗水未到，谁也别想收获红柿一般的甘美。

母亲已有多年没再往墙上挂柿了，她的房屋东头也栽了很多柿子树，每秋红柿满枝。父亲有养老保险，我们都有工作，当年的祈愿一一实现，无须再祈祷什么了。柿子吃不完，梢头的也就不摘了，母亲说，留给屋后杨树上的那群喜鹊吧……

166

银杏黄

　　立冬已经数日了，西风的寒意一天比一天锋利，楼下的梨树、樱花、紫薇，都被削得几乎只剩下光秃秃的灰枝条，几株银杏却不惧寒，黄叶还密匝匝地抱守着枝头。从三楼凭窗望去，它们撑着金黄的冠突兀地立着，突兀地明亮，有光彩照天映地的惊艳。

　　很庆幸有这几株树。常常，楼上的厨房里，我一边做些柴米油盐的俗事，一边扭头看这一树灿烂的黄。俗事毕，捧一杯热茶，俯在餐厅的窗台上，等小儿放学。小儿归来，依旧会欢蹦着到树下捡几片叶子，咯咯地高举着奔上楼来。那叶片清洁莹润，没有一点枯萎颓废之相，"谁怜流落江湖上，玉骨冰肌未肯枯"，玉骨冰肌不独易安喜欢，就连小孩也深爱着呢。

　　遥想二十年前，我读初中的时候，尚未见过银杏树，一次收到同学自远方寄来的一枚银杏叶，如获至宝，把它夹在书本里当书签，日日把玩。后来外出上学，见校园里竟然有十几米高的一株老银杏，真是兴奋之至，深秋叶落，我就在树下捡啊捡，把它装在信封里分赠给好友，她们纷纷回信赞誉。现在想来，那是一场盛大的现代版"鸭脚远赠人"。也常常是人在少年，才会有这份可爱的小心思。

　　"鸭脚"是银杏在北宋时期的称呼，还真形象，我试着把叶柄和叶片成90度角折过来，果真，柄似腿叶似蹼，太像一只鸭脚了！梅尧臣与欧阳修这对老天真，一把年纪时还玩"鹅毛赠千里"的游戏。梅千里寄鸭脚予欧阳，欧阳作诗答谢，梅唱和，来来往往，成就了"鸭脚远赠人"的一段佳话。一片寻常的叶子，竟引出数篇流传千古的诗作，说来让人嗟叹不已。

说是寻常，这鸭脚又绝非寻常。银杏是古老的孑遗植物，想那几十万年前，地球骤然变冷，到处都是厚厚的冰川，多数生物都在这场劫难中灭绝了，银杏却在中国大地上奇迹般存活下来。这幸运的树，这鸭脚般的叶子，曾见过多么大的一场天翻地覆，目睹了多少鸟虫鱼兽的消亡？原来世事如此，那就别太在意什么计较什么了，不急不忙地活吧，物我两忘地活，任岁月在身后堆积成丘。因为这份从容，银杏把自己活成了植物界的老寿星，三四千载，都算中年。

银杏树还有一个名字叫公孙树，说的就是它的这种慢性子，从栽种到挂果要几十年，爷爷栽树，孙子才能吃到果实。因为性子慢，寒来了也就不惊惧不慌张，翠绿的叶子徐徐地改变着颜色，先织一个金边，再往里慢慢浸染，要用一个月的时间完成由碧至黄的过渡。别的落叶乔木都秃了枝头，独它把明灿欲燃的一树金黄招展在萧瑟里，秋去冬来，明灿依然。

银杏雌雄异株，只有雌树才结果子。楼下这几株年轻的只有碗口粗的树，移栽到这里也有十年了，不知是什么性别，等我老了，是不是可以吃上它的果实。母校的那株是雌树，秋天满枝满梢都是白果，常惹得校职工提着篮子，拿着长杆高高低低地打，弄得叶果满地，一片狼藉，好在后来被禁止了，去年去看时，那棵老树已被围了护栏，挂了标牌，作为文物保护起来。

那棵老树，我看着它结了四年果子，却从未见过它开花。我一直好奇，它是无花而果的吗？后来看到一句描写它的话："二月开花成簇，青白色，二更开花，随即卸落，人罕见之。"原来，它是在寒风恻恻的暗夜里开花啊，当你我入梦大地岑寂，它前呼后拥地怒放，却又决绝地即开即落，不留一点痕迹在枝头，比转瞬即谢的昙花更不留余地。究竟是谁伤到了它，才让它如此拒绝对视？谁能有缘做它的知己？

窗外的银杏下，常有一个老人在那健身，她满头银发，穿大红的运动服，站在灰蓝的石板曲径上，弯腰敲打胆经。急风来时，金黄的叶子从树冠翻飞下来，落在她身上，她也不拂，依然从容地敲着，从上到下，从下到上，纹丝不乱……

枇杷花里闭门居

十几岁的时候，读卓文君写给司马相如的《怨郎诗》，其中有一句印象深刻，"四月枇杷未黄，我欲对镜心意乱"，之所以深刻，是因为她说的石榴、桃花、香烛之类的我都熟悉，唯独不知枇杷为何物，它究竟是吃的还是看的，与乐器琵琶有干系吗？直到十年之后，这个谜底方得揭晓。

那年春暮夏初，我在蚌埠海校的家属院居住月余，院内有许多两米多高的小树，叶子碧绿厚实长似驴耳，枝头缀着许多鸡蛋大小的青果，没过多久，果实变黄，便有人架梯采摘，一问，方知它就是枇杷果了，并因此知道，之所以称此树为枇杷树，是因为它的长叶形似乐器琵琶。我获赠一捧金黄的果实，掰开来看，里面是几个深栗色的油亮的核，入口的果肉细腻甘美、滑软多汁，甜中微微带酸，滋味非常好。

枇杷是亚热带水果，北方向来种植者少，去年秋天，我到城北一个叫水木清华的小区访友，无意中竟看到许多枇杷树，原来，因为此树四季常青，被开发商当成景观树种植了。时逢深秋，浓绿的大叶间，已有簇簇棕色的花蕾举出来，毛茸茸的，很不起眼，但冬日过去再看，它们已经开出丛丛白色的小花。淮北的冬天草木凋零，这满树盛开的枇杷花，给人的是如遇天人的惊喜。但更惊喜的应该还在后头。寻常的果树多是春天开花秋日果熟，初夏时节花褪残红青果小，没什么看头，而枇杷秋孕冬花春结实，四五月间满树金累累黄灿灿，"树繁碧玉叶，柯叠黄金丸"，这样的别致情景，怎不叫人惊讶感慨、吟诵赞叹呢？看过林林总总它的写意，其中一张颇为难忘：大叶墨黑，果实艳黄，几只胖乎乎的小雏鸡在旁边悠悠觅食，在这样一幅画前看着，隐约总有些担心，生怕一眨眼，那甜软的果子就被鸡们啄光了。

那次初尝枇杷后，每年夏初从水果超市里看见它，都忍不住买一些回来，可惜每次都很失望，不是味酸就是太涩，总不及蚌埠海校里的好吃，后来在杭州的一条小巷里，遇见一个挑筐卖枇杷的，满筐鲜艳诱人，果子上面还覆着一层茸茸细毛，看一眼就口水直流，可惜却因为着急赶路没顾上买，现在想起来还深以为憾。据说杭州出产一种叫"软条白沙"的品种枇杷，可是国宝级的，不知什么时候才能再遇见。

成都的枇杷也好也多，像我们家乡的梨园一样，五一还办采摘节。但比枇杷更有名的是一条同名小巷，枇杷巷，成名原因，是这里曾经住过一个响当当的人物，即大唐传奇女诗人薛涛薛洪度。作为营妓的薛涛是个不折不扣的美貌才女，几岁时曾作"枝迎南北鸟，叶送往来风"一句诗，被当时还做官的父亲认为大不祥。后来父亲亡故，薛涛迫于生计流落风尘，迎来送往于各色男人中间，果真中了父亲担心的"诗谶"。但毕竟是才女，打小诗书熏染，多少还是有那么一些风骨的，晚年"退休"，她就隐居于枇杷巷，种菖蒲，种枇杷，菖蒲难得开花结果，被视为祥瑞，枇杷开花凌早寒，被视为高洁，爱慕她的文人王建如此赞颂："万里桥边女校书，枇杷花里闭门居。扫眉才子知多少，管领春风总不如。"风尘里打滚过来的女诗人，厌倦了酒盏笙歌，她要和枇杷花一起，在寒风里静一静了。

枇杷还有金丸、芦枝等几个名字，但因为与琵琶的特殊关系，这个名字叫得最响，其实你仔细看看，不光驴耳似的叶子形似琵琶，那果实顶端尖细而下长圆，竖起来也很像琵琶呢。枇杷琵琶，像双胞胎的俩孩子，叫来叫去有时就走神了。有一个段子发生在明朝，画家沈周收到友人送来的枇杷，附信上却写成"敬奉琵琶"，沈回信讥笑："承惠琵琶，开奁视之：听之无声，食之有味。"恍然大悟的朋友作诗自讽：枇杷不是此琵琶，只怨当年识字差。若是琵琶能结果，满城箫管尽开花。"箫管开花"这个比喻贴切生动又对仗工整，想这夫子平日功课也不差，错写俩字纯粹笔误罢了。沈周这家伙也不厚道，这么好一盒果子都堵不住嘴，要是送我，哪怕写成泥巴，我也当枇杷吃了，不说话。

杏花落满头

"红花初绽雪花繁,重叠高低满小园。正见盛时犹怅望,岂堪开处已缤翻。"在咏杏花的诗里,我最喜欢的,就是温庭筠的这几句了。杏花的花苞胭脂般浓艳,初破蕊时是绯红色的,待到盛开,颜色渐淡,花落之际,就是雪一样的白了。善写花间词的温飞卿,寥寥几字,就把它的情态摹写得呼之欲出,我常想,这两句诗上,如果再来一阵风,在树顶那么轻轻一吹,满天红的花白的雨,春天的风情,便被它占尽无疑了。

杏的花期本来就占了好时机,先它而来的梅花,怒放时寒意尚浓,赏花的人怯怯缩缩,难得舒展;在它之后的桃花,开放时天已太暖,有睡意昏昏的热了。杏花恰到好处,时值二月,东风刚刚抽去丝丝余寒,阳光拂在身上,温软得刚刚好。这时候,卸去冬装,一身轻快地奔进旷野,麦田青青,柳枝鹅黄,蓝的粉的野花挤满阡陌,空气里尽是冻土苏醒呵出来的清新之气。正自陶醉间,一阵清香飘过来,抬头看,那边一大片杏花,正锦缎般灿烂地开着,开得高高低低层层叠叠,开得缤翻历乱红云缭绕,你心底的喜,简直有舞之蹈之的狂了。

那年春天,在大五柳,于山的那一边,也是这样,倏地就邂逅了一大片杏花。那些杏树已经有些年头了,树干是苍黑的,一个人刚能环抱过来,擎天披拂的细枝也是苍黑的,这干老的、在冬季里像是枯死的树,顶着满头粉嫩明媚的花，真是美艳绝伦，"枯木逢春"这个词语，如果用这样的画面注解，定是最浅出又最深入的。我们到树下时，满梢杏花正且开且落，青草地上覆了一层洁白的花瓣，风来，还在落，纷纷扬扬地下来，人在其中，那心情，舒缓熨帖又安宁。

去年，冉儿给我推荐了一支叫《乱红》的曲子，笛和钢琴合奏的，笛子是主打，钢琴只是低低迂回的背景。那笛音真清亮，仿佛幽谷里的涧水，奔流着落在玉石上，细腻清脆又婉婉转转，让你身不由己地跟着滑翔，跟着起落，那种舒缓、熨帖和安宁，就如同那年，五柳山坡的粉红烟霞里，片片杏花梦幻般飘落，那么安详地飘落。陈与义有一句词，"杏花疏影里，吹笛到天明"，长沟流月，落花寂寂，这样的夜晚，倚着杏树吹一曲长笛，如果也是这首《乱红》，那些古今事家国愁，怎么还会想得起呢？

看杏花，还是那样山间野外的好，若是城镇的深巷里，下楼来买一枝插进几上瓶中，人在花前，如同坐井观天，只见其形，不得其神韵，更见不着缤缤纷纷的漫天花雨——我一直惦记着那漫天花雨。这几日上班，见马路边的那棵杏树，枝头已鼓起越来越大的花苞，今年的花期又至，何处再觅花影呢？正思量间，接到父亲的电话，言家里的杏花已起了骨朵，梨花也有米粒大的苞了，倏地想起，父亲的杏园，也是赏花的好去处啊。

故乡的家安在小村外，屋后是小河，房子被梨园和杏园包围着。几年来我一直想给父母在城市买套房子，把他们接到身边来，待房子终于买好，才发现，父亲根本舍不得他的那片花园。那许多的杏树，父亲并不指望它们增加收入，图得只是花枝垂垂果实累累，是耕作劳碌的田园之喜。父亲在杏园里挖地锄草，下棋读报，母亲在树下种几茎眉豆，割一刀韭菜，左把花枝右把锄，杏花飘洒一身。花枝上面，有意杨的新芽，有瓦蓝的天，天空中有成群的自由飞翔的鸟儿。我于一瞬间突然明白，这才是他们习惯的家，是他们想要的日子，也是我今天想要的生活。

雪中红梅

小时候，家里有一幅中堂，画里的那个世界，漫天都是飞雪，白的山白的地，迷蒙恍惚的苍茫天，就在这个素色的底子上，一大片红梅灼灼盛开，那是好一片热烈纯正的红呀，落霞一般，把土黄的泥墙都照得亮堂堂的。我常常看着这些花出神，如此严冷的天，树上的冰锥都快刺到地面了，它们竟一朵一朵，迎着风顶着雪，开得千娇百媚。怎么就不怕冷呢？

画中一个青色的背影，扛着偌大一枝梅，正朝纸的背面走去，让我好生羡慕。我也想要一枝梅，哪怕一朵也好，可贫瘠的故乡里，谁有闲情养一株不能成材的花树？于是，那些枯枝上的红花，就成了盘在我心头的一个结，只要看到"梅"这个字，我身体里就会有电光闪过。以后的岁月里，我记住了许多咏梅的诗，记住了许多喜梅的人，苏轼、林逋、王安石，甚至额头上落了梅花的寿阳公主，都让我颇觉亲近。红梅的暗香，隐隐地，浮动在身边每一个飞逝的日子。

十几岁时，常在数学课上偷看《红楼梦》，懵懵懂懂，一本读完，也没看出个所以然来，有几个场景倒过目不忘。有一回，栊翠庵前红梅盛开，映着雪色，胭脂红的梅朵云锦一样灿烂，惹得大观园里那群脂粉娇娃诗兴大发，她们吟了什么，完全没有印象，印象深刻的是，宝玉向妙玉乞梅，归，他披着大红的猩猩毡斗篷，掮着虬曲横斜的一枝好梅，从白皑皑的山坡上走下来。你瞧，明明就是一幅画呀，与我儿时的中堂，多么相似！

那个着素服蒲团端坐的妙玉，也让人难忘。寒意彻骨的早晨，她怎样地顶着飞雪，一点一点收集梅花花瓣上的雪，一点一点放进鬼脸青的花瓷瓮，封存在时间里。那些陈年的梅花雪水，她要在清洌的孤寂里，泡茶独饮，贾府最有权势的老太太来了，也只用旧年的雨水招待，虽是寄人篱下，她的字典里却没有"逢迎"二字。斯心若梅，寒香只对知己，她的梅花雪水，还要用带着自己唇温的绿玉杯子盛了，亲手端给宝玉尝尝。

现在想来，颇有些感叹，孤僻冷傲冰清玉洁的"槛外人"，也不能绝于尘世的门槛之外，她也渴望情爱，她也需要知音，她对宝玉的情分，曹公没有明言罢了。妙玉终为强盗所劫，这样的结局，让我敏感脆弱的少年心疼痛不已，那一朵柔软的清高的梅，那一朵俏也不争春的梅，竟身不由己，被揉碎到污泥中了！

近几年，痴迷昆曲，常一遍遍地看《牡丹亭》。十六岁的深闺小姐杜丽娘，在自家花园里倚着梅树打了个盹，有了一个缠绵的梦，梦醒无痕，是答儿寻他不见，相思难耐，终误了卿卿性命。她让父亲葬她于那棵老梅之下，三年后，一个叫柳梦梅的书生出场了，他在树下拾了丽娘的自画像，又惊又喜，好一个如花美眷啊，像是在哪里见过的。梅花庵里，对着那幅春容，憨直的书生细细看声声唤，扇子一展，水袖一甩，缓缓吟哦缓缓唱，"姐姐，我那嫡嫡亲亲的姐姐呀……"，嗓音绸缎一样抛出去，迤逦地拖着长腔，字字都是紧束的红梅骨朵，撒开，绽放，轻舞飞扬。梅庵里一室清香，少女紧紧收拢的至纯至真的心事，在飞舞的梅花里倏地敞开了，丽娘于熟悉的暗香中苏醒过来。

"梅"与"媒"，自古以来都有解不开的干系，有老梅花魂的护佑成全，痴情的少女死而复生，她的蟾宫客，在柳边，更在梅边，大好姻缘，她终于等到了。

梅的大美，总在人生的风雪里展现。

红岩上红梅开，千里冰霜脚下踩，三九严寒何所惧，一片丹心向阳开。江姐那朵红梅，是开在怎样的风刀雪剑里啊，战火染红半边天，硝烟让云朵失了颜色，中华大地疮痍满目。竹签刺进柔软的手指，烙铁烫向粉红的心口，而梅，依然是倔强的怒放的姿势，火一样的绚烂灼疼一双双狼一样凶狠的眼。河山得还，英雄已逝，那朵梅，就成了长在祖国胸口的一粒朱砂痣，太平盛世的人们啊，伸出敬重而感恩的手指，时时触摸。

博物馆里，存着江姐牺牲前偷偷写下的遗书，你看看就知道，铁血铸就的梅花，芯里藏了怎样的温柔。她惦记寄养在外的唯一的小儿，焚竹为笔焚絮为墨，把泪含在骨头里，把母爱留在纸上。我一直关注那个英雄的后代，常常追踪他在太平洋那端的行踪，我希望他不要离母亲这么远，每年家祭，也好向母亲描绘一下祖国的锦绣江山。还好，他虽然还没有来，他的儿子回来了，江姐的孙子，回到江姐身边来了。更让人高兴的是，江姐的孙子媳妇，其祖母，与江姐既是同学又是战友！一定又是梅作之合吧。这对佳偶，都是梅的后代，身上都有梅的傲骨、梅的芬芳，宇宙茫茫，他们能凭借一个梦、一种气味找到彼此。江姐啊，她一定笑了，笑得两颊起了红云，喝了烧酒一般。就这么绯红着吧，中华民族坚实起来的胸膛上，让这朵梅花痣，永远灼灼盛开。

说来惭愧，人近中年，我竟然没有见过真正的红梅。我觉得，那零零落落开在无雪的早春里的，算不得梅。好几次，先生要带我去南京的梅花山看梅，南京有他的母校，他常向我描述那些红梅的美艳姿容，但我并没有兴致。南国的红梅，盛放时已是二三月间，哪里还能逢得上裹天罩地的大雪？开在艳阳底下的梅，又与寻常桃李有多少区别？还是去北国看吧，拥膝大雪里，幽谷荒野边，那凌寒独自开的，方是真性情的红梅。

梨
花
雪

看梨花，一定要去砀山，砀山的酥梨园面积之大，世界闻名，八十万亩果园连接起来，花开时节遍野皆白，是你怎么走都走不到尽头的白，即便在飞机上看，那片白，一眼也望不到边。

古往今来对梨花的形容，脱不开一个"雪"字，苏轼说"惆怅东栏一株雪"，王维说"冷艳全欺雪"，那黑老的树干上，修剪过的枝条刚劲虬曲，白花片片铺盖其上，只要略微远一点，无论你怎么看，都是造型古拙的大雪压树。可仅仅以雪喻花，还只是局部气象，有点小家子气，那浩浩荡荡、绵延无尽的壮阔，非"海"的气势不能表达。苏和王生活的时代，华夏大地还没有如此大规模的梨园，他们想像不到这样的气魄吧。

雪和海之外，梨花还占了一个"香"字，"遥知不是雪，为有暗香来"，王安石吟咏白梅的这个句子，借到此处再贴切不过。梨花香气虽淡，却有丝丝清甜，人还在远处，甜香就已飘来了。而且，因为花事盛大，它比梅花之香还要迷人，还要有品咂和回味的余地。所以，砀山梨花有"香雪海"之称。

我自小就在这样的香雪海里长大。家门口是梨园，村头是梨园。读初中的时候，离学校四里路，抄近路时，也要从一大片梨园中穿过。那些老梨树，坚硬的黑枝上粘满冰清玉洁的白花，似铁骨铮铮的人生出来的缕缕柔情，看了让人心绪温软。晚自习后回家，溶溶月色下，花海白亮如大雪之夜，微风吹过，雪涛涌动，香气中夹着恻恻轻寒，袭人脸面。在细细的小路上穿行，不时要拨开几根挡眼的花枝，花朵颤颤地弹回去，一簇一簇，闪着皎白的银光，碎琼乱玉一般。而拨花的两只手，掌纹里便收藏了软软的香，直香到以后许许多多年。

这样的景致，留在记忆里，也是无心的。梨乡的农人，没谁会以赏春的情怀面对梨花，梨花开放，只是意味着一场农事的到来。授粉是一场浩大的农事。梨树虽雌雄同株，但若不授粉，坐果率会很低。授粉要取异类树的花粉，我家的酥梨园里有几株黄梨和紫梨，就是专门取粉用的。印象中，每年，它们只要起了大骨朵，父亲就忙开了，一朵朵摘下，把针鼻大的蕊头从花蕊里一颗颗取下来，忙活一整天，也就集出一小捧。摊在白纸上，放在纸箱里用电灯泡烤干，烤成金黄的粉末，它就是酥梨的引子，是梨花的精魂。装进拇指大的小瓶，小心翼翼地用小橡皮头蘸着，给每一朵盛开的酥梨花点蕊。那成片的雪海里，究竟有多少朵花？整个花期，农人都站在树前，不停地点啊点啊。每一朵梨花都是有灵魂的，你欺它一晌，它就欺你一季，在花面前，农人的心是虔诚的，每一朵收到的都是最虔诚的问候。

梨农眼里，梨花无关诗意，而看花人眼里，农人与花，都是诗情。那些千里迢迢来看花的人，坐在浩大的雪海里，叹花之美，叹人之福分，待从农人手里接过花粉，也爬上枝头点一会蕊，始料未及的辛苦，让他们感慨万端。劳动的诗意，向来都是旁观者咀嚼出来的。

照相的美女们，爱披上火红的丝巾，做势奔跑，让它在梨花丛中长长地飘起来。这遍野的白，在相框里过于素淡，非一点浓艳衬托不可。不过，也别担心没备丝巾，往前走一段，可能就会遇上一片桃花林，那灼灼的桃花，正好可作你胭红的丝巾。梨桃花期大致相同，梨园间桃林，刚巧是绝妙的色彩搭配。

砀山的梨花观赏线路中，有梨花景点叫"乌龙披雪""鳌头观海"，也有桃花景点叫"瑶池烟霞"，都是不可错过的景致。若坐在霞光里看雪海，或立在雪海里赏云霞，该是何等胜景？我不说了，你去看看就知道。

182

醉槐阴

入夏以来，几乎每天都要从浍水路上走过，为那两旁青翠的国槐。

那两排国槐，高大遒劲，冠若华盖，浓密细碎的叶子把灼人的阳光严严实实地遮挡在外面。叶子异常水灵异常青葱，仿佛风一吹，就会有碧绿的清凉的汁液顺着叶尖滴下来，所以，人在树下行，酷暑之中，周身也会起一层薄薄的凉意。

花开之际，人更流连。那花，如成群的青黄的小蝶儿，密密地扑上去，成串成片，满枝满梢。花瓣娇嫩风薄，蝶翅儿一般，不风也舞，巨大的翠冠上，像浅浅浮动着一片明黄的海。这时候，从炙人的阳光下走过来，走进树荫，享受到的便不仅是凉意，更还有暗自浮动的香了。

可喜的是，国槐的花期很长，从入夏开始，就一直这么安静地、淡淡地开着，不声不响不急不忙，如今已是中伏，掐指算来，已开了近两个月。近日，落蕊渐多，风摇之时，会给路人披一身亮黄，花落无声，也许你并不知晓，但归家对镜，便有"呀"的一声喜，心绪也跟着美丽起来。

柏油路面上，也常有一层落蕊，车轮辗过，地上便是一片细碎的黄。清洁工用扫帚，把那些花儿聚归一处，堆积成丘，寂寂如冢。那扫落花的姿势，是很容易让人走神的。这姿势，更适宜于一个安静的院落，清晨或午后，四周寂阒，"唦啦唦啦唦啦"，土地上留下一片片扫帚的丝纹，零落的花瓣儿，掩于尘土，清香如故。此情此景，该比黛玉葬花更有回味——黛玉最初葬的是桃花，桃花妖艳短寿，易惹人感伤，若换作槐花，看槐花开了长长一季从容离树，她大概不至如此悲切。这闹市之中，车流人流嘈切混杂，而伊人，专注地扫着满地缤纷，如我之观者，有置身画中的错觉。菩提无树，明镜非台，禅意如斯，原本就隐于市的。只是，痴傻如黛者，一生未懂。

有槐荫的地方常有人气。不知何时，路拐的几株槐树下，开始聚拢一些人。起初，他们在槐荫下纳凉、小憩，渐渐地，不知谁搬来了小方桌，大家一块打牌、下棋，而今，常常有四五张小桌子了。大伙赤膊上阵，颈上搭着汗巾，甩开膀子摔扑克，赢了，开怀大笑，输了，骂一句粗话，抱一个西瓜来，摔破，大家围着啃。而四周，贩夫走卒也凑过来看热闹，观众围了黑压压一片。这片闹市里的槐荫，这片槐花下的安静，就形成了一个小小的闹市，取于尘又出于尘。"醉花阴"这个词牌，无端地被清照先生引导得逼仄了，实在可惜，花阴下，何止西风人瘦？烟火如斯，"醉"意岂不更浓？

小雨中的槐荫，更别有幽意。湿漉漉的花儿沉甸甸的，扑簌簌坠下，让你分不清是雨滴还是落蕊，那清淡的香，清淡的凉，让人想走得慢些，再慢些，直不忍走出那片槐荫那段路。而待到走出，眼前豁然明亮，蓦地发现，白衣上已沾了点点的黄，至此方惊：槐花原本还是一种黄色染料，叫做槐黄。

　　曾经，槐花与茜草、栀子、苏木这些美丽的植物一起，成就了一个纯朴自然又色彩缤纷的年代，也顺便成就了多少青年男女的浪漫爱情。"绿衣黄里""青青子衿""我朱孔阳""载玄载黄"，这些句子关乎色彩，更关乎情爱。那黄里黄裳，都是伊人亲采槐米煮花为汤，并亲手染就的吧，细密的针脚里有她细密的爱，明黄的颜色里是她明黄的心思，"心之忧矣，曷维其亡！"可惜她永远地离开了，天人永隔，抚摸着那些旧时衣裳，《绿衣》里的男子伤心得无法自持无法停止。以后，每年每年，满树盛开的槐花，都会触碰他心里愈合不了的疼痛吧。

　　槐花是可以做茶的，花骨朵摘下来放锅里炒干，冷却后就可以泡茶，槐米茶清肝泻火凉血止痛，伤心的男子，请你饮一杯吧。

桃花灼

胡兰成说桃花难画，因为要画它的静，在我看来，桃花却不是静的，它饱含春意，在枝头几欲喧嚷。描写桃花的词语里，一个"灼"字最形象，桃之夭夭，灼灼其华，这花夭夭灼灼，艳得跟小火把似的，何曾懂得屏息静气？还有一个词同样好，"历乱"，桃花历乱李花香，说的就是缤纷之貌，泼洒洒乱纷纷，它生来就是让人眼花缭乱的。

桃是易养活的树，花好看，还结甜蜜的果实，这是几千年来人们爱它的理由。在乡间，篱笆院落里总能看到几株，清明时节，花儿探出几枝来，乡村就有了春天的鲜活之气。唐朝诗人崔护去赶考，在京城南边的小村里闲逛时，就撞见了这样一户人家，他叩门而入，口渴求饮，招待他的是个十五六岁的小姑娘，姑娘倚着小桃斜柯偷偷看他，眼里饱含深情。次年桃花开时，忘不掉佳人眼神的崔护复来，寻找此女，不遇，心中怅然，写下一首有名的桃花诗："去年今日此门中，人面桃花相映红。人面不知何处去，桃花依旧笑春风。"究竟花似人面，还是人面似花，人逢桃花，其中春意，就难一语道尽了。

要看好桃花，一定得静，得能听到花的喧腾争春之声。理想的赏花之所，应该像《桃花源记》里的捕鱼人那样，缘溪行，忘路之远近，忽逢桃花林。因为忽然，方得惊艳。试想，正低头走啊走啊，抬眼，忽地就看见一大片粉红，神笔染出来似的，该有多好？更难得的是，这桃花还是临水的，"双飞燕子几时回，夹岸桃花蘸水开"，水映花花蘸水，花事一份成了两份，成了 N 份，自然开得水气灵灵光彩流溢，自然满天都是花朵高歌的声音。坐在这样的水边，那遍野的红，都是为你一个人开的。

　　夭者往往短寿，桃花几天的工夫就落了，花谢花飞花飞满天，若逢此时，你坐在那儿，顶一头残红，眼睁睁地看它被流水送走，心中一定千回百转。花已落，春将暮，人生最好的光景，都流到哪里去了呢？纵是没心没肺之人，也会起一些伤感。但若有一钓舟就不同了，桃花尽日随流水，洞在清溪何处边？清幽的静和隐逸的好，融在里头，就是一幅散淡的文人画了。

　　运粮河畔有几株碧桃，我每天回家都看得到它。它们花开猩红而浓烈，花瓣有很多重，每一朵都开到成团，远比寻常的桃花更夭灼更历乱。海子诗里说的"像一座囚笼流尽了鲜血，像两只刀斧流尽了鲜血"，应该就是这种桃花。可我一点也不喜欢，因为它不结实，只有空空一场妖娆，就像海子，热烈地燃烧过后，又给辛苦抚育他的母亲留下了什么……

乌桕梢头梅花开

初见柏树，是在合肥的包河公园。时值秋天，微霜初过，远远望去，那树就像是五彩斑斓的一朵云，梢头的叶子殷红如血，外围金子一样明黄，而往树冠中心去，却渐渐淡黄，渐渐碧绿。一棵树上，几种颜色过渡并存，如二月的繁花般艳丽。这样的树，沿着包河的河堤，有长长的一排，或斜或立，树干黝黑沧桑，似老态龙钟，但旁逸的枝柯上却柔条纷披，比拇指头大不了多少的小叶片薄薄的，清洁光润，密匝满缀。这样的柏树，把影子映在包河的清波里，树摇影荡，水波粼粼，人在树下，不由地就有了些醉，有了些诗意。

朋友黄君却说，深秋的乌桕比这更美。于是，深秋里看乌桕，就成了藏在我心底的一个小小梦想。上周去合肥，恰是深秋，办完正事，我特意从省立医院墙外穿过，去包河。果然，一派苍茫的秋色里，那些乌桕燃烧一般，满树火红，西风吹过，赤叶成阵飘飞，小路上铺满红的紫的叶，有的一片叶子上，竟有红有黄有绿，极尽斑斓。彼时包河河水冷碧，游人稀少，我呆呆地立在那里，恍然如入梦一般———一直以为，秋叶最艳者，莫过于枫树，陆游却说"乌桕赤于枫，园林二月中"，若不是亲眼所见，恐怕至今，我仍会觉得放翁言辞虚夸。

早年不识乌桕时，常将它与香樟混淆，夏天的柏树，其叶倒真与香樟有些相似。宿城的胜利路我不常去，似乎只在夏天里经过几次，这条路上的两排乌桕，一直被我当成了香樟。前几日去雪枫公园，从此经过，我惊讶地发现，这些"香樟"竟这般妖娆起来？竟有红叶纷纷飘坠？香樟秋天是不脱叶的，四季的绿几乎一成不变，难道这些树齐齐地生病了且病得如此娇美？站在树下仔细观望，方见稀疏红叶里，掩着不少白色的果子——这是柏果啊，原来竟是乌桕树！我心里惊喜万端。乌桕是南方的树，淮北地区少有种植，我常以为憾，踏破铁鞋无觅处，原来就在眼皮底下。

曾在南方见过一棵冬天的老柏，阴沉的天幕下，脱光叶子的树安静地立着，黑黢黢的干遍体纵纹，光秃秃的枝柯苍劲虬曲，如若只是这些，也与北方寻常的槐树没什么两样，不同的是，它灰扑扑的枝条间，有无数的、一点一点的这样的白果子，雪一样白，珍珠一样光润，圆圆的，三颗两颗聚成一簇，一丛一丛，就像朵朵即将绽开的白梅花！

严冬，秃树，若梅的柏实，这个画面，在之后的很多年，一直珍藏在我心里，每每忆起，就会有深深浅浅的想念与感动。我希望能与那巨大的一株梅再次相逢。我还自作聪明地以为，是我读懂了它的神韵，我把它读成了一株梅，我一定是它期待几世的知己。可后来，无意间读到一句前人的诗，"偶见柏树梢头白，疑是江梅小着花"，惭愧良久，柏花如梅，原来它的知己，早就在了，我远不是第一个。

　　胜利路的柏实，与江南的那株相比，实在说不上多好看。许是因为今冬少雨，它们又立在路边，飞尘染身，柏果才不够洁白，也不够密集，有许多尚裹在黑色或青色的外壳里，没有露出身来。毕竟是北方，乌桕远离故土，我们足不出城就能赏到柏果如花，也不该再抱怨什么了。

　　柏实的白其实就一层蜡，我剥开看过，里面是黑色的籽。据说这白可以融化了做蜡烛，籽可炸油，做香料。早年，南方的很多小作坊都做柏烛，以草芯或棉绳作捻子，滚上一层层柏蜡，就是一支白烛了。小的时候，晚上停电常会点上一支，在飘忽的微光里看书写字，神游万里时，我也曾想过，这烛是什么制成的？当初不曾料到，牛油之外，梅花一样的柏子也可以为烛。不知鲁迅在怀念绍兴的那些柏树时，是不是也同我一样，会忆及那些烛，忆及少时昏黄的烛火？

　　如果说秋天是柏叶的一次盛开，冬天就当为柏实的一次怒放。胜利路的柏实，我一定还会去看。等天冷一些，再冷一些，等枝头包裹着柏实的硬壳落尽，等一场雨或雪洗净尘埃，我想，那些白梅，会开得更美。

草木深

冬天的时候，千树干瘦如柴，北风是盛气凌人的样子，带着哨子一啸千里，刚刚还在淮河路上，一转眼就奔到纺织路了。纺织路到淮河路，隔着运粮河公园的林子，好几百米的林子，一眼就可以看穿，淮河路上一辆红色的汽车开过去，一个穿厚棉袄的男子走过去，尽收眼底。可春天一到，一切都不同了，繁花开过，桃、李、樱、紫荆，都长了满枝满梢的绿叶，性子慢的银杏树和灯笼树也绿了，那些叶子，在枝条里憋了一个冬天，一口气闷在心里，哗地全吐了出来，一树一树的青翠，一团一团的葱绿，茂盛得汁液淋漓。地上的草，被这些汁液浸绿了染绿了，忽拉窜出一截来，与半空的树冠交错呼应着。

先前空旷的林子，转眼间稠了，深了，幽暗了，苍翠障眼，别说淮河路上的汽车，就是数步之外，想寻一个人也不易了。这密匝匝紧实实的绿，让风也怯了，他抬脚蹚一下，过不去，伸手碰了一下，还过不去，长驱直入的日子结束了，硬闯不行，换口气吧，温柔点，再温柔点。终于，风摸索着，从东边的枝叶间钻过来了，轻轻地，徐徐地，带着新叶的湿润和鲜美，小心翼翼地一路吹拂。

这样的风一来，水也不瑟缩了，舒展开身子，长长地打了个呵欠。水下的草芽心里一荡，醒了，伸手试一试，不再是刺骨的寒，再伸伸，竟还有点温吞吞的感觉，待伸出水面，够着的是树宽厚肥硕的影子，是暖和的太阳光，便开始兴奋了，咯咯欢叫着，呼朋引伴。苇尖听见了，蒲草听见了，藕持重的芽也听见了，争先恐后地把身子从淤泥里探出来，伸到水面上，于是，水中也不空旷了，这些新的生命，纷纷然拥挤起来。鱼儿自然不肯错过这热闹，摇头摆尾地，绕过这草，转过那叶，这里看看，那里瞅瞅，翻个身，吐个泡，玩得高兴了，纵身一跃，看我能跳多高！风怕他摔着，赶紧跑过来接，萍们草们也慌了，一溜烟倒过来，伸手去抱。鱼幸福地闭上眼，扑通一下扎在她们怀中，她们的腰肢在水里重重一闪，一池的水，开怀大笑，浑身颤抖……

这样的幽水深林，怎能让风让鱼占尽呢？于是鸟群来了，站在树丛里唱歌，啾啾啾，叽叽叽，嘀嘀嘀，像音乐会，又像赛歌会。有一种不知名的鸟，大概是来晚了，挤不进场，就在一旁"当当当"地叫，像发泄怒气。什么样的鸟是这种歌声呢，怎么那么像敲钟？你想看认识他一下？不行！所有的演员，都在庞大的树冠里藏着呢，你仰着脸东瞅西看，乐声灌耳，就是见不着他们的影子。撑不多久，你就得离开，四五月间的密林，呆长了，身子就被绿叶打湿，会觉得凉，得去太阳底下晒一晒才行。

河里，鸭来了，鹅来了，渔人撑着小船、拿着钓竿来了，不久，蜻蜓也会来，光着身子的小男孩也会来，蝉将在水面上空的柳林里不休地歌唱。辽阔的淮北平原上，草声喧哗，林声喧哗，水声喧哗，一个鼎沸的夏天就到了……

陌上花开缓缓归

午睡醒来，帘外阳光白亮，一屋子都是明媚的暖，人懒在床上，在洋洋的暖意里，听窗外鸟声啁啾。谢灵运有诗云：池塘生春草，园柳变鸣禽。这鸟声，果然是应时而变的，新来的鸟歌喉真好，呖呖溜溜，有金属的细，又有水的柔软，这样的群鸟乱啼，即便足不出户，也知道桃红了柳绿了，知道春天势不可挡地来了。

每年这时节，我都喜欢在河畔流连。单位离运粮河公园很近，那里水不太清亮，花木却颇为繁茂，春天一到，粉的李花、红的桃花，还有或紫或白的紫荆，都开得难管难收，被青草黄柳衬着，那份鲜艳明媚，牵绊得人挪不动脚步。袅袅青丝里，微风拂拂而过，满树花儿温软轻摇，花前立久，就有一种不真实的感觉，这美来得太突然，梦幻一般。

一冬日日经过，这些树都是灰的，光秃秃没一点看相，转眼间却这样繁花朵朵。尤其是紫荆，往日枝条不仅灰枯，还缀了许多暗褐的荚果，整个冬天破絮般萧索残败，似只能做编筐打篓的荆条。可春天来了，几天的暖阳一照，花就满了，碎碎的，密密的，淡紫的如锦，乳白的若云，把枝条遮得严严实实，施了魔法一般让你几欲拭目。锅灶旁边烧火的灰姑娘，正灰头土脸破衣烂衫，忽然间蹬上水晶鞋，华衣美服光彩照人，她给姐姐、继母以及众人的，就是这样的惊愕，这样的不真实。

三月的美，就有这样的速度和反差，绚烂突如其来。

一千多年前的江南，临安盛大的花事里，也走着一个爱花的女子。山水间杨柳招杜鹃摇，桃李芳菲，她一路走一路看，心底亦烂漫如春。脚下是钱镠王专门为她铺设的山路，崖边还给她加设了栏杆。钱镠王的生命里，横溪小村这个姓戴的女子，他贫贱时结发的贤美妻子，重若泰山。从临安到横溪，这条省亲路，王希望她走得安稳。不奢华不骄纵的戴妃，爱她的家乡和亲人，也爱这一路似突如其来的锦簇花团，可以想象，在这条充满鲜花的山路上，这条通向亲人的山路上，她的心情该有多么明丽。

这年春日，戴妃又去省亲，料理完政事的钱镠王走出宫门，忽见西湖沿岸已柳绿花红，蜜蜂飞蝴蝶舞，操劳的心突然就软了下来，这样的好时光，该与夫人携手赏游的！夫人已离开多日，怎么还不回来呢？思念如花发，按忍不住，他疾速回宫，要与她写信，要催她快回，而笔端迟迟疑疑，最后落在纸上的，却只是九个字——陌上花开，可缓缓归矣。

陌上春日好，那些花草多美，你慢慢看吧，不用那么急着回来，不用担心我想你。你若开心，你若安好，我这里便是繁花满天……

驿卒快马把这九个字送到王妃手中，王妃瞬间泪满香腮，当即收拾行囊，赶回临安。想想，被感动的，又何止戴妃一人？这个不识几个字的男人，曾以贩盐为生，乱世里靠剑戟弓弩金戈铁马，打下一座江山，做了统领十三州的吴越国主，他是武夫，不会犯酸，不会矫情，他的爱是朴实的，他的牵挂是连着心扯着肺的，不知如何表述的那些深情，都隐含在貌不惊人的这九个字里，嚼一下，是绝世的缠绵，是彻骨的温馨。自此，"陌上花开缓缓归"，就成了一个典故，成了人人传唱的爱情故事，宋人的笔记，清人的小说，争相记载。这九个字的影响，如清代学者王士禛所言，是"艳称千古"的，甚至盖过了他疏浚湖泊的功绩，盖过发展农桑的功绩，盖过了他对苍生社稷的贡献。

若干年后，苏轼一脚踏进临安的土地，就从无处不在的民间歌谣里感受到钱镠的深情，此时吴越国早已湮灭，江山犹似昔人非，人生的王权富贵，如草尖朝露瓦上清霜，转瞬无踪，而那场如百花齐放的旖旎情事，却烙在人们的心坎上，代代相传，世世吟咏。同是英雄的东坡感慨万端，写下了三首著名的《陌上花》，其中那句"已作迟迟君去鲁，犹教缓缓妾还家"，至今令人叹息不已。

说到底，这世间，惟情最是利器，能突破铜墙铁壁，能穿越时光地域，能俘虏任何一颗坚硬的心，让它瞬间温柔，如陌上花开。

最后一片绿地

　　报社搬迁到纺织路后，我们最大的喜悦，就是窗外这片绿地了。这片农科所的试验田，方方正正的，有几十亩地，与我们的办公楼仅隔着一条马路。忙碌的工作中偷闲喘息的时候，我们就捧一杯茶，倚在四楼的窗前向外眺望，享受这片田园带来的放松和愉悦。

　　这片田里，每年种的几乎都是麦子、黄豆和玉米，庄稼的长势让人惊叹，麦苗绿得能流出油来，黄豆饱满得要胀出壳来，玉米成熟的时候，棒子被扒开皮进行成果展览，那种硕大那种金黄，惹得多少人驻足赞叹。终究是试验田啊，以培育种子为目的，不惜代价地精耕细作，丰收也到了极致。

　　有时候，我们会抵挡不住这片绿地的诱惑，趁试验田的大门开着的时候，放下手中的稿子，急匆匆地下楼，闪进田里，在里面踱一会步。夏天里，田埂边的紫薇花浓艳地绽开，野花野草铺满小径，空气中全是庄稼和花草略带青气的甜香。拂开玉米的长叶走进田里，一只鲜艳的多脚虫吓得扭一下身子，背着孩子的青翅蚱蜢受惊了跳开，再走几步，可能还惊喜地发现，脚下竟然匍匐着一棵儿时常吃的小马瓜，或者有一株结满果子的香姑娘。这时候，真的想席地而坐，在这庄稼地里回味一会了。

　　眼下是早春，这一大片麦田返青了，浓密地墨绿着，土地也该苏醒了吧，想必是松软的，想必有麦苗的青气和泥土的醇香混合在一起的芬芳。多

196

少天了，我一直想去闻一闻这种味道，可惜忙碌不休，几步之遥，却总没成行。很多人羡慕在媒体工作的人，却不知这个行业内的戏言——"拿着卖白菜的钱，操着卖白粉的心"，编辑都像磨道里的驴子，一圈一圈周而复始地拉着磨，近在咫尺的这田野的气息，也只能到梦里去闻。

田野的气息迷人啊。小麦和玉米扬花的时候，那清香多诱人，把周围车流的尾气都掩盖了，买菜的、锻炼的、上下班的，所有过往的人，都会把脚步停下来，深深地吸几口气，长长地赞一声叹一声。这种广阔的质朴的清甜，能让所有人认同和回归——住在城市里的人，谁没有一个田园梦呢？城市里高楼林立，到处是水泥和地砖，树木几乎都是四季常青的，城市让我们忘记了季节的转换和草木的荣枯，可这片庄稼记着呢：你看，小麦破土了，节气肯定到寒露了，寒露两旁看早麦嘛；麦子黄了，肯定是芒种了，不是说"麦到芒种谷到秋，过了霜降刨芋头"吗？这片庄稼让我们记起了那些节气，那些农谚，让我们无比地怀念土地上的单纯与幸福，面朝黄土背朝天，原本是最原始最永恒、最天人合一的生存状态啊。

这片土地如果属于你属于我，该有多好！我们就好好规划一下，哪边种菜，哪边养鱼，哪边种麦，哪边盖一座小木屋。可惜没有"如果"。这是我们心头一个打不开的隐秘情结。

多少人走出乡村，丢了土地离了家园，到遥远而陌生的城市里打拼，终极梦想就是能在城里买一套房子，扎下根来。等住进了钢筋水泥的房子才发现，原来我们多么想要一片土地，巴掌大的一块也好，种点不打农药不施化肥的菜，喂一群吃虫子和青草籽的鸡。可城市的土地金贵着呢，只好，用花盆吧，装点土，种几根蒜苗，几棵青菜，再或者，背点泥土堆到楼顶上垒一个"空中菜园"，扛着锄头到工地上河边上垦一片"临时荒地"……

　　纺织路上随处可见这样被极度珍惜的泥土：行道树脚下的小方格子里种上了菜，墙根的水泥被刨出一块土，种了几株扁豆和丝瓜。也常可以看到，人行道上放了一只喂狗的盆，绿化带里跑着几只挠食的鸡。这条路是几年前才开通的，在此之前，这里是城郊，这里的人过的是鸡鸣犬吠的田园生活。如今，这些丝瓜和鸡犬，作为乡村的遗迹存在着，见证着乡村向城市的过渡。

　　眼前的这片试验田，也是城市发展的遗迹了。它已经被马路和高楼包围，成了名副其实的城中绿地，在大开发大建设的洪流里，这片净地还能存在多久呢？取而代之的，应该是一片命名为"城市绿洲""生态家园"之类的楼盘吧。我们常倚窗叹息。

寒来千树薄

　　立了秋，树上的叶子就不一样了。夏天，叶子里的水气兜都兜不住，风吹过，那声音呼呼的，有潮水涌过来的湿润感，有年轻人的精神气。而秋后，那些水分被风一丝丝抽走，渐渐就不那么滋润了，像四十岁女人的脸，保养得再好，终是没了青春的底气。慢慢的，叶子边缘开始卷曲，微微地，开始是三片五片，渐渐一树都微卷了，这时候，风里就有了枯声，飒飒地，哗啦啦地，有金属的铮铮的冷音。

　　不是西风太残忍，即使没有风，也会有一些黄的叶子脱落下来，像熟透的瓜蒂。有风的时候更不必说了，呼啦一扫，树下就铺一层，树上呢，也就瘦了一分。在一天一天秋的气息里，在一层深似一层的寒意里，浓密的树冠渐渐薄下来，被围困在叶子中的枝条，也慢慢露出来了，那些深藏的喜鹊窝，那些被遮挡的果子，老远就能看到。删繁就简三秋树，等到霜降的时候，树冠已被删减得只剩五分，站在树下抬头看，已经不再障目了，看得见高远的蓝天，看得见南飞的雁阵。

　　这时候的树，给人的感觉是简静，如同人过中年，摆脱了繁冗和琐屑，一颗心简明素淡，从容不迫。从容不迫的秋树最有看相，疏疏落落萧萧散散的叶子，在枝上有花意。一树薄花，经几场浓霜一抹，就跟上了浓妆似的，该黄的黄了，该红的红了，一树树立在初冬的萧瑟里，给人的感觉是美艳。

此时，到林木众多的地方走走，尤其是到山野间走走，你会发现，仅仅是黄，就有淡黄明黄金黄橙黄橘黄，仅仅是红，也有紫红绛红火红绯红朱红，再加上各种绿，各种红黄绿之间的并存与过渡，整个就是盛于二月花的万紫千红。在这样的林子里走走看看，整颗心都是明净的，是清爽爽亮堂堂的干净。

树美到如此，也就绚烂到极致了，这个时候，若是夜里来了一场雨，你晨起一看，呀，一地都是鲜艳的狼藉的叶子，许多还连着梗，树上因此又单薄了一些，再来两场雨，就所剩无几了。在淮北，城市里的寒性子慢，一树散花可以支撑到大雪前后，若在乡间，立冬不久，几乎就瘦成嶙峋的骨架了，没有叶子拦着，风抽打在光秃秃的枝条上，渐渐会发出尖锐的哨音。

乡间的寒意，已经悄悄逼过来了。树秃了，地也净了，玉米进了囤，花生装了口袋，苹果梨子该卖的卖了，该贮存的都下了窖，串串红辣椒和编在一起的蒜头，高高地挂在门框上。田野空荡荡的，只有风四处游走。这时候的农人，像秋后的树，真正地闲了，开始找墙根，往一块凑。立冬小阳春，小雪大雪时节，无风的响晴天，墙根的太阳暖和着呢，晒得人懒洋洋的，简直就像三月天。一群人倚着墙根蹲在那儿，说闲话，东扯葫芦西扯瓢，扯够了，就撺掇东头的老呆来一段大鼓书。啪啪的鼓声里，有的吧嗒着袋烟，有的扯开棉袄大襟逮虱子，有的把一截树枝伸进后背挠痒痒。亮堂堂的阳光下，土墙里麦秸的碎秆子闪着淡淡的光。张中行有本散文集叫《负暄琐话》，晒着暖和的太阳说闲话，这书名给人的亲近感，就是这样，让人想起很多年前的故乡，想起寒来的时候，那一处处磨得滑溜溜的土墙根。

"寒来千树薄"，后面还有半句话——"秋尽一身轻"，这是清代诗人李穆堂的诗。秋后的树轻了，人闲了，人与树，都在轻闲之中休养和积蓄，等待春天。只等一声春雷呼隆炸响，他们的热情，便禁锢不住地要爆发出来了。

200

叁

相思辞

问君能有几多愁

春花秋月何时了，
　　往事知多少？
小楼昨夜又东风，
故国不堪回首月明中。

雕阑玉砌应犹在，
　　只是朱颜改。
问君能有几多愁？
恰似一江春水向东流。

——南唐·李煜　《虞美人》

　　那杯酒落到肚里，世界便开始战栗起来，怎么会这样呢，侵阶的苔藓哆嗦着，庭前的绿树哆嗦着，怎么才七月初七，风也颤抖起来凛冽起来？天冷了，还是他醉了？眼看着站不住，扑通倒在地上，全身更激烈地抽搐起来，每一个细胞都在抽搐。他的头一颤一颤向后仰去，腿一顿一顿向后弯去，首与足，在合拢，在相互寻找对方，在完成一个自我的拥抱。他张着双眼，重影，重影，翻江倒海的重影，世界重叠着，风战栗着，云战栗着，皇后憔悴的影子和裂肺的哭喊战栗着。是醉了，一定是醉了，要不，怎么像是回到了故国，熟悉的凤阁龙楼琼枝玉树，战栗了满眼呢？他想问，可嘴抽搐着，他想吟，可舌抽搐着，他想揉一揉眼睛，可手已经不听使唤。自己的身体，成了铺在纸上的"金错刀"吗？只是今天这字，怎么写得这么累，怎么浑身都痛？惯常的一笔三颤，一个笔画只颤三下，现在怎么就一直颤一直颤着停不

202

下来？他的头仰啊仰，腿弓啊弓，慢慢地，头脚相触，身体写成了一个圆。在宋朝都城的庭院里，写成了一个圆。痉挛停止，疼痛停止，书写停止。世界静止。他用身体写了一个圆，金错刀体。这是终结的圆，是一个句号，是一滴亡国的眼泪，是奔流不息的滔滔长江留下的一汪眼泪。

问君能有几多愁？恰似一江春水向东流。

《虞美人》是一阙亡命词，与这个圆一样，是他的绝笔。四十年来家国三千里地山河，墙内，他痛彻肺腑地吟咏，思念故国思念玉砌雕阑，墙外，监听的耳朵把那声声怨叹装进去，传输到一个大腹便便的人那里。那里早已是不耐其烦。你愁春花秋月何时了？好，我成全你！于是，酒来了，融了牵机药的酒，玉碗盛来琥珀光。牵机药，你听说过吗，没有？那么马钱子呢？你肯定知道，它的名气，不比鹤顶红和钩吻逊色吧，牵机药就是马钱子提炼的，它会成全你，让你的身体绷成一张满弓，快速把你弹射回故国。通往故国的旅程，果然是那么快，远比八百里快马快得多，汴京到金陵，几分钟抵达。这一下，他安稳地睡了，瑶殿影重，金炉香袅，小周后三寸金莲把红锦地衣踩成江上涟漪……

他是李煜李后主，南唐最后一位国君，词坛的千古才子。他，赐酒的那个大腹便便的男人，是赵光义，宋朝的第二任皇帝。

李煜初生，一目重瞳，父母亲人却不以为病，不知道它对视力最直接的影响是重影，那个时代，还没有"瞳孔粘连畸变"这个概念。天下人也都不以为是畸形，一只眼睛里有两个瞳孔，那只能是天生异相的标志，你看，仓颉、虞舜、重耳、项羽，史书记载的这些人，不都是重瞳吗？这个孩子，睁着两只眼睛三个瞳孔，望琼楼玉宇的眼神光辉灿烂，或许，就是他，可以扭转南唐积弱的势运。于是，他有了一个无比亮堂的名——煜，又有了一个骄傲的字——重光。李煜，字重光。李璟有十个儿子，最后把皇位传给了他，是否就是看中了他一目双瞳的光华灿烂？

　　然而，这个二十四岁就登基的南唐最后一任皇帝，治理起国家来却没有光芒四射，他之光非日光，不灼烫不刚烈不眩目，而是月光，江南一片月，婉转安宁，把娇山柔水照得软软融融。无意于社稷江山金戈铁马，钟情的只是纸与脂。他把最好的造纸工匠招来，亲自监工制一种薄如卵膜的宣纸，在纸上写字、填词、作画。他的字与画，都喜欢颤笔樛曲，看起来竹霜松寒，倒有几分遒劲挺拔，后人称为金错刀体；后宫脂粉丛列，美艳玲珑的江南女子一队队迤逦而来，被他两只眼睛三个瞳孔重影成神仙之境，那盛况让人眩晕和醉意朦胧，让人只想百花丛中死；与大周后校勘曲谱散佚的《霓裳羽衣曲》，与小姨子深夜里画堂南畔见……这是他的生活，一个词人皇帝的宫廷生活。就如同他自己后来的回忆：凤阁龙楼连霄汉，玉树琼枝作烟萝，几曾识干戈。

　　面对虎视眈眈的宋太祖赵匡胤，不曾识干戈的李煜主动去除唐号，改称自己为"江南国主"，向宋室称臣而贡，以图苟安。蜷缩于金陵，蜷缩在一张张精致的宣纸上，兀自掩耳盗铃地，仍过他奢靡香艳的后主生活，直到敌人兵临城下。丢了笔，弃了琴，脱掉了锦龙袍，他赤裸着苍白瘦弱的胸膛，肉袒出降。那一刻，金陵城下战马嘶啸刀枪林立，风神俊朗的才子皇帝去了衣冠，苍白的皮肤细细的肋骨暴露在天光下；那一刻，林立的刀戟重影成烈烈白光，断弦和宫娥的哭喊重声成惊天绝响。"最是仓皇辞庙日，教坊犹奏别离歌"，那一刻的那一画面，成为插在他俘虏生活里无法拔除的剑刺。

往事已成空，还如一梦中。朝为帝王，暮为囚房，人世之上，还有什么样的落差，能这般跌得人身骨尽粉？如果只是一场噩梦，醒来揉揉双眼，一切都还是原来的样子，柔白的宣纸仍在，雕栏玉砌仍在，霓裳羽衣仍在，该有多好！如果腰杆挺直一点，不为讨好宋室杀掉战将，该有多好！往事知多少，不堪回首。人生不能重来，家国不能复兴，明月依旧照秦淮。

曾经拥有嫔妃无数的帝王，而今，连个女人也保不住了，作为俘虏，小周皇后跟着他一路北来，受尽屈辱，没料到，更屈辱的还在后头，娇美艳丽的小周后到了汴京，就是羊入虎口，好色又暴力的赵光义怎会放过她？他狞笑着，毫不迟疑地把魔爪伸过来了，他把她囚入他的后宫，她被数名宫人绑架着拉扯着，任他非礼，她越哭喊，他越狰狞越疯狂越谑笑。一次又一次，她衣破衫乱地回来，哭闹、撞墙、绝食，撕打那个再也不能给她编金冠不能给他任何保护的瘦弱男人。她的痛苦，她凌乱的鬓发、青紫的额角、疯狂的痛苦，让眼前这个尊严尽失的男人，再一次粉身碎骨！经历是痛，回忆是痛，未来也是痛，痛无际涯，这样的屈辱，掰着指头挨着，已经挨过了上千个日落，还要再挨多少个日落？

——春花秋月何时了，往事知多少？

——问君能有几多愁？恰似一江春水向东流。

早年闲暇的时候，有时说愁，在笔记本上记下一行又一行描愁的诗词，唯这两句词不敢吟，这一阕《虞美人》不敢写。在我的今生来生里，在你的前生今世里，永远遇不着这样尖锐的疼痛，这样找不到出口的疼痛。

生在帝王家，是天地间一种最严厉的惩罚。尤其，生在末世的帝王家，却又怀揣着一颗文艺的种子。这样的帝王，后世里还有一个，天理循环，他出在大宋的江山里，并且就是赵光义的后人——宋徽宗赵佶。出来混，迟早要还的。宋太宗赵光义毒杀了李煜，霸占了他的皇后，149年以后，赵佶连同众多大宋的嫔妃公主也被俘虏，被金人掳走，同样受尽凌辱，那就是历史上有名的"靖康之耻"。李煜工书画，有金错刀，赵佶也工书画，有瘦金体，他们还都擅音律长诗词，"彻夜西风撼破扉，萧条孤馆一灯微。家山回首三千里，目断山南无雁飞。"这是赵佶的诗，同于李煜的被囚之恨家国之恨。

赵佶，他是李煜的怨魂转世，"问君能有几多愁，恰似一江春水向东流"，异国的孤病晚年，他口里常吟诵的，当就是李煜的这阙《虞美人》。

生当复来归，死当长相思

结发为夫妻，恩爱两不疑。
欢娱在今夕，嫣婉及良时。
征夫怀远路，起视夜何其？
参辰皆已没，去去从此辞。
行役在战场，相见未有期。
握手一长叹，泪为生别滋。
努力爱春华，莫忘欢乐时。
生当复来归，死当长相思。

——汉·苏武 《留别妻》

许多年前，还是对生活对爱情充满幻想的青春里，不知从哪部小说中读到一句诗，"生当复来归，死当长相思"，一下子就被迷住了，一遍遍在心里念来念去，把自己感动得烟雨迷蒙，不为书里的故事情节，不为主人公的离乱伤情，就单单为这十个汉字。什么时候，也当有一人，在他远行的时候紧紧握住我的手，也对我说出这掷地有声情意绵绵气壮山河的十个字？

后来的后来，当我年过而立尘埃落定，心甘情愿过上平凡安稳的小日子，差不多忘了这十个字的时候，它突然从我灯下夜读的诗行里跳出来，却原来，它出自苏武出使匈奴前，临行那夜留给妻子的一首诗。注释里说，此诗作者存疑，可能是苏武，也可能是汉代无名氏假托苏武之名，但我一下子就认定是苏武了，这十个字出自哪个男人笔下，会比苏武更有影响力和震撼力？此去匈奴，凶吉未卜，爱妻呀，你记住相公这句话，只要我活着，一定会回来找你，如果我不幸，黄泉下也会永远永远想念你。

十九年有多长？十九年，可以使一株小苗变成大树，使一个婴儿长成壮年，可以让一个壮年的男子，变成须发皆白步履蹒跚的垂垂老者。苏武在匈奴呆了十九年。冰天雪地里，衣衫褴褛的他搂着他的羊取暖，眼泪刚出眼眶就成冰花，眨着冰凉的睫毛，他透过呼出来的白色气雾，透过茫茫雪山，望故乡。面对故乡的方向，思国，思家，思妻。思临别时留给她的那句誓言——算是誓言吗？那个夜晚坐卧不安，一遍一遍起来观察夜色，看看熟睡的妻子，想想茫茫的前程，留恋，忧戚，萧萧西风起易水，一时间，英雄襟前尽是涕泪。参和辰这两颗星，一个在东方一个在西方，此出彼没，永不相见，去去从此辞，我们这对相伴多年的夫妻，从此也如二星般后会无期了吗？就要起程，仓促间铺纸研墨，于灯下给她留一首诗。脱口而出的一首诗。生当复来归，死当长相思，我若不死，一定聚首，我若不测，黄泉相见。

　　故交李陵又一次来过，又来劝降。李陵说，我来匈奴前，你的老母亲已经去世，你的妻子年少，已经改嫁了……你看你母亡妻失，故国还有什么好留恋的？不如就降了匈奴吧！那许多的话苏武都没听进去，唯有几句如雷轰顶如箭穿心，原来母已不在！原来妻已离开！……他一定痛得浑身痉挛，把刚刚从野鼠窝里掏出来的那顿美味呕了个精光，把吞下去还没焐暖的白雪呕

208

了个精光，是不是，身体里已经贫瘠到几乎断流的那点鲜血，也被他呕了出来？我们说好的，生当复来归，我刚刚离开一年，你就确定我已经不在人世了?！怎么这么快就投进别人的怀抱?！他一定非常非常地想回去求证，想和她面对面问个清楚。可是，极目而望，雪野茫茫，贝加尔湖水面上的寒风嘶吼着呼啸而来，湖那边，是单于如狼似虎的驻守部队，无奈地叹一口气，他摸着旄节，呆呆地立在冰天雪地里，朝着家的方向，立成一座雕像，立成我心底绵绵不绝的疼痛……

是的，那个夜晚，因为一句诗，因为这十个字，我心里有了江河水一般汹涌的心疼和痛惜，这种疼痛突如其来，这种疼痛汹涌澎湃，都是因为出乎意料。许多年来，这个男人，他一直以铁血硬汉的形象出现在历史中，他是打不垮的民族英雄，是麒麟阁里德高望重双目炯炯的关内侯，有刀枪不入的坚强意志，可是可是，他那冷硬坚实的躯壳里，竟也悄悄藏着旖旎春光脉脉柔情？竟也默默受着小儿女情长缘短的细鳞之伤？

十九年后，当他归来，他的家园已经败落，人去楼空巢已倾，他站在颓圮的老墙上，默默看着那片废墟。当年的小树苗已经参天，没膝野草生生灭灭了几多遍，当年梁上的燕子呢，它们的儿女，或者可以告诉他当初的情景？那一天，谁将红盖头覆住了她的红妆？谁和她在欢呼声里发结同心？是否，踏上花轿的时候，她也念叨着那十个字对着故居频频回首？而今，他回来了，那个伟岸的健壮的四十岁的男人，那个铜墙铁壁般坚实的男人，已经须发皆白身形佝偻。他来了，念叨着那十个字回来了，他还是那个他，她已经不是她了。

我常常在想，她如果一直在原处多好，一直守着不曾离开，十九年后，他一推残门，她正坐在冬阳里补衣裳，针尖和满头银丝一起闪闪发亮。对视，愣怔，拥抱，痛哭，然后就是欢笑了，就是团圆了。我回来了，我说过，生当复来归，我回来兑现我的诺言。而后的日子就是童话，热热闹闹吹吹打打，锦衣玉食夫荣妻贵，多好！

可是，为什么，她偏偏没揣王宝钏的意志？

"结发为夫妻，恩爱两不疑"，难道，这仅仅是苏武一个人说的，仅仅是他的一厢情愿？是的，只是他的一厢情愿，你看整首诗，他一直在自说自话而已。恩爱是两个人的事，相思是两个人的事，生当复来归，死当长相思，你要归来，那个人得肯等你才好。

暮年的苏武，当某个有风轻扬锦袍的黄昏，当他看着通红的夕阳徐徐而坠，大概会想起这首诗，想起那个人，大概还会有十九年里已成习惯的凄凄伤感……

210

羞日遮罗袖，愁春懒起妆。

易求无价宝，难得有情郎。

枕上潜垂泪，花间暗断肠。

自能窥宋玉，何必恨王昌？

——唐·鱼玄机 《赠邻女》

　　鱼幼薇，这个十岁就以诗名才名闻名长安的美少女，什么时候更名"玄机"的呢？这名字，是否暗合着命运里的玄机？

　　十四岁时，鱼幼薇在恩师温庭筠的撮合下，嫁给状元李亿为妾，状元郎金屋藏娇六载，这六载，在她失去父母庇佑的孤苦无助中，也可以算得上是天降甘霖吧，李亿对她当是爱怜的，如不然，她也不会写下那么多柔情蜜意的诗作，不会在他离开之后那样的痛苦绝望。可是，在那个小妾可以随意拿来拱手送人的年代，她再好再重要，哪里又能与他的前程较量？面对娘家势力强大的元配夫人施压，李亿一挥手，把她送进了道观。于是，二十岁的美妇人鱼幼薇，就成了长安咸宜观里一个醒目的小道姑。

　　说好的，只是暂避锋芒，不久就会来接她回去，可是，他一走，就音信渐无了，最初还有给养捎来，往后，信也不来了，钱也不来了。来的只是寒秋，山谷里阴风飒飒，连夜苦雨裹得树叶飘忽忽坠了一地，剔亮油灯，灯火也被窗隙里灌过来的寒冷吹得明明暗暗。拿出春天里用桃花汁水染红的小笺，面对自己墙壁上的影子，伏案写诗，"秦镜欲分愁堕鹊，舜琴将弄怨飞鸿"，写着写着，瘦弱的肩膀就抽动起来，分劈的秦镜它何时重圆？思念的琴声你何时能和？泪从长长的睫毛底下呼啦啦滚出，滚过桃花般红艳的面颊，打湿诗行。——纵是一日一日写，一首一首寄，李郎啊，子安，他仍然是音讯全无！

自叹多情是足愁，夜夜灯前欲白头。他的影子茶里饭里风雨里，坏了多少拂尘也拂不去，相思是什么，相思是三更望月五更凭栏，是沈约腰潘郎鬓苏蕙锦，是云飞雪落一夜白头。

而此时，李郎，她的子安，却早已经携着正牌夫人，欢欢喜喜到如画的扬州赴任去了。她像一只包袱，被寄存进咸宜观，也许从寄存的那一刻起，他就从没有过要取走的打算。孤身一人，亲故全无，她只能继续留在咸宜观，继续做一个忧郁的小道姑，继续等待。

掐着指头，一个黄昏又一个黄昏，举着守候的火把，望穿山间那条被游人踏得锃亮的石板路，每日每日，于千万人之中寻觅他的影子。近千个晨昏更替，终于，燃料耗尽，爱情的希望烧得片甲不留。这世间，易求无价宝，哪得有情郎！枕上垂泪没用，花间断肠没用，怨只怨，子安无情，男子薄幸。这一年，二十二岁的鱼幼薇，貌美如花心已成灰的鱼幼薇，正式更名玄机，真正做了一名道姑。一个参透了爱情玄机的、不再守候的美艳道姑。

长安城里，谁不知道咸宜观里有一个绝色小道姑？人美艳，琴声美艳，诗文更美艳。唐朝的道观各色男人来来往往，两年里，谁不在窥探她落落寡合的背影，不想替她拭去相思的眼泪？这一刻，是结束，是开始。她心一横眼一闭，来吧，只要你愿意。不是叫咸宜观吗，我的诗老少咸宜，我的青春也是。当她把"李亿下堂妾鱼玄机诗文候教"几个大字贴到道观门口时，当她这样毫无顾忌地打出宣传广告时，已经不再抱任何希望，抱的只是深深的恼恨，是报复的决绝和快意。破釜沉舟背水一战。她不再是鱼幼薇，那个凄凄切切的小妇人死了，她的名字叫——鱼玄机，头衔是"李亿下堂妾"。

艳帜是现成的，而今高张起来，果如意中所料，整个长安城就轰动了。她把写了诗的桃花笺折成纸鹤，折成小船和飞鸟，顺着山间的溪流放下来，下游的小桥边，便有无数公子争相打捞，那么多人举着诗笺奔向道观请求约会，车马把整个山路都堵死了，她得意地昂起头颅，扬起嘴角，她在琴弦上轻蔑地放纵地狂笑。日程满满，与他们论诗、品茶、对琴，与他们调笑，戏说诗歌的玄机，入了眼的，夜晚就留下来，顺便也说说身体的玄机。就这样，转眼五年，面颊上的桃花红，在嬉闹丝竹声里一点一点慢慢隐退。

绿翘，这个鱼玄机一直带在身边亲手调教的婢女，是她生命里另一个隐秘的玄机。一直忙于应酬各色男人，怎么就没有注意到，这个谦卑的在自己跟前低声下气的小妮子，什么时候已经出落成了灵动少女？她十六岁的肌肤那样滑腻，丰腴的身段鲜桃般诱惑人心，早识风月的眼神更是风情万种。直到那一天，她春游归来，发现她已把自己视为知音的乐师引进了罗帐，才懵了，爆发了。那个叫陈韪的乐师，无财无势，但他有巍巍乎高山汤汤兮流水，他不仅仅是她的情人，更是她的知音她的高山流水，没有了子安的生命，他就是她最后的一点点支撑和慰藉。她抢的偏偏是他！而他，看起来也竟是与她那么的亲密无隙！

她写诗的弹琴的手暴怒了，她掐着她细嫩的脖子，用力，用力，再用力，直至，她软绵绵地倒在地上，一动也不动了。她愣了，不知所措。慌乱地把她埋在后院，埋得浅，很快招来苍蝇哄哄，招来怀疑的眼神和官府的衙役。冤家路窄，提审她的，正是曾经疯狂追求她又被她严词拒绝的那个男人。那一刻，她知道，她正翻开生命中的另一场玄机。

如缎的长长的黑发披在断头台上，台下是黑压压观刑的人群。不会有子安，她知道，此刻，他正和他的妻子在山温水软的扬州，离长安有千里之

213

遥。但他会来吗？对，他，一定会来，飞卿，温庭筠，温飞卿。飞卿飞卿，这个名字，曾被少女时代的她在口里反反复复默念咀嚼，直念得都融化了，与自己的鲜红的嘴唇化为一体，他竟然还一直没被融化。那年，温飞卿带着怜才之心找到她时，她年方十岁，他把手调筝执手作文，亲自用心调教，一教就是四年，那个时候，她满心满怀都是他的气息他的影子，豆芽一般尖尖嫩嫩的小心思，全倾在他身上了。她不嫌他老，不嫌他丑，也不嫌他落魄贫寒，只要能每天跟着他的音律起舞，只要能每晚吟着他的新词入眠，心就是安稳的，就是笃定的，就是幸福的。可是，为何，他偏要乱点鸳鸯谱，牵线搭桥把她嫁给李亿？难道真的是爱之深疼之切，不忍拥有？

此刻，他一定就在人群里，潜垂泪暗断肠。他后悔当初的慷慨吗？

雪亮的刀锋闪过，骨碌碌，那颗美艳的头颅滚了下来，"易求无价宝，难得有情郎"，它滚到这首律诗里，停顿下来，成一个血淋淋的句号。

二十七岁，所有的玄机哗然而解……

别来沧海事，语罢暮天钟

十年离乱后，长大一相逢。
问姓惊初见，称名忆旧容。
别来沧海事，语罢暮天钟。
明日巴陵道，秋山又几重。

——唐·李益 《喜见外弟又言别》

平时不大关心政治经济，再确切一点，是对这两种事物丝毫不感兴趣，偶有"深刻"一点的时候，自查自纠找找原因，觉得当是"不缺"之故。生逢太平之年，无离乱之忧，月末工资就到手，也无衣食之愁，不缺安定，不缺稻粱，所以，我可以安然地昂起清高的头颅，过我安逸的小日子，读我唯美的小文章。母亲由乡下来，有时候忆苦思甜，会说一些旧事，说当年的挨饿和"跑日本反"，回忆得太投入，眼睛里就有泪花闪闪，就要感叹一句我听过无数遍的话——乱世的人不如太平的狗！她常常在这样的时候指着我的孩子感叹，这茬娃啊，更是生在福窝里喽！

生逢太平，是一种大福，覆巢之下哪有完卵，乱世人不如太平犬。这一点，我也懂得，我也珍惜。你看现在的犬，尤其是那些贵妇犬，是多么的"穷奢极欲"，不光天天食"肉糜"，还穿华衣蹬美鞋，洗澡用沐浴液，"头发"要焗彩油，出则君怀抱入则住华堂，那生活质量，别说乱世的人赶不上了，当今的许多穷人也赶不上。

安史之乱的那些年，比母亲所说的"乱世"更甚，那一战就是八年，宫

215

室被焚，家园荒废，萧条千里没有人间烟火，好不容易平定了，接下来又是长期的藩镇叛乱和外蕃侵扰，大大小小的战事时断时续，各地狼烟四起饿殍遍野，人们游离失所东西逃难，惶惶然不如失家之犬。失家犬还有别家可以乞食可以投靠，时下天地如此，何以为生？这种状况大约持续了三十年。诗人李益——没错，就是负了霍小玉的那个唐朝才子李益，小玉当初之所以对他迷恋得无法自拔，就是因为他写的这些离乱诗，因为这些诗切中了她的身世之痛。若不是这番战乱，她还是霍王爷家里锦衣玉食的千金小姐，会配一个高官出嫁荣华一生，而不是那样流落为妓，不是那样命丧在这个负心郎手里。

——在这样的乱世里，李益流浪着，拖着疲惫的饥饿的身体一路流浪，衣衫褴褛，风餐露宿。正无精打采着，如何竟似乎听到一缕乡音？那端那个青年，面如枯木发如飞蓬，焦干的嘴唇间吐出的竟是一口熟悉的乡音？浑身一激灵，赶紧凑过去，问姓惊初见，称名忆旧容，啊呀呀，原来竟是你呀，天哪，竟是十几年不见的表弟！亲亲的表弟！当年，咱们才五六岁，一块读诗书一起掏鸟窝，那时我衣袂飘洒，那时你面如满月，这一别就是十几年，你你你……

是战乱让我们变成了如此模样。十年的辛酸，一言难道尽呀，铁蹄过后，乡亲们死的死逃的逃，咱们的家园已经荒芜，到处长满了蒺藜蒿草，出没其中的野狐白兔，都敢跟人吹胡子瞪眼。东家大婶饿死了掩在山沟里没能安葬，西家二伯失踪了一直没有消息，而谁家俏丽的小闺女，被恶煞样的官兵欺凌惨死，谁家的周正的娇儿子被绑去从军，没到沙场就被匪兵剁去了头颅……

兄弟二人，在异乡，坐在茅棚下的一块破席子上，也或许是靠在山脚的一片乱石堆旁，促着膝拉着手，开言就是泪两行，絮絮叨叨，吐不完的别后

216

话，说不尽的家乡事，不知不觉，天就黑了下来，远处山寺里的钟声越过暮色里层层的林梢，隐隐地滚过来，一声一声，沉沉撞击着四只沧桑的泪眼。霏霏冷露凉了早生的华发，湿了残破的衣襟，脚边的野菊不懂人世疾苦，依旧开得那么艳，依旧在晚风里没心没肺地摇。菊花啊，你看到远处的山峦了吗，一重一重，霭霭茫茫，不见尽头，明天一早，我们就要翻山越岭各奔东西，这匆匆一相逢，又要相阻于迢迢山川连绵战火，今生今世能否相见，也未可知数了……

别来沧海事，语罢暮天钟。这几个字，像别针，一针一针，都在心头扎着别着，触一下，就有血渗出来，就刺刺的疼。所以，这句诗，我在心里装着，装得小心翼翼，轻易不敢触动。也是年近四十，才懂得了这些人世沧桑，读了些历史，读了些诗词，又经历了一些岁月，心思越来越敏感，像比别人多长了许多触角，欢喜多，疼痛也多。不像年轻的时候，疼和欢喜都是表皮的，呼闪即过。那个时候二十岁，偶与几天不见的朋友相聚，也会把这句诗拿出来转文，故作一把深沉出来。现如今，终是不敢了。什么样的事是沧海事？什么样的声是暮天钟？沧海太广阔，太浩瀚，要消失，要变成荒野变成良田，会经历什么样的血泪辛酸？动荡之世里的人，存者且偷生，死者长已矣，狗且不如，思量起来，痛如深渊，哀哀无底。这样的一句诗，终不忍拿出来显摆了。

母亲每每说到当年，说过乱世人与太平犬，都会提起二姑奶奶，也就是我爷爷的姐姐，当年，日本人疯狗一样扑来，姑奶奶跟夫家一起往外跑，跑反，姑爷爷挑子里挑着他们的两个孩子，联英和小龙，日夜兼程地跑呀跑，从黄河故道一直跑到渤海边上，并在那里扎下根来，也就是这一别，直到四十年后祖父去世，他们姐弟俩再没有见过面。祖父咽气的时候，他的眼还睁着，他在等两个人，他含混的游丝一般的气息吐出的是两个词组，"姐来……"，"小龙来……"，这两个词组是他脑海里几十年来永不停播的两个短片，奔逃是旧事，归来是幻觉。他终没等到他们归来。

其实，祖父去世的时候，他的姐姐已经先他而去两年了，我们一直瞒着不忍相告。如今，在另一个世界里，他们肯定早已找到了彼此，别后沧海事，一定含着泪拉着手，说了无数个暮天钟，也一定仍然没有说完。

「神情萧散」李季兰

至近至远东西，
至深至浅清溪。
至高至明日月，
至亲至疏夫妻。

——唐·李季兰 《八至》

没事的时候，胡思乱想，有时候会想到"神情萧散"这四个字。《唐才子传》里记载，李季兰小的时候"美姿容，神情萧散"，美姿容好理解，无非是明眸善睐修短合度之类，而"萧散"，会是什么样的风姿呢？是闲散放纵无拘无束？一个小丫头，十一岁前都在父母的监管下成长，如何放纵得了？父亲是知识分子，必拿封建礼仪拘禁束缚，如何能目若无物闲散洒脱？想必，那是她寄身道观后的叛逆青春里生成的气质吧。

大唐的才女们，动不动都有神乎其神的"诗谶"，后人也喜欢添油加醋附会一下，薛涛有梧桐诗谶，八岁时因一句"枝迎南北鸟，叶送往来风"，就被父亲预言长大后必为"失行妇人"，这个李季兰更邪乎，六岁就有"谶"了。据说，六岁的时候，她续父亲的《蔷薇诗》，吟的是"经时未架却，心绪乱纵横"，你想想，蔷薇是藤蔓状灌木，当然得架起来，不搭架子，长长的枝条会纵横乱生满地乱爬，没美感也没秩序。所以，就这续诗本身来说，一个稚童状物写景如此精准，太值得骄傲了！可为父亲的却很恐慌，认为是大不祥，"架却"——"嫁却"，这个谐音，预示孩子会错过嫁人的时机？最终落得个心乱如麻红杏出墙？李父沉浸在想像里不能自拔，为了

219

挽救娃娃，纠结五年后，他做出一个重大决定：把女儿送进道观"修身养性"。也许，他的初衷是，在道观里去去秽气，几年后接回来，再择婿出嫁。可世事难料，没过几年，他却死了。

父亲死了，小季兰依傍的大树就倒了，十多岁的她，道观成了没有退路的家。唐朝时道教是国教，公主后妃多有入道观修行者，大家闺秀跟风的也不在少数，那里约束松散，不光男人可以自由出入，女道士与之打情骂俏留枕侍席之事也不稀罕。后人口里所谓的"脏唐臭汉"，此处算一例证。小季兰在这样的环境里启蒙，与父亲的初衷刚好相反吧——不是修身养性，而是早识风月。父亲泉下若知，不知会有什么样的懊悔沮丧。

幼年时就精翰墨工格律的小季兰，天赋高底子好，待长到十五六岁，诗书才艺已把她滋养得气质非凡感情丰沛，再加上春心萌动，寂寞的玉真观里，她每日携琴独上层楼，对着葱茏的远山调筝弄弦，一曲一曲，常弹到落日西斜，月华满天。山野空旷，清泠泠的琴声幽幽怨怨地弥漫着，飘得老远，山中寻幽的公子们，都会驻足侧耳细细聆听吧，她期待一个钟子期，期待有人懂得她的困顿迷茫闺情无寄。"人道海水深，不抵相思半。海水尚有涯，相思渺无畔。携琴上高楼，楼虚月华满。弹著相思曲，弦肠一时断。"这是她作的《相思怨》，你看，她的情窦，已经如花般绚烂开放了吧，相思让人无眠，相思让人心乱，这个乱，早不再是六岁的"心绪乱纵横"。可那相思为谁而起的呢？也许最初并无其人，只是一个理想一个幻像，一直在心里悄悄地潜藏着，就像深锁闺中的杜丽娘，那一天，他正好丢了枝桃花，他正好丢了个眼神，他突然入了你午睡的短梦，相思的种子从此就落在心里了，那样温暖的肥沃的土壤，那样丰沛的柔情和眼泪，想不发芽不蓬勃都难啊。谁丢的种子呢，可能是才子朱放，可能是茶圣陆羽，可能是诗僧皎然，也可能，是刘长卿，是崔焕，是肖叔子，是阎士和……

在道观里早识风情的李季兰，不再是当初的李冶，李冶是她十一岁前的名字，出家之后，她叫季兰。这名字，也是父亲起的吧，有美好的初衷，一定是希望她清雅如兰高洁如兰慧心如兰，可最终的结果只是，落寞孤单神情萧散。那个朱放，是她青春期的第一份心事吗？他们到底相处了多少时日？他让她尝尽了相思滋味，"望水试登山，山高湖又阔。相思无晓夕，相望经年月。"他去远方赴任了，她朝夕相望，他如鸿雁消失在云间，经年无消息；亦俗亦僧的皎然和尚呢，写得好诗沏得好茶，他越是沉定越是淡泊，她就越想探究他解密他，可和尚不接招，"天女来相试，将花欲染衣"，"禅心竟不起，还捧旧花归"。陆羽的可能性会少一些吧，他比她小二十岁，他在她生病的时候老远地跑来煎汤侍药，对她好，却从没有过誓言交换……

也许，就这样，在一场一场的失望里，她才渐渐走向"神情萧散"。寄身道观，浮萍一样无依无托，谁在乎她是否高洁是否如兰？谁愿意把她迎娶回家？既然命中注定"经时未嫁却"，还要为谁拘形为谁束迹？所以，她的眼神远了，她的目光游离了，她开始有了游戏人生的戏谑放荡。人生的放纵始于失望，始于丢失了最后一根握在手里的稻草。她终是无所顾忌起来，在一堆男人中间说笑打闹，形如女汉子。刘长卿有疝气，这样男人的隐疾，今天的职场女性也不好意思拿来打趣，她却公然调侃，"山气日夕佳？"她问得玩世不恭。女子不怕，风流才子又有何惧？他哈哈一笑，也以陶渊明的诗句相回——"众鸟欣有托！"这黄段子使得举座狂欢，笑声在山野林间水一样一圈圈荡漾出去，在山谷里一波一波地回响。她在一群男人中间，笑得枝颤叶摇，眼泪都出来了，似乎比谁都没心没肺。这世间，你的泪，你的痛，要是有人在乎，多好！可是，他们，一个个来了，又走了，来时海誓山盟，走后无踪无影，谁用真心换取你的真心？

夜晚冷清下来的道观里，夜虫展翅的声音啾啾入耳，她安静地坐下来，对着青灯黄卷，繁华里坚强的"萧散"开始松弛，强大的高耸的铁塔垂下来软下来，融化成温暖的浆液，知觉恢复，心开始痛。那些觥筹交错中与她夫妻相称的男人们，不过如此。"至近至远东西，至深至浅清溪。至高至明日月，至亲至疏夫妻。"东和西这两个方位是什么关系？可以隔山隔海的遥远，也可以紧挨无隙的亲密，至远至近，至亲至疏，正如枝头交颈缠绵的双鸟，弓箭一响，各自展翅逃难，登时不相眷恋。今天卿卿我我缠缠绵绵，明天一早，可能就形同路人甚至反目倒戈了。得"萧散"处，姑且"萧散"。

　　没有高铁和网络的大唐朝，消息传得慢，李季兰的"美姿容，神情萧散"传扬出去，在牛铃和草履上慢慢出走，从剡中的玉真观走到长安，走到唐玄宗的耳畔，她已经人至中年。看惯了宫廷里中规中矩的美女，唐玄宗召她进京，大概就是好奇怎样算一个"神情萧散"。见着了，却不免失望，四十出头的女人，底子再好，又能惊艳到哪里去，"亦一俊妪"，这个评鉴之前，该是有一声叹息吧。一个漂亮老太太罢了。再漂亮的女人，终也逃不脱岁月的打磨。岁月静好心无旁骛的时候，那种打磨一直是慢慢变老的幸福安宁，然而，当有一天你突起了入骨相思，揽镜自照，"俊妪"这两个字，就足以让你伤感到夜夜无眠，梦境中的那些美好，那些尚未尝试的契合，都已经来不及了。还从未来得及尝试精神的契合，还未遇到可以契合的那个他，季兰就老了，就成"俊妪"了。以俊妪之躯，如何再迎接一场排山倒海的爱情？

野史上说，这次季兰进京，玄宗不仅赏赐优厚，还把她留在宫中宠幸月余。这个说法在滑稽之外，更深的是悲哀。且不说皇帝后宫佳丽成群，又有杨玉环专房独宠，应该没有一个老道姑的立锥之所，如若当真如此，哪里对得住李季兰的"神情萧散"？既然萧散，应该是不畏权势的，一个步入晚年纯粹猎奇的皇帝佬儿，岂可由他"宠幸"月余？我更愿意相信另一种说法：她奉召赶到京城时，正遇上安史之乱，玄宗已经逃跑了，皇帝没见成，她因战乱滞留京城不能返乡，只好定居下来。二十八年后，泾原兵变，朱泚称帝，她被迫入伪朝作诗相贺，而后德宗卷土重来灭了朱泚，因为那首"反诗"，她被德宗下令乱棍打死。

71岁，已经是暮年了，本可以薛涛一样寿终正寝，却死在乱杖之下。噼叭噼叭，一杖一杖，落于伏在地上的那个衰老的身体上，她一定咬着银白的头发不发出声音，留住最后的尊严，最后的神情萧散，不呻吟不哭喊。意识渐失的那一刻，回到的一定是童年，那个春天，粉红的蔷薇开满后院……

轩车何来迟

冉冉孤生竹，结根泰山阿。
与君为新婚，菟丝附女萝。
菟丝生有时，夫妇会有宜。
千里远结婚，悠悠隔山陂。
思君令人老，轩车来何迟！
伤彼蕙兰花，含英扬光辉。
过时而不采，将随秋草萎。
君亮执高节，贱妾亦何为？

——汉·无名氏 《冉冉孤生竹》

　　这首诗也出自《古诗十九首》，也就是萧统从汉乐府诗里选编的十九首古诗，十九首诗歌，篇篇都是他亲手筛选出来的。萧统不是寻常的太子，做的不是争权夺位之类的寻常事，他是心思纯净有情有义的读书人，所以眼光也独到，这些诗歌，"文温以丽，意悲而远，惊心动魄"，几千年后，乘飞机玩电脑的我们这一代人读起来，仍觉得感慨万端，心思不能言，胸中车轮转。生而为人，皆有心情，那些发乎于内心的情感，千世万年不变其宗。

　　与君为新婚，菟丝附女萝。她和她的情人当是订了婚的，她自比菟丝，菟丝纤细柔弱的茎，需要一个依靠，但他也不过是一根女萝，也是藤蔓，不是舒婷诗里可以攀援的大树，她仍然思念他，盼望他，不过想二人相依为命。末世的离乱里，有一个人相依为命，远处的马啸风吼也可以不那么让人慌乱无着。可是，他为何还不来迎娶呢，她常常爬到山头上去望，目光眺过一座山岭再一座山岭，这悠悠长路，这滚滚乱世，你千万不要出了差错才好。

女子恨嫁之心，古今皆同。你看非诚勿扰的那些女嘉宾，八字还没有一撇就开始设计嫁期设计婚礼，大庭广众之下急不可待泪眼汪汪，惊得电视机前的我直想给她提个醒：小妹妹，这事可急不得啊！一旁的良人却把我挖苦得体无完肤：你是饱汉子不知饿汉子饥，瞧你的小日子，朝夕有人侍三餐有人陪，生病有人煎药倒水，连洗澡都有人搓背，哪知道什么叫水深火热深闺寂寞？！

是啊，哪个少女不怀春，哪颗春心不寂寞。研究乐府诗的学究有鄙夷者，说这些诗不过是游子思妇之情，格调不高。可是，如果你也远离故乡，如果你也家园独守，如果你也闺情无寄，心里会不会有更甚于此的种种煎熬？即便不是游子思妇，焉就没有涓涓细流的此爱彼爱？

汉朝末年战事频繁，你正在喂猪，你正在种谷，忽地绳索一套，就被拉去从军了，剩下的那个她如果没被征去兵营缝衣做饭，就只能在家守望着了，若干年后良人归来，可能已是井上生旅葵庭中居白狐，人事皆非，或者，思妇年年苦望日日翘首，他却早变成无定河边一堆白骨。这些乱世里寻常的故事寻常的痛苦，人们随口吟之，或通过文人之笔修改润色，就成了广泛流传于民间的一首首诗篇。汉朝有个行政机关叫乐府，专门收集整理这些诗歌，朝廷祭祀或宴会时配乐演奏，这些诗即为流传后世的所谓乐府诗。真性情的昭明太子萧统选编出来的十九首，或伤情绵绵，或热烈痛苦，每一首都能在你我心里掀起风浪。

思君令人老，轩车来何迟！瞧瞧我都有些憔悴了，你还不来！今天我还是初绽的带露的花朵，你当采而不采，秋风起，我就将要枯萎，将要埋没在荒草丛了。花开堪折直须折，莫待无花空折枝，少女的青春，一寸光阴一寸金啊。谁没有这样的闺中自怜呢？同学毕业二十年聚会，她坚定地说她不去，我说再不跟大家见见面，你就老了，她立马就变了主意。同桌的那个他，纵是冤家，也还是在没有彻底老去前再看一眼吧。

迎娶的花车迟迟不来，她思念，她痛苦，她把她的恨嫁之情泼辣地说出来，带着忧愁，带着怨恨，就像诗经《摽有梅》里的那个女子，梅子还没熟，她就在树下一直等着，梅子熟落了，吧嗒吧嗒掉到地上，他没来求婚；树上的果子还剩七成，他没来，还剩三成，他仍然没来，眼看着就要落光了，他还没有求婚的表示，这可不急死个人呐！她一次次提醒，他一次次不解风情，女子的那颗心，简直就是蚂蚁入了热锅，咬牙跺脚，团团乱转，你再耽误良时，我可就真的要老了啊！这样热烈的期待，像《非诚勿扰》里焦急征婚的那个女孩，她年近四十了吧，功成名就的一个大白领，白富美，不缺房不少车，唯一缺少的就是一个爱人。也是等到功成名就之后，才蓦然发

226

现，爱人才是人生旅途上更重要的积蓄，是幸福的筹码。所以，看着那个男孩犹疑，她热切表白，竟急出了眼泪。

一天一天，这女子等不到轩车，失望该是大于热烈了，心里少了主张，开始给自己寻求安慰，"君亮执高节，贱妾亦何为?"你肯定也为了赶快娶我而焦急呢，我不再心神不定了，不再自怨自艾了，我要照顾好自己，乖乖地吃饭，乖乖地睡觉，我要乖乖地等你到来。我知道，你一定会来。她这个美好的希望，我真不忍戳穿，谁知道，烽烟四起马乱兵荒里，他是不是也成了铁蹄下的一堆白骨?……

若得山花插满头，莫问奴归处

不是爱风尘，
似被前缘误。
花落花开自有时，
总赖东君主。

去也终须去，
住也如何住！
若得山花插满头，
莫问奴归处。

——南宋·严蕊 《卜算子》

　　八百多年前的严蕊，被一个类似于单位的东西管束着，这东西比当今的纸媒更残酷更任性，它的名字叫"乐籍"，说通俗一点，就是以声色娱人的那类女子的户籍，相当于"编制"之类吧。此单位在宋朝之前早已有之，战俘、罪犯的妻女被强迫纳入其中，算官府的资产，她们可以对外营业，但卖笑所得收归国库。她们的职业叫官妓，或者营妓。南宋时期，官府有公务招待，可以把她们叫来"三陪"，陪歌舞陪酒茶陪笑闹，酒桌办公到此为止，再多陪就犯错误了，大宋法律规定，营妓不可以私侍官员枕席，当然，官员更不可邀之侍席，不然，同样获罪。

　　豆蔻年华的严蕊进入这个职场，纯粹是无辜受累，因为当官的父亲犯了罪。她父亲不是很大的官，具体犯了什么罪，我一直没弄清楚，但明明白白的是，因为父亲为官，在此之前，严蕊一直像其他官家小姐一样，受着良好的家庭教育，弈棋操琴、丝竹歌舞、诗词书画，无不通晓，是一等一的才女，再加上姿色绝美，所以她一入乐籍，立刻吸粉无数，红透半边天，比今天的当红明星可不差，方圆百里千里，常有公子慕名来访，常有秀才失魂丢魄。

严蕊的单位在台州，顶头上司台州知府唐与正，是个风流倜傥的俊逸才子。自古以来，才子爱佳人，尤其是有梅花质又有咏絮才的二八佳人。怀抱着一种特别的感情，月色清朗的良宵，微风徐来的早晨，唐知府常情不自禁地把严美女邀出来，花前月下，二人同坐一处饮酒填词——也就是喝喝小酒填填诗词，纯洁的精神往来，不是不想深入发展，做官难对头多，为避免授人以柄，只好敛着情感做人做事。那时候，虽没有对付雷政富之流的高科技手段，没有录音录像，但有的是酷刑，士大夫不能随便拷打，营妓是可以的，把那些细皮嫩肉的小女子关进监牢大刑一伺候，还愁她不招供？所以，唐与正不敢与严蕊逾规越矩。

抱着万千小心，自以为安全，但他还是忽略了一点，把柄是可以生产制造的。

以严蕊为工具制造把柄的这个人，不是别人，却是大名鼎鼎的朱子，配享孔庙并称之以"子"的理学大师朱熹。朱熹名头太大，就是如今提起来，谁不知道"程朱理学"的那个"朱"？谁不知道他发明创造的"三纲五常"？一个什么"夫为妻纲"害惨了多少女同胞，后世里可没少挨骂，但当时，他日头正盛，门下弟子众多，粉丝遍天下，职务也不低，是浙东常平使。不需要分析这个官职有多大，总之，严蕊所在的台州就归他管辖，台州知府唐与正也归他管辖。并且，因为学术流派不同政见不和，朱熹暗地里一直都在算计唐与正，多次以种种理由向朝廷打小报告，希望大老板能落实个罪名，可惜总没如愿。现在，听说唐知府与一个营妓打得火热，峨冠博带的朱子眉梢立即扬了起来，严肃的脸上露出一丝狡诈的笑容，他下令：把严蕊关押起来，严刑拷打！

白玉葱根一样的纤纤细指，夹进冰凉的竹夹板里，两个壮汉各扯一端紧紧一拉，嗞啦啦，伴着一声惨叫，一双小手立刻血肉模糊。晕过去，哗啦一盆冷水浇过来，继续用刑。棍子打折了，鞭子甩断了，出乎那些酷吏所料，这个弱不禁风纸一样单薄的小女子，竟然是如此倔犟，"循分供唱，吟诗侑酒是有的，曾无一毫他事"，无论如何拷打，她只是这一句话，无论如何不肯诬陷，硬得不行。在领导的授意下，狱吏转换频道，攻心引诱："何必苦着自个的身子？你本就是妓女，就是承认陪了他枕席，不过刑杖之责，而今杖都已经打断了，处罚也就结束了，认了对你没坏处啊！"没料到，她却更加地词色凛然："天下事，真则是真，假则是假，岂可自惜微躯，信口妄言，以污士大夫！"……

"天下事，真就是真，假就是假"，这话从一个营妓口里说出来，真让士大夫们无地自容，让夫子之流无地自容。天地间，有多少七尺男儿骨头软如面团，在权贵面前，在暴力和诱惑面前弯腰屈背？钱权暴力，可以收买尊严，可以挫人棱角失人风格，而一个欢场弱女子，棍棒之下始终姿态挺拔。

关乎香艳的段子向来传播得快，这件事很快传遍天涯，朝野上下议论纷纷。朱熹是理学派，唐与正是永康学派，两派不合大家心知肚明，再加上严蕊不肯诬陷，皇帝佬儿那里，也没什么不好决断的了，所以，御定的处置方案就是，"两个秀才争闲气"，但上下级不睦影响工作开展，给他们调开算了。于是，朱熹走了，岳霖取而代之。这岳霖不是别人，他是名将岳飞的儿子，到底是忠良之后，知道"公道"二字怎么写，你们斗气玩火，怎可殃及无辜池鱼？看着一身是伤却鹤立于官妓群中的严蕊，岳霖心中满是敬佩和同情，他让她当场作词陈情，述其所愿。严蕊稍加思索，当堂口占一阕词，就是这有名的《卜算子》。"不是爱风尘，似被前缘误"，"若得山花插满头，莫问奴归处"，岳霖听明白了，明白她的无奈和意愿，成全，让她辞职去吧，觅一个山花烂漫的归宿去吧。于是，他大笔一挥，把她的名字从乐籍中抹了去，你自由了，离开这是非之地吧，世界那么大，爱上哪上哪。真比那封史上最牛的辞职信更让人心生美好。你看，权力这东西，不作恶的时候多好，它可以帮你实现你没有能力实现的种种善意。

因为这场祸事，本就以色艺双全名噪千里的严蕊，高洁品质更被广泛传播，还没来得及隐居山野，家门就被千金求聘的那些人围堵了。操行如此，他他他，谁还信朱老夫子的什么"存天理灭人欲"，什么纲纲常常。谁也不计较你曾经为妓。最终，她选择一个丧偶的宗室结了同心，据说两人恩爱相守，直到老去。终得山花插满头，从良女子的归宿，于此处，算一个样板了……

从此无心爱良夜，任他明月下西楼

水纹珍簟思悠悠，
千里佳期一夕休。
从此无心爱良夜，
任他明月下西楼。

——唐·李益 《写情》

"从此无心爱良夜，任他明月下西楼""三生石上三生路，但使相思莫相负""生当复来归，死当长相思"……诗词多神奇，几个素不相识的小方块往一处一聚，立即化平淡为高妙，化腐朽为神奇，蚯蚓一样钻进你的心坎，把你的灵魂弄得蓬蓬松松，装满温柔的伤感的思念的或者痛苦的小泡泡。这样的句子横扫过来，完全就是条形码，一入眼直抵内心，直抵你内心暗中蹲守的识别系统，原来那些脉脉柔情，原来那些幽幽情事，一直都在角落里花开葱茏。

"从此无心爱良夜，任他明月下西楼"，写下这句诗的那个人，他受了多大的伤，良辰美景从此视而不见？那轮皎洁的明月，从东升到西落，他都看在眼里，又全不在眼里，夜夜失眠，彻夜失眠，眼睛睁着，心却懒得跳了，却灰了，什么样的美好也感觉不到了，有一个词叫"心灰意懒"，一定就是这样了，因为没有了你，世界从此失去颜色，生命从此了无意兴。没有了她的世界，他再也提不起任何兴致。究竟是一个什么样的女子，让他如此长爱千里等待千里？枕上苦思月下悬想，栏杆倚断天涯望穿，他深情如斯憔悴如斯！

"看见月亮／叫我想起／想起你的情意／月亮那样美丽／月亮不是你／照在我的身边/没有你的情意……谁知道／谁知道／今夜你在哪里／谁知道今夜／我在哪里……"，这首歌是邓丽君唱的，《今夜想起你》，也许基调并不是非常伤感，但因为扫过了这句诗的条码，它就变得那么忧伤，萨克斯管里奔涌的也是呼呼啦啦的忧伤——看见月亮想起你，今夜你在哪里，在帐篷里饮酒，还是草原上独坐？三更鼓敲起，五更鸡响起，今夜又没有讯息，绝望在西斜的月亮里步步紧逼。残月下的木槿花，开了一树又落了一地，脚边落花朵朵，哪一朵曾留下你目光的痕迹？……

月华自此成剑光，良夜从来更思人。被这句诗的忧伤浸泡着，被他的忧伤浸泡着，以为不再有出头之日，然而，意外总在发生。有一天，罗列古典爱情里的奇女子，忽然间想起霍小玉，对，唐传奇里的那个霍小玉，她不就是被李益始乱终弃，相思忧愤而死的吗？因为李益的毁诺，十九岁的小玉衔恨而死，萎谢于光彩照人的青春，从此无缘见良夜。原来，一直让你感伤四起的这句诗，忧伤的"他"竟是负心汉，而枕上苦思月下悬想栏杆倚断天涯望穿的人，却当是诗里的"失约女"。本末倒置？贼喊捉贼？还是后来李益他懊悔羞愧，要设身处地摹写她的相思成疾？常常，真相就是这样叫人目瞪口呆。

读过唐传奇的人，都不会忘记霍小玉。小玉之好不在貌美，封建社会无论贵族还是青楼都不缺"资质浓艳"的美女，美女能有"音乐诗书无不通解"的才情，有不堕泥污不从俗流的"高情逸态"，才是惹人怜爱惹人尊重的筹码。她出身贵族，母亲身份虽贱，但父亲贵为王爷，坊间千里，谁都知道霍王家里宠着一个小女儿，打小娇养在绮罗丛中。如果事态正常发展，这个美千金长到及笄，公子王孙组成的求亲队伍会排得老长，她会尽享那个时代女子能够享受的富贵荣华。可惜安史之乱让大厦转瞬倾倒，霍王战死前线，失去庇佑的母女被逐出家门，小玉沦落为妓。当然，冰清如她者，只能以艺事人，陪人弹弹琴吟吟诗唱唱曲，到此为止。李益当时刚中进士，才名远播，打动她芳心的不只是"开门复动竹，疑是故人来"，更有切中痛点的那些离乱诗，"别来沧海事，语罢暮天钟"就是其中一句。她视他为神明为知己，如果可以相见，她觉得，她也有许多许多话要对他说，要一口气说到天黑。所以，当媒婆把他引过来时，十六岁的小玉是欢喜无量的，她愿意嫁给他，一直一直给他执箕捧帚而心甘情愿。面对这样一个温婉柔媚风姿绰约的京城美少女，李益也是相当满意的，共多情小姐同鸳帐，舍不得叠被铺床，他在小玉家里，一住就是两个年头。

枕前发尽千般愿，要休且待青山烂。那一场欢爱过后，他引臂替枕发愿千般，引喻山河指诚日月。热恋里的女子都痴傻，只要是情郎说的，哪怕大树会飞也深信不疑。她傻傻地天真地听着，甜蜜得像掉进了蜂王浆，竟一骨碌从床上爬起来，翻箱倒柜找出三尺素绢，端着灯，拉着他让他写下来，把他的誓言写下来。擎着灯的她醉眼迷离笑意迷离，黑发覆着玉肌，他抬眼看看，一定写得毫不迟疑。有白绢黑字为证，在以后的日子里，两年后他回乡省亲的那些日子里，她最初的等待也幸福得不可言喻。

他春天里离开，说"八月必来迎娶"，所以，她一直带着笑意等待，情意切切地绣鸳鸯做嫁妆。鸳把柔软的长颈勾绕在鸯的脖子上，碧水波纹上贴心贴肺抵死缠绵，像她的幸福，刚刚打开并即将怒放的幸福。可是，怎么就落了俗，他这一走，竟然就没了消息？转眼夏天来了，没有消息，八月佳期到了，还不见只言片语。他竟是人间蒸发了一般。君定归期未守期，她嘴角的笑意凋零了，倚着门，天天泪眼悬望。世界崩裂，她在石破天惊里茶饭无心慌乱无助。妆奁变卖了，王爷给她的那支紫玉钗也卖了，资财散尽，只为托人四下探听他的消息。深情的女子都是水做的，说萎谢就萎谢了，相思忧惧得不寝不食，渐渐地，就卧床不能再起。

而那厢里，面对父母给选定的娘子，貌美多金的表妹卢氏，他立刻就断了对她的眷恋，利刀剖瓜一般断得干干净净。不复她来信，对她的信使隐瞒所有消息。病榻上，她抱着一个不甘，撑着一口气，从秋天挨到春天，仍不愿放弃等待和寻找。那一天，终于打听到，他正在长安为迎娶新妻买办妆奁，此刻就在郊外游赏花园。她遣人去请，一请，他不来，再请三请，仍然不来。

终是有人看不过，一个黄衫侠客怒发冲冠，一匹快马劫持他送到她榻前。时隔一年，这样相见，负心郎立在床头垂首不语，痴情女病卧床上游丝将断。这一年，多少个夜良月好，她被明晃晃的相思切割得鳞伤遍体？是谁海誓山盟说八月必来迎娶？是谁说骨碎身粉也将不离不弃？悲从中来怒从中来，形销骨立的她竟像当初觅帛写誓一样，一骨碌从床上爬起来，拼劲气力扯住他的胳膊。想去撕咬还是想要拥抱？或者，撕咬之后再紧紧拥抱？却什么力气也使不出来了，那一刻，她该是多么多么绝望，终于近在咫尺，却就要阴阳相隔，你在暖阳里洞房花烛，我赴黄泉下只影断肠。她悲恸地长长一声号哭，震屋瓦撼云霄，泄尽最后一丝力气，然后，倒地而绝。

"从此无心爱良夜，任他明月下西楼"，如果他有纳兰的深情，那么，当看着绝美的焰火这样熄灭于眼前，心真的就会死去了，心灰意懒，从此看花满眼泪，望月一地伤。可他不是，后来的他，娶了一个又一个妻子，命活到八十多岁，官做到礼部尚书。他一直就是个刽子手，吟着绵绵情诗的刽子手，他的情话是刀，刀口还抹了鹤顶红。在负心人手里，尤其是负心的诗人手里，爱情向来都是杀人的利器。

传奇里说，因为小玉临终前的诅咒，因为小玉化为厉鬼的复仇，李益几次娶妻终不圆满，他总猜忌老婆会红杏出墙，要疯狂地施以家暴，休了卢氏，另娶，仍是如此。甚至每每出门前，要让老婆裸身躺在床上，用浴盆倒扣起来，再加上封条才能安心。这情节很有戏剧性，听起来非常解气，作者这样描写，大概就只是为了让我们解气，天下薄情郎的下场都该这般不堪。可是，果真如此，他又哪得八十多岁高寿？小玉的死，他当是很快就记不得了，他余下的人生春风得意。

吟诵这句诗的只配是小玉。她恨恨地离开，十九岁的幽魂飘飘出窍，舍不得走远，寄附于楼头的一片瓦，瓦下还回响着昔日的丝竹和欢笑，还飘荡着他袅袅的手臂的余温。她立在那儿看着，听着，绝望着，孤单和忧伤着。一夜一夜，夜以继夜。用情太深，爱以及爱滋生出来的怨恨，都终将消散，终将变成灰色的忧伤和孤单，变成身边凉凉的一片白月光。

丢了魂落了魄的、哑然的白月光，投影于冰凉的老瓦身上。

从此无心爱良夜，任他明月下西楼。

体恤这句诗的，也当是这样一片瓦，正失着魂魄，或者曾经丢过魂落过魄……

一叹唐婉八百年

红酥手，黄縢酒，
满城春色宫墙柳；
东风恶，欢情薄，
一怀愁绪，几年离索，错，错，错。

春如旧，人空瘦，
泪痕红浥鲛绡透；
桃花落，闲池阁，
山盟虽在，锦书难托，莫，莫，莫。

——唐·陆游 《钗头凤》

喜欢诗词的人，谁不熟悉南宋词史上两阙著名的《钗头凤》？词里的忧伤缠绵，词里的绝望无奈，像一柄柔软却锋利的长长的利剑，深深扎向身后的八百年历史，扎在后世每一个读者的心头，我们疼痛的长叹，一声声绵延不止。

陆游和唐婉，两阕词的主人，他们的婚姻初看起来，是多么好的一场天作之合。唐婉小时候，正缺玩伴，年龄相仿的表哥陆游从远方来了，他们一家为躲避金兵南下辗转逃到山阴（今绍兴），投奔唐婉的父亲唐诚。美丽的唐婉温柔聪慧，善解人意，并且与陆游一样喜读诗书，从此二人朝夕不离，每天骑竹马弄青梅，读诗诵书。待到后来，情窦初开的他们越来越觉得情投意合，花前月下流连唱和，一个是芳心暗许，一个是非她不娶。在那个尚不

238

禁止近亲通婚的年代，陆家人看在眼里喜在心里，送了两只家传的金钗作聘礼，之后，二人水到渠成结成连理。一个是才子，一个是才女，又是青梅竹马亲上加亲，那是颇受旁人祝福和看好的天作之合。

但婚后一年，天作之合出了意外，陆游休了唐婉，并很快另娶王氏。他们的婚变，在山阴掀起一股巨大的风浪，不大的小城里人们相互转告，流言四起，纷纷猜测传播其中因由，直到八百年后的今天，个中因由，依然是爱词之人关注的焦点。唐婉究竟犯了什么错，竟要被决绝地赶出家门？史上众说纷纭，有说二人感情太好致陆游无心仕途，有说唐婉结婚一年还没生育，有说她性情耿介不会讨婆婆欢心……总之，就是史书上的四个字：不当母意。

母亲不喜欢，母亲相逼迫，陆游才写下休书，并按母亲安排另娶王氏。乍一听来，仿佛他也是受害者，可转念想想，心里总觉得别扭，母意不当，就没有其他办法解决吗，怎么忍心亲手写下休书将她推出家门？如此决绝，让唐家颜面何在，唐婉情何以堪？

据说在另娶王氏之前，陆游也与母亲有过斗争，曾另筑别馆把唐婉藏在那里，不久后被母亲发现，又把他们驱散了。且不说作为姑妈的婆婆如何心狠，只说陆游，他对唐婉的感情自此就断了吗？从后来的生活看，能沙场领兵千里驰骋，他自然不是性情懦弱之人，为了心爱的女人，为何不能尝试继续斗争呢？绝过食吗，割过腕吗，考虑过私奔吗？……最不济的，不要如此迅速另娶，总可以吧？

又一年过去，陆游的新妻已经生下孩子，得知消息，痛苦的唐婉彻底绝望了，木然地听从了家人的安排，同意改嫁前来提亲的赵士程。赵士程是什么人？他是南宋宗室，贵为皇族位列三品，还是一个博学多才的读书人，即使唐婉未嫁时，能许配这样的人家，也算对得住她了。赵家也居住在山阴，赵士程还是陆游的好友，据说唐婉未嫁时，他就已对她暗恋多年，只因唐陆二人早有婚约，才一直没有机会表露心迹。唐婉被休，尚未婚配的他心疼不已，情壮士气，丝毫没有介意世俗和家族的非议，不断上门提亲，直到陆游另娶生子，唐婉同意再嫁，他才把心中的女神隆重地迎到身边。

痴情的赵士程性情忠厚又宽容大度，他知道唐婉心中还有放不下的感情，就一直小心翼翼地捧着她，他认定，假以时日，定能赶走住在她心里的阴影，定能焐暖那颗冰凉的心，让它为自己鲜活起来跳动起来。日子一天一天过去，转眼就是五个春秋，多情的赵士程依旧信心满怀，他几乎看到了黎明前的一丝曙光。可惜，这一切努力，却因陆游的到来而付诸东流。

另娶的陆游后来外出求仕，几年未归，在与唐婉分别后的第八个年头，他灰头土脸地回来了，据说因为被秦桧迫害，殿试落第求仕无门。那个时候，他的心情是极其苦闷的，为了排遣，一个晴好春日，他到沈家花园游玩散心，并在那里巧遇故人——在园中水榭用餐的唐婉夫妇。这是一次悲情的相遇，一次转折的相遇。接下来发生的事大家都知道了：唐婉想去问候，豁达的赵士程没有阻拦，并为之斟了一杯酒。出乎赵意料的是，陆游喝下那杯黄滕酒后，却趁着酒意词性大发，在沈园的粉壁上当众题了一首词，就是文章开头那阙有名的《钗头凤》。

这阕词，在我还不深知陆唐之恋的少年时期，每每读来，都觉得忧伤彻骨，都为陆游的痛苦无限伤感，而当明白其时境况之后，就对他满是厌恶和鄙夷。沈园题壁，说起来风雅，但沈园是什么地方，那是山阴的城市公园，每天游人往来如织布穿梭，把一首给唐婉的情诗写在一座城市的公共黑板上，是要给谁看？给赵士程吗，给找不到八卦新闻的全城人民吗？

我不知道赵士程是什么时候看到这阕词的，不知道他及他的皇族当时的反应，可以确定的是，他没有派人去擦那阕词，也没有报复处在落魄之中的陆游，对唐婉，也还一如既往的好。可是，这阕词，却为多情的唐婉埋下了死亡的伏笔，也为赵士程的后半生写下了凄凉的预言。第二年春天，唐婉再游沈园，见到了那阕醒目的词，细读之后，抚壁大哭。我不知道她初次看到还是重新温习，只知道这首词的表现力，无疑会让她想起青梅竹马的旧时光，想起琴瑟和谐的好日子，会重新体味后来撕裂一样的分离，会撕裂她几千个日子来努力愈合的伤口。她不能自抑地失声痛哭，并提笔悬腕，于粉壁之上和了一首《钗头凤》：

世情薄，人情恶，雨送黄昏花易落。晓风干，泪痕残。欲笺心事，独语斜阑。难，难，难！

人成各，今非昨，病魂常似秋千索。角声寒，夜阑珊。怕人寻问，咽泪装欢。瞒，瞒，瞒！

如果说陆游的《钗头凤》是一首公开的情诗，是一把长剑刺中了唐婉的心，那么唐婉的这阕词，就是自制的一把匕首，用尽全力扎向自己的胸口。试想，一个有夫之妇，如此声势浩大地与前任丈夫公开唱和谈情说爱，她摆出的，就是一种自绝于世的姿势，自绝于赵家唐家，自绝于明天的太阳。果然，唐婉回到赵家，就抑郁成疾一病不起，半年后，一个西风萧瑟的秋日，合上眼离开了。

深爱多年的女人就这样走了，近两千个日子的朝夕相顾，换来的却是她的"难难难""瞒瞒瞒"，是她的"怕人寻问咽泪装欢"，赵士程会是一种什么样的心情？他没有说，历史也没有说。关于赵的史料很少，他给我的感觉，就是这样默默的，默默地暗恋，默默地看着唐婉嫁人，看着她被驱逐，又默默地看着她成为自己的妻子后，还为另一个人郁郁寡欢。他默默地疼惜她，默默地温暖他，以点燃自己的心为代价。他以心为油，为心中的女神点亮了一盏爱的灯火，而她，却向暗处而行。

凭赵士程的学识修养，他肯定也会填词，也会写漂亮的情书，可他什么也没有写。诗词能做什么呢，情到浓处，语言是无力的，文字是苍白的，他拿出的是忍耐和等待，不计较藕断丝连，不计较情敌题壁，他默默地等待，只盼能等来希望中的花好月圆。终于，他等来了，却不是设计好的方式，他等来的是唐婉的白骨。就像当初的迎娶一样，他把她隆重地葬进土里，之后便是长长的守护。年轻的他再也没有娶妻，只默默无言地，守着唐婉的青冢，孤独地来，孤独地去，从春到夏，从秋到冬，直至发如白雪，直到也与唐婉一样，默默地躺进土里。在土里，他和她，终于是化为一处，谁也拆不开了。

与赵士程的沉默相比，与他的守护相比，陆游的那阕词，到底该如何评价呢？

诗词里流露的感情，常常是靠不住的，诗人笔下，三尺白发能成千丈，纤弱小草能成森林，陆游心中，真有那样"错错错""莫莫莫"的痛悔吗，用惯的甩也甩不掉的文学手法罢了。不管不顾地把她推出家门，等到罗敷有夫使君有妇，又在她面前卖弄眼泪，怎么看都觉得虚伪。况且，朋友妻不可欺，这是君子之道，赵士程待他不薄，怎么可以对朋友之妻公开示爱？沈园相遇，他不过是心情低落无处发泄，顺手借了当年的金钗，抒发今天的政治失意罢了。一阕词杀两个人，毁了唐婉的命，也毁了赵士程的大半生。

玉骨久成泉下土，伤心人变成苦守孤坟的幽灵，而陆游呢？此时，他正享受着自己的精彩人生，上马击狂胡下马草军书，并且家室兴旺，生了八个孩子，一口气活到八十六岁。

晚年的陆游，当是被愧疚折磨得心下难安吧，他多次重回沈园，凭吊唐婉。"伤心桥下春波绿，曾是惊鸿照影来"，他对唐婉心存亏欠。可对赵士程呢，心里有过亏欠吗？他诗里文里没有提过。

我为那个默默无言的人惋惜，他一直都活在背后，活在陆游的阴影里，生前是，身后也是。我更为唐婉惋惜，满目山河空念远，哪如怜取眼前人？她没有珍惜他，没有给他机会，也没有给自己幸福的机会。

薛涛空结同心草

风花日将老，
佳期犹渺渺。
不结同心人，
空结同心草。

——唐·薛涛　《春望词》

"同心"这两个字多美好，他和她走到一起，把两根绸子挽成花团一样圆满的结，各扯一端，在锣鼓声里一拜天地二拜高堂；人散尽，洞房红烛恍恍，各自剪下一缕长发，系成一个同心结，合掌祈愿，抛于床底；那合卺的两杯酒，也由一条红丝结连着，他与她，把臂互交，四目对望，一饮而尽……说起来，这个结，怎么都不能离开"同心"二字，他同她，两个人，两颗心，合二为一，打同心结，做同心人，从此，恩爱不移。

可是，她，暮春的光景里，独坐在浣花溪边，坐在梅花、芙蓉、杏花、桃花一茬茬落过的草地上，一天一天的，孤单单地打着一个结。两根草茎，在细白的指头间弯弯绕绕，穿来曲去，再那么轻轻一系，扯开来横放，是团圆之心，合起来竖放，是完美的感叹号——这是什么征兆，今天的结打得这么好，人，就要来了吗？走的时候，他信誓旦旦，说很快就来迎娶，转眼数年，她用青草系出的同心结，已经能填塞眼前的溪水了，他仍然没来。她握着一个草结，对着水面，怅怅地坐着，四月的阳光已经有些老了，透过树叶的鳞隙千丝万缕地漏下来，铺到白亮的水面上。是一只鱼儿跳起来了吧，被光线烫了一下，惊落入水，砸出一圈一圈细细的波纹，亮闪闪地晃动着。她定定地看着，看着，眼睛晕了……

她叫薛涛，一千多年后还赫赫有名的唐朝三大女诗人之一，仅录进《全唐诗》里的诗作就有八十一首；她做过十二年官妓。他叫元稹，著名诗人，笔下"曾经沧海难为水，除却巫山不是云"的名句童叟皆夸；他官至监察御史。

那一年，他三十岁，戴着东川监察御史的乌纱出使四川；她四十一岁，虽脱了乐籍十几年，虽徐娘半老，仍是蜀地艳压群芳的交际花。他们相遇了，且不说是当局作为公关小姐行贿于他，还是她慕他才名送抱投怀，总之，他们一见如故再见恨晚，吟诗，弹琴，读书，游冶，三个月来形影不离。"双栖绿池上，朝暮共飞还。更忙将趋日，同心莲叶间。"这是她吟的《池上双凫》，成双成对朝朝暮暮，说鸟，还是说人呢，还是她在向他，婉转传递一个永结同心的愿望？原以为得了自由身就会心满意足，谁知道，竟还想要一个臂弯一个怀抱，想要一个归宿。

韦皋，那个捧红她又让她惊恐不已的男人，也是在她骨头上刻画过痕迹的。想当年，她十四岁，父亲新丧，一个只知道弹琴赋诗的官家小姐失去庇佑，渐渐为衣食堕入风尘，他来任剑南节度使的时候，她大约十六岁，齿皓眸明，毛茸茸如白里透红的水汪汪的鲜桃，更重要的，她还那样的才华横溢超脱凡俗，宴席上，一提笔，那句"朝朝夜夜阳台下，为雨为云楚国亡"就让他激动得差点跌了酒杯。他把她留在身边，有接待的时候，让她陪歌侑酒，平日里就陪自己，也帮忙写写公文，校校藏书，甚至，他还要上书朝廷，给她讨一个"校书郎"的小官当当。当然，这官职最终没有讨来，虽然只是个九品职位，但要一个女子来做，多显得大唐无人？那个时候，薛涛一定是郁闷的，如果生为男儿身，帽插宫花赴赴琼林宴，料也是反掌之易。

韦皋长她二十多岁，宠得她飘飘然了吧，她把他当作无所不应的父亲了吗？不然，也不敢与白居易、张籍、王建、刘禹锡等诸多诗人疯笑打闹，唱和往来不顾不忌，恃宠而骄地任性着。到底是替他收受贿赂触怒了他，还是肆无忌惮的调笑打翻了他的醋坛？他拍案一怒，竟下令把她流放了，流放边陲之地松州。松州满目荒凉，萤在荒芜月在寒天，她怔怔地看着，怕就来了，若真的被投入军营做了慰安妇，这一身诗骨琴骨如何埋葬？手握重兵的节度使，比当今的省委书记更有权势，翻手可为云覆手可作雨，要决定一个官妓的前程命运，简直同儿戏一般。几年来被"女校书"的光环恍花了眼的她，头脑一下子清醒了。在他身边，她不过是一个妓，不过是门前的犬厩中的马笼里的鸟，"出入朱门四五年，为知人意得人怜。近缘咬着亲知客，不得红丝毯上眠。"她落着泪，写下著名的《十离诗》，"主人啊，我不乱咬不狂吠了，还是让我回到你身边摇尾吧，让我天天吻你的脚趾"……就这样把腰弯下去，把眉低下去，以犬离主、笔离手、马离厩等十个比喻写了十首诗，一笔一画写在喷香的花笺上，寄给他，自贱身价，乞求宽恕。他读了，大概就眼睛一潮，大概就想起了她水一样柔软的眼神柔软的腰肢，又把她召回来了，继续红丝毯上眠。但经此一折，她终是有了忧患意识，被乐籍这个铁箍箍着，说不定哪一天，还会有一场"罚戍边"重演，若那时珠黄人老，还能这么轻而易举挽回败局吗？生命诚可贵，爱情价更高。若为自由故，二者皆可抛。所以，重回朱门的她再展笑颜，笑颜里却暗藏了那么一点心机。终于，她成功了，他大笔一挥，把她的名字从乐籍名册上划了去。她——自由了。

始料不及的是，得了自由，她才发现，爱情也不能抛，没有爱情的自由，就像连棵树梢也遇不着的风，空荡荡一扫千里，没有牵挂没有遮拦的一扫千里，是多么乏味和空虚。她想要一个归宿。你看元稹多好，微之，临风的玉树一样，美貌又温雅，要是能住到他心里去，做一个妾也是好的。她知道，他的妻子韦丛是高官之女，贤淑美丽，嫁他七年，已经为他生下六个儿女。她的最高愿望只是做一个妾而已。低眉顺眼的小妾，立在她身边，趁她高兴的时候分一杯情爱的羹。薛涛的情意和心愿，元稹显然是懂的，也是承诺的，若不然，她也不会一年一年揽草结同心，对着他的影子叹息。"花开不同赏，花落不同悲"，是当下，又是结局。他走后不久，韦丛病亡，他没来找她，而是娶了安仙嫔，再后来安亡故，他又续娶的，是裴淑。她兴奋的小心脏开始灰了——这三个女人都有一个共同的特点，那就是家世背景，她们都出自官宦贵族之家。而她，十五六岁就做了官妓，她的父亲撒手西去，连她的衣食都顾不上，哪里还能照顾得了他的前程？她还比他大十一岁，姿色已衰，又不是王菲，有数亿身价撑着，有青春旧爱的底子撑着。他也不是谢霆锋。

　　暮色悄悄爬上了鬓角，铜镜里，她惊心地看到了一抹白，她光洁的额头，也被岁月织出了一条一条的横纹，她叹了叹，脱下了紧裹腰肢的红装，换上了宽大的道服。琴弦蒙了灰，酒杯染了尘，那些笙歌应酬，都隔着茫茫烟海了。谁也不想再见，要出门，就到这条浣花溪来，坐在岸边，拈草，看花，听溪水细流。她采芙蓉制红笺，慢慢地蘸着心思，写诗。说好的已经放下了，却仍然是感伤的诗，"风花日将老，佳期犹渺渺。不结同心人，空结同心草。""揽草结同心，将以遗知音。春愁正断绝，春鸟复哀吟。""那堪花满枝，翻作两相思。玉箸垂朝镜，春风知不知。"说好的已经放下了，心里却还在等，手里却还在结草。她甚至翻了山越了水去寻他，要当面问一问，当面看他嘴里吐出那个"不"字。沿着长江，迢迢千里，奔过去，却很快就转回来了。什么都不用说了。花红易衰似郎意，流水无限是侬愁，男女之事大抵如此，还有什么好说的呢？崔莺莺那样纯洁美好的初恋他都能舍弃，为洗刷自己，还给人家扣上"不妖其身，必妖于人"的罪名，自己的同心草，也只能空结了。她这颗灰了的心，白乐天应该是懂的，是体恤的，他寄诗相劝，告诉她，"春风犹隔武陵溪"，那个时候，已经又隔多年了吧，他另交新欢，是娇美艳丽歌喉甜腻的才女刘采春。

还是植物好，你对她用心，她就给你回报，没有巧语花言，也不是铁石心肠。晚年的薛涛深居简出，种枇杷，养菖蒲，菖蒲花期多长，开得多好，你看，艳艳地，一夏又一秋，云霞一样亮亮堂堂，而菖蒲谢过，枇杷花又开了，寒风里碎碎的温柔，相伴着一冬的寂寞。那么多磨难失望都过来了，她的人生，还有什么好惧的呢？那个人，已经不等了吧？——已经不等了。可是，为什么，当她听到了他离世的消息，却好似泄尽了元气，连提笔的力量都没有了呢？他52岁，死掉了，二十年的等待转瞬成空——一下子就空掉了。这个世界上，到底有什么人什么事，可以牵系得住？

没有牵系的人生是虚无的。一年后，她也走了，终年64岁。泉下相见，他看着她前生里如山堆积的同心草结，不知道有什么话可以说……

还君明珠泪双垂

君知妾有夫，
赠妾双明珠。
感君缠绵意，
系在红罗襦。
妾家高楼连苑起，
良人执戟明光里。
知君用心如日月，
事夫誓拟同生死。
还君明珠双泪垂，
恨不相逢未嫁时。

——唐·张籍　《节妇吟》

不知道男女主角是怎样邂逅的，于灯影幢幢的上元夜，还是春服初着的郊野，总之，在那个女子尚不被严格禁足的时代，就那么遇上了。她大约明眸善睐，他大约玉树临风，于时间无涯的荒野里，没有早一步，也没有晚一步，刚巧是遇上了，那么四目一对，都有了电光石火的热烈与慌乱，有了一步三回首的依依不舍。随后的辗转反侧，跟踪打探，红叶传书，张籍都略去了，直接出现在诗中的情节，是已经发展到了赠送信物的阶段：他送了她一对明珠。

捧着这珠子，女子是什么心情呢，作者也没有明说，但我们都能猜得到，作为有夫之妇，她纠结，惊惶，激动，还少不了才下眉头又上心头的一阵阵伤感。心里盛了隐秘的人装了隐秘的事，就躲不开欲说不能的孤独和伤感。这高楼上的女子知道，一颗叫做"爱情"的小苗苗，已悄悄在心里破土而出了，纵是掐了又掐，按了再按，它还是长起来了。隐秘的相思把它浇灌得葱葱郁郁，疯长的枝叶令她的世界缭乱不堪，线装书拿倒了，绣花针刺了手，画眉的笔，也当成金钗插上发髻。那对珠子明光闪闪，多像他轻轻一牵的周身战栗？拿起来又放下，放下了，又拿起。终于，银牙一咬，干脆用丝线拴了，直接系在红罗短衫上——由它去吧。但一日摸千回，心却更如麻了，剪也不断理也还乱，别时容易见时难，天天价魂不守舍秋水望穿，真好似在烈火上烹油锅里煎！当差于皇宫的良人回来了，看看她憔悴的模样，看看她渐宽的衣带，怜惜地问这问那，她的心更乱了。良人知冷知热富且贵，她的日子，原本是美满的，是没有理由推翻的。

还是把珠子还了吧。恨只恨，遇见的不是时候。是对的人，却不是对的时间。

还君明珠，双泪如线。但有夫的罗敷，怎能放纵自己的情感，为一己之欢伤害亲人？忍一忍，快把心头那棵树给刨了吧。我把珠子还给你，咱们相忘于江湖。珠子递过去，不争气的眼泪，却唰啦啦掉个不停，湿了襟袖，湿了崭新的凌罗红衫，他的背影模糊在青草迷离的远方，消失在他的江湖，她的眼泪还没有止住……

这首诗名为《节妇吟》，后世很多夫子有意见，认为她做的是伤风败俗之事，根本不能算节妇。什么样的女人才算呢，当然，是被男人多看一眼就闭门痛哭或者破口大骂者，是被摸了小手就得断臂、碰了身体就得投河者，是在感情面前有钢铁般的意志者，如此心若春水，自然与节烈大义背道而驰。明朝一个叫瞿佑曾的诗人，为此还作了首《续还珠吟》："妾身未嫁父母怜，妾身既嫁家室全。十载之前父为主，十载之后夫为天。平生未省窥门户，明珠何由到妾边。"我在家从父出嫁从夫，连大门都不曾出过，怎么会接受你的明珠？如果你真有此意毁我清名，莫怪我要将你碎尸万段了。明清时代，女子的心被封建礼教铸造得坚不可摧，为了一座贞节牌坊，命都可以豁出去，谁还要什么明珠什么爱情？正因如此，张籍诗里的这个女子才鲜活可爱，才原生态真性情，有如水的温柔，有丰盈的爱，又有挣扎克制和理性回归。她是个聪慧多情明白事理的女子，有没被封杀和摧残的鲜活人性。

美好的爱情故事与政治扯上关系，感觉有点意外，让人跌眼镜的是，这首看起来毫无悬念的情诗，竟也是外交政治的产物，它还有一个副标题："寄东平李司空师道"。李师道何许人也？他是手握重兵飞扬跋扈的平卢节度使，而作者张籍作为韩愈的门生，正强烈反对藩镇割据，主张统一。道不同不相为谋。李写信邀张入伙，张不敢烈妇般义正词严地回绝，于是巧妙地写了这首诗婉转表明立场——妾身有主，至死事夫，纵不舍你那明珠，也只能流泪送还。如此温情款款，李再跋扈，也不好意思抽出刀来，只好一笑置之了。

要休且待青山烂

枕前发尽千般愿，
要休且待青山烂。
水面上秤锤浮，
直待黄河彻底枯。

白日参辰现，
北斗回南面。
休即未能休，
且待三更见日头。

——五代·无名氏 《菩萨蛮》

这几年，从上到下不都号召要"走基层"吗，你看看，理由就在这里，这首来自基层的曲子词，多么的鲜活泼辣。大概是大狗和三妮的新婚之夜，大狗欲扯罗衣，三妮眼珠一瞪，你得发誓一辈子对俺好！于是大狗右手高举郑重宣誓——俺永远不变心，除非山烂了河枯了，秤砣漂到水上了，参星和辰星大白天都亮了，北斗星跑到咱家南屋上头了，半夜三更太阳爬出来了……大概还啰里啰嗦没有说完，三妮就满意地笑了，就拿小手把他的嘴捂上了——这个永远真够远，山哪能烂河哪能干呢，大狗子待俺，实诚！新娘一笑，新郎就不接着列举了，时候不早，咱关了红帐吧。

这一席私房话，大概被走基层的文化人——隔壁的私塾先生于窗下听了去，回到家里赶紧奋笔疾书，于是有了这首新鲜的带着泥土香气的曲子词。

252

写于一千多年前的这些词句，在敦煌的莫高窟里埋着，直到115年前被扒出来，重见天日。大狗对三妮的新婚誓言重见天日，隔了这么深的一段光阴，今天我们朗朗念来，依然觉得憨直可爱，泼辣辣的，水灵灵的，像刚拔出来还沾着鲜泥的红萝卜，有点冲，却甜脆着呢。山呀河呀星星呀太阳呀秤砣呀，身边手边的常见事物，他情急之中随口拿过来发誓，听起来轻松亲切，不用破典不用解故，一切都在眼皮子底下，这家伙的机灵劲，惹得我们会心一笑——古往今来都是这样，但凡有爱，就得要个誓言指望着，誓词也无师自通，人人皆有天赋。

　　"水面上秤锤浮"，这个条件颇惹我联想。秤砣都是铁打的，死沉死沉，哪能漂到水面上？这是大狗的人生经验，也是不容置疑的常识，他们那一带，大概没听说过母亲嘴里的鬼故事。小时候，母亲怕我们下河玩水，每年夏天都要说几回水面浮秤砣的"奇闻轶事"。村头那河里淹死过的人，都变成水鬼在水底藏着呢，那一天，东庄老王赶集卖蒜回来，蹲河沿上洗手，秤砣就从怀里滚到水里了，可它不往下沉，就在水面上漂着，老王拿棍子拨拉一下，它就更往里漂一点，这是水鬼引他下水去捞呢。老王猴精，之前的三娃和四羔，都是这样被鬼引到深水处，按在水里淹死的。他们要找一个替死的才能托生。母亲说得活灵活现，我们听得胆战心惊。见我们害了怕，母亲切入正题：看你王大爷，把棍子往水里一砸——龟孙子，给你当球玩，俺不要啦！你们几个，可都要记住，千万别下水，不然小命就没了……所以，在我们的童年记忆里，秤砣是可以漂在水面上的，现在甚至还觉得有些恍惚。大狗肯定没听过这样的故事，不然不会拿它来枕前发愿，三妮也应该没听过，即使听过了也肯定没信，要不然，还不得骨碌爬起来给他一秤砣！古时候揭红盖头要用秤杆，说不定，就有一个秤砣在床腿跟前搁着来。

　　大狗这六连发的誓言一出，三妮这厢，心里就落实了，笃定了，接下来，就该是男耕女织和和美美的小日子了吧。真的是这样吗，他们后来过得怎样，圆满吗，有后人躲过战乱躲过饥荒一代一代生存下来吗，如今都在哪儿扎根？……有时候，真的好羡慕那些考据者，在故纸堆里，抽丝剥茧的，一点一点梳理，洋葱剥到最里层，看到或猜到里面的一些零零碎碎，这样的活计，可比给孩子辅导"鸡兔同笼"有意思多了——我一直想不明白，究竟是谁这么愚蠢，干吗非要把这么不搭的两种动物放在一块？还是考据有意思。深埋在时光里的那些卿卿我我，带着另一个时代的泥土和风，被扒出来晾出来，就是文化，发现人叫学者。当今的狗仔们肯定觉得委曲，他们爬墙熬夜扒出来的那些哪个星怀孕那个星离婚，凭什么就叫八卦叫绯闻了？同样是发掘情事，他们怎么就被呼之以"狗"了？

誓言这东西，女人喜欢，男人听了，大概也是心花怒放的。再之前的大汉朝，乐府里也收录过一首民歌，我们无比熟悉的《上邪》："上邪！我欲与君相知，长命无绝衰。山无陵，江水为竭，冬雷震震，夏雨雪，天地合，乃敢与君绝。"听这口气，发誓的像是一个女子，她喜欢的那个男人，优优柔柔不能决断，可能还玩着劈腿，她沉不住气了，要争取，她把他偷偷约出来，拉到无人处，跺着脚指着天比着地，我对你的爱比山高比海深，若要变心，除非山没了水干了，冬天打雷了夏天下雪了，天地都合到一块了。也是数个条件很有气魄地连环，数个不可能咄咄逼人气贯长虹。人生在世仅仅几十年，哪里会发生这样的裂变？她的诚意真心，与大狗子一样坚不可摧呢。他听了，容不得不感动吧，娶了这样的女人多好，这辈子大后方都稳固了。干脆，就这么定了吧！

不知道三妮他们后来过得好不好，会不会，没有经得起凡尘烟火的考验，青山都好好的，黄河也还没有改道，他们就闹掰了？好的时候那样轰轰烈烈，若真的恼了，又会说出什么样决绝的话来？也是在1900年，敦煌莫

254

高窟的藏经洞里，与这曲《菩萨蛮》一起，大唐时代的十二件离婚文书重见天日，文件就叫《放妻书》。其中一个男子写道：凡为夫妻之因，前世三生结缘，始配今生夫妇。若结缘不合，想是前世怨家。反目生怨，故来相对。既以二心不同，难归一意，快会及诸亲，以求一别，物色书之，各还本道。愿妻娘子相离之后，重梳蝉鬓，美扫娥眉，巧逞窈窕之姿，选聘高官之主，弄影庭前，美效琴瑟合韵之态。解怨释结，更莫相憎；一别两宽，各生欢喜……说白了就是，咱们缘分浅，性格合不来，捆一块两人都受罪，干脆分开吧，分开了大家都开心，愿你以后找到如意郎君，比跟着我更幸福。两个人之乎者也文文绉绉，大概和和气气的，很有风度地就分开了，应当都生养在诗书礼仪之家吧，那气质，不大像撵鸡饲牛的基层群众。如果有一天，三妮和大狗也走到这一步，他肯定不会笑眯眯祝她"重梳蝉鬓，美扫娥眉"，她也不会祝他"另选高官之女，琴瑟和谐"，恐怕是一个挥着撅头横眉怒目，一个哭天抹地砸锅揭瓦，好你个天杀的，这山还没烂河还没干呢，你的心就被狗吃了！其爱也烈烈，其恨也汹汹。没骂够，回娘家的路上还有棵臭椿树等着，到那里接着骂吧……

从此萧郎是路人

公子王孙逐后尘，
绿珠垂泪滴罗巾。
侯门一入深如海，
从此萧郎是路人。

——唐·崔郊 《赠去婢》

"萧郎"这两个字，泛指情郎，却远比"情郎"来得含蓄和婉转，启朱唇动白牙轻轻念出声，眼光便容易柔和下来，心底便容易生出春水起皱的脉脉温情。过来的女子，大概谁都曾有过那么一个萧郎，每一个男子，也一定有过芳草凄迷的萧郎时代。萧郎当是一个青涩的少年，有一些腼腆，有一些情思绵绵的忧郁。大学校园里每逢初夏，萧郎便多了起来，雨丝绵绵的毕业季，一对对有情人怀着恋恋之心各奔前程，执手看过泪眼，然后决绝转身，从此萧郎是路人。"从此萧郎是路人"，这七个字，当有白刃入肤的痛，有对方不肯追随的幽怨，有缠缠绵绵的一缕爱意和恨意。

崔郊给那个姿容秀丽的婢女写赠这首诗时，也当是爱恨交缠的。虽然，她只是他姑母家的一个婢女，她作不了身体的主，被卖入侯门完全身不由己，但，总是你先背了咱们的盟誓吧，侯门深深深如海，你在里面玉粒金莼噎满喉，我在外面菱花镜里形容瘦。终于等到你出门，我在你的香车后面追得大汗淋漓，追到郊野少人处，终于于绿柳下相见，看见你眼神凄迷，看见

256

你泪湿罗巾，我的埋怨转瞬间没了，只剩下愁肠百转。你归了公子王孙，我从此就是陌路人，奈若何，奈若何。作这首小诗赠你吧。

这首诗传到侯门，传到把"去婢"买为小妾的达官于頔耳中，頔传召崔郊，崔郊怀抱忧惧，担心祸事临头，但出乎意料的是，到来的并非鞭笞责骂，却是成全，"四百千小哉，何惜一书，不早相示。"这丫头我花一点小钱买的，不算什么大事，你怎么不早说呢？领走吧！

一场相思就这样轻易地圆满了，崔郊抱得美人归，还赚了不少帏幌奁匣。原来，你在此人心中是天是山是海，在彼人那里不过是尔尔小钱，是随时可丢可弃的敝帚。这个世界上，原本每一个女子都是公主，都有一个属于她的萧郎在柳荫下苦苦等候，他不肯把你捧在掌心，那不是你的错，只因为所托非人。

南朝梁代的萧统，也是一个萧郎，姓萧的萧郎，才华横溢宅心仁厚的当朝太子，曾经，他也有过一段缠绕身心的情缘，直缠得送了卿卿性命。当年，萧统代替笃信佛教的父亲出家，在顾山一座寺庙修行并编撰《文选》，邂逅了一个叫慧如的女尼，这女子秀丽聪颖善解人意，二人空山里谈禅赋诗，明月下品茶论道，彼此相见恨晚。只可惜，一个是万众瞩目的太子，一个是出家修行的尼姑，纵拳拳真心如日月，然而宫门深深，一去哪得再回来？出家人一旦起了思凡之心，那情景，当比凡人更胜三分，每日里眼空蓄泪泪空垂，滴不尽相思血泪抛红豆，不几年，就憔悴而死，待萧郎归来，伊人墓前已是荒草疯狂。

身负社稷之沉孝道之重，不能伴卿长眠，就把这两粒红豆种在你跟前吧。分手时你送的这两粒红豆，我日日带着，早已抚摩得铿亮皎洁如你的眸子，而今种还给你，打马回宫。嘚嘚的马蹄声疾，敲破那个少年紧紧咬合的嘴唇，他牙关紧咬锁住哭声，却锁不住心头她带走的巨大空洞，赶不走空洞里思念的蝼蚁。宫门相阻，如隔黄泉，黄泉相隔，唯待来世。被那些蚁虫啃噬着，千余个日子下来，他，终于朽木般彻底空了，扑通倒地，由内而外地死亡。他谥号昭明，是巧合吗，犹响彻耳边的誓言——拳拳真心，昭如明月。

萧郎——昭明太子，他手植的那两株红豆树，而今依然蓬勃生长，每秋结子无数，颗颗殷红，圣洁安静如她的眸子，后世人把这果子叫做相思子。愿君多采撷，此物最相思。一千四百年来，那些小小的果实，不知引爆过多少有情人的泪水，引发过多少对这对有情人的叹息与怀念。佛教讲究生死轮回因果报应，他们的来世，当修得共枕同眠了吧……

犹怜徐娘半面妆

花作婵娟玉作妆，

风流争似旧徐娘。

夜深曲曲弯弯月，

万里随君一寸肠。

——唐·刘禹锡 《梦扬州乐妓和诗》

睡前，照例读诗，翻到这一首，读着读着，心里竟起了悲凉。这悲凉，不因此诗本身，此诗梦醒怀人，浅白清晰，没有什么好感慨的，之所以生悲起凉，是因为拿来作比的这个"徐娘"——梦里的乐妓，她花枝招展新妆玉面，风流啊，多像当初的徐娘。如果不把徐娘搬出来，这"风流"二字，可能是文采特异，可能是才华出众，更可能是风韵十足，可徐娘一来，风韵文采等都减了，我脑海里只跳出四个字，"放荡不羁"。徐娘貌丑又不才，她之出名，只因为史上记述的"多情"，放荡多情。可是，身为王妃，她为什么会不守妇道，为什么会放荡不羁？她的生活原本是什么样子？

一轮红日从西殿拱起的飞檐掉下去，又一个黄昏来了。她沐浴更衣，焚香理鬓，坐在窗前屏息以待，今晚，他到底该来了吧。她绞着手指，眼睛盯着门外的台阶，随时准备着趋身相迎。暮色一层层老去，渐浓如漆，门外的小路空寂依然。月亮撕破黑暗，照得满院皎白，花枝在春风里摇摇拂动，门外依然寂静。她挑帘而出，在一株桃花跟前站定，寂寞的影子铺得老长。"如果我也有桃花一样的容颜，就不会受此冷遇了吧？今夜，他又邀了一帮文人谈玄论道，还是去了别的女人那里？这样的日子，从春到秋，已经过了几度？身后还有几度？"啜泣声低，被月色的微波晃得满庭涌荡……

他爱音乐爱文学爱书法爱江山，独独不爱她。这个世界上，从来就没有一个女人不需要爱，即使她丑陋，即使她粗粝，即使她内心高傲。他是她唯一的男人，是她今生的陪伴和依靠，她是在意他的，既然没有闭月羞花之容，就用心灵鸡汤来滋润他吧。她努力读书写字，撑着困乏的眼皮深夜里努力地学书弈棋，只为向他靠拢。投其所好，她办了个文化沙龙，像他那样，也招一些文人雅士弹琴赋诗。他视而不见，他对她所有的努力视而不见。那一天，偶然遇上了，她从一帮文人中间起来，满心欢喜地迎上前去，以为会得到一个笑脸一个夸赞，不料，他唯一的那只眼睛睥着，嘴角紧绷，鼻子里不屑地哼了一声扬长而去，丢下一句嫌恶的狠狠的话：这沙龙，以后不准再办！她不知所措。她喝酒了。最初只喝一点，微醉的感觉很好，要风有风要雨有雨，要爱，爱便汹涌而来。渐渐地，三杯两盏，已浇不熄心头的失落和愁怨。十几岁就嫁给这个男人，他却，从不与她交心托思，要如何努力，才能换来他的回眸一顾？她开始大醉，酩酊大醉，怨恨在腹中的烈酒里发出芽来，丰茂得翻江倒海。他来了，她现场直播，吐他满满一袍，他拂袖而去，她又歌又哭……

想当初，他不过是个小男孩，梁武帝萧衍一群儿子中的一个，老大萧统老三萧纲都那么才华横溢，他虽然也聪慧也敏捷，却不是多么显山露水，而且，打小就因眼病失去了一半光明，也是个残疾人了，她嫁他，算不得高攀。因为，她也不是寻常人家的女儿，她的祖父是前齐国的太尉，父亲是当朝将军。那一年，他青春十四，她豆蔻年华，她披上红盖头，成为他的王妃。他是湘东王萧绎，她就是他的正妻徐昭佩，典故"徐娘半老风韵犹存"里的女主人公。她的头衔是：湘东王妃。

这世界上有多少姻缘，能金风逢玉露般相见恨晚举案齐眉？牵上红绸的那一刻，谁不盼望着对方就是自己的一池碧水？她用尽全力，鱼一样纵身投入，却发现，那里不是水，却是墙，一堵高耸的冰凉的坚实的墙，没有畅游没有温暖没有欢腾，有的只是青灯照壁的苦寒孤寂，是头破血流的无路走投。

他有文学家细腻的情思，也有身体残疾引发的超乎寻常的敏感和自尊，他希望她姿容艳丽低眉顺眼，吟得诗和得琴，可，她在将军家里生长得信马由缰，再极力隐忍，骨子里终藏不住武士的倔犟威猛。掀起盖头，四目相对，她姿容丑陋，他一目枯槁，都不是梦中的样子。但日子还是过着了，渐渐地，也有了一儿一女。

如果只是寻常人家，日子一眼看得到头，也就那么相安无事地过下去了，叹只叹，他贵为王侯。她只有他一个男人，他却有众多众多的女人，还有在女人之上的道学文学。不对等的较量，唤醒了她隐忍和沉睡的激烈，那激烈点燃了一粒愤怒的火种，烧起了腾空的火焰，终于，她亮出了锋利的剑——她要战争。她酗酒，她杀他宠爱的女子，她听说他来，起身坐在镜前，画精致的半面妆容。对着镜子，从眉心分开，左脸敷粉，描黛，铺胭脂，右脸黄黄恹恹，楚河汉界，黑白分明——你就一只眼，我给你半面妆！她梳起半个髻，插上半边钗，半边脸黄着，半边发披着，昂着头，扬着嘴唇含着讥笑，正襟端坐在床沿，等他，任凭一群丫环跪成两行瑟瑟发抖。

他来了。一脚门里一脚门外，就嗅到了战争的血腥。再往前走，他看到了阴阳相对的一张脸，看到了挑衅的嘲弄的笑，胸口嗖地中枪，枯井一样的那只眼窝，喷出愤怒的火焰！眉头一锁，钢牙一咬，他扭头离去，咚咚咚，脚步把石阶砸出坑来。这个女人，总有一日，我要杀掉她！而这一厢，脚步渐远，她脸上复仇的快意哗地碎了，伏枕痛哭，直哭得半妆凋残半髻零乱。她和他，终究无法聚一处了。是不是，她应该再努力一些，再坚持一下？原本，这不是她想要的结果。这个决绝的貌似无可救药的女人，只是在用一种决绝的方式召唤爱情。

暨季江这个男人，真不是一只厚道的鸟，得了便宜又卖乖——不是我定力不够，是徐昭佩她着意勾引我呢！与王妃私通，是一件多么可以抬高身份的事，他向他的朋友到处炫耀，口出恶语："柏直狗虽老犹能猎，萧溧阳马虽老犹骏，徐娘虽老犹尚多情！"你看，他是把她放在什么位置的，第一是狗，第二是马，第三是她，他把她与畜生并列，在这个美男子心中，四十岁的徐王妃不过是掌中玩物。他自曝隐私哄抬身价，她也顾不得了，她眼里只有仇恨——"我又给你戴了一顶绿帽子呢！他可是你的随从哟，哈哈……"还有一个叫贺徽的诗人，也俊逸潇洒，她约他到寺庙里，雨覆云翻之后，互相留诗赠答，她把情诗写在白角枕上，他抱了枕头出来见证，与大家分享……

她不怕留名，要的就是扬名，是炒作，是让他绿帽子漫天飞舞，你不是杀了智远和尚吗，还有暨季江，还有贺徽，还有排着长队的男人，你一个个杀吧……

刚烈的徐昭佩，从酗酒开始，她就掐灭了温柔和希望，从半妆以对开始，就挑起了战斗的旗帜。她不畏死，她把他的随从毫不避讳地收进内室，就是在点燃死亡的礼花，她恨透了这样压抑的生活，宁愿烟花一样腾入高空，来一场瞬间的造极绚烂。那一天，儿子萧方等战死沙场的消息传来，她知道，烟花燃尽了，游戏，就要结束了。这一场战事败券在握，他还是派了他去，就是要除去护佑她的棋子，孩子来辞行的时候，她就看到花雨渐散，就嗅到了灰飞烟灭。终于，借口来了，他的一个女人难产而死，他顺手嫁祸于她，命她投井。

大幕将拢，她是怎样的表情呢？再从容化个半面妆吧，半张脸半个髻，长发飘飘罗衣层层，扬着不屑的脸，迤逦向井而行。立定，诡异森森回眸一笑，然后，踮脚，纵身，把自己投入幽幽深井。多么长多么笔直的隧道啊，绸缎一样华丽的黑暗围裹过来，闭上眼，抿起嘴角，像一只涅槃的鸟，在冰凉的绸一般的黑里飀飀而飞，长发如羽罗衣如翅，她自由滑翔，驶离这个没有爱没有光明的世界。扑通，黑暗里水花四溅银光乱射，彼岸抵达，她，自由了……

三十二年婚姻，三十二年战争，就这样，结束。

原来，没有了对手的人生竟如此寂寞，这一刻，他，绝望地瞪着一只愤怒的眼，孤独地面对灿烂的屋宇，几欲疯狂。他拍着书案嘶吼——捞出来，捞出来，把她送还徐府！

一场史上罕见的"出妻"。多大的仇恨，人死了，尸体还要休回娘家。据说，徐昭佩被送还娘家时，"以发覆面，以糠塞口"。他见了她最后一眼吗，是不是又半面妆刺痛他的独一目，他才羞恼崩溃，连尸首都不肯放过？他要让她无脸见人，让她在阎王那里无法出声。然而，她想诉说吗，还愿意诉说吗，她不是他的鱼，他也不是她的池，撞到墙上，头破血流，却没有选择的余地。扑通入水的那一刻，终于一切都结束了，都通透了。苦海无边，回头是岸，多好！

这一年，是公元549年。

三年后，湘东王萧绎平定侯景之乱，做了皇帝，是为梁元帝。公元555年1月，邻国西魏入侵，兵临城下时，他还故作镇定，与一群文人清谈老子，及至城破，他将古画、法帖、古今图书十四万卷尽付一炬，闭上仅有的一只眼悲切长叹，"读书万卷，犹有今日"……这一幕，徐妃看到了，徐妃也长叹一声：瞧，他就是这样一个男人，而她，却一直期待从他那里找到幸福……

何事秋风悲画扇

新制齐纨素,皎洁如霜雪。
裁作合欢扇,团圆似明月。
出入君怀袖,动摇微风发。
常恐秋节至,凉意夺炎热。
弃捐箧笥中,恩情中道绝。

——汉·班姬 《团扇歌》

八月底,去苏州,正赶上大晴天,如火的骄阳烤得人热汗涔涔,刚出拙政园,门口立刻有卖扇子的围上来,篮里的绢扇团如明月,雪白的细绢上绣着美人或鸳鸯,我拿了一把,摇一摇,凉风扑面,但犹豫一下,还是把它搁回原处。伏天要过去了,这么白的绢,这么好的刺绣,西风一起,就要闲置起来,也许丢在箱子里,也许扔在地下室,明年夏天能否找得见都不好说,即使找得见,怕是绢也黄了绣也脏了,美人和鸳鸯都不堪看了。

说白了,绢扇的青春只有一个夏天,它只有一度明媚的机会,秋期即是死期。

班姬就是这样一把精致的团扇。

那时候,也确实有好一场恩爱。出身名门的班姬性情温婉,赋诗诗不俗弹琴琴音雅,德行又那么高尚,皇帝哪能不喜欢,所以一入后宫,很快就晋升为婕妤,她像盛夏里一把崭新的团扇,出入君怀袖,动摇微风发,与汉成

264

帝刘骜形不离影。初见是一种磁，彼此身上强大的新鲜的磁场，把两个人紧紧吸合在一起，掰也掰不开。爱得河丰水漾，后宫容纳不下，皇帝就让人做大号的辇车，要她坐在身边一同出游。她扼住心里的欢喜，又一次那么劝谏，"圣贤之君皆有名臣在侧，古代末主乃有嬖女"，她知道如此下去，他一定会反感，但为了他的江山永固，为了让他躲开商纣、周幽王的下场，也只好触犯龙颜。但，不是每个皇帝都能扶得起来，刘骜不过是酒色之徒，比阿斗好不到哪去。初见的磁场，就这样，在一场场劝谏里慢慢消磨，所以，当赵飞燕一出现，刘骜立刻就找到了挺拔的感觉，何止是同乘辇车，御座人家也敢无所顾忌地仰躺着！于是，另一场初见盛大出场了，是他和她的磁，掰不开的吸引。眼睁睁地，看着他们如胶似漆，班姬只有一声长叹。大概赵飞燕也有磁场危机吧，要得长远独宠，就得清除异己赶尽杀绝，绝不能容许那些旧扇死灰复燃。利索地收拾了皇后，接下来就是她了。山雨欲来风满楼，那血雨腥风，聪明的班姬嗅到了，还是赶快离开吧。她向刘骜请求，要去长信宫服侍太后，刘骜立马批准，连挽留也没有一下。

蝉声熄了，萤火灭了，寻求温暖的蟋蟀拖着老迈的身体，开始艰难地往帝内跳。秋天来了。凌晨的长信宫，珠帘上的一层霜花闪着冷光，四下安静到凄凉。这一夜，斜靠熏笼坐着，被昭阳殿赵家姐妹传来的歌声搅扰得不能入睡，就一直这么坐着，斜倚的姿势都没有动一下。这会儿，歌声弦声终于熄了，是醉后的酣眠，或者缠绵后的酣眠吧，那红酥手玉臂膀，此刻一定在他颈上攀绕着。天色蒙蒙的，已经微明了，拨帘出门，正迎上一股西风横扫而来，把梧桐叶子刮得满阶都是，扑进绸衣里的凉意好尖利，刀锋一般，把熏笼给予的那点温暖一下子吹个精光。拿一把扫帚，班姬开始清扫台阶上的落叶，一个台阶又一个台阶。待我扫尽桐叶，距离明亮的夏天不就更近一步？然而，夏天来了又怎样，那把落入箧笥的旧扇，还能够回复昔时的光鲜？

琴弹倦了，书翻倦了，飞鸟也看倦了，人懒懒的，总是提不起精神来，深深的长信宫里，寂寞一年一年，爬上了额角的黑发。寂寞是白色的，清寒而忧伤。好久没出宫门，好久没见龙颜，那个媚惑的、能作掌中舞的赵飞燕，此刻已是后宫之主，而她，一把埋在箱底的团扇，蒙了灰尘结了蛛丝，扇面上那对情话喋喋连朝语不息的鸳鸯，也早已经远到彼此无法感知和对视。赵家姐妹珠泪一流，皇帝连亲生儿子都下手掐死了，哪里还会有重顾一把旧扇的可能？

弃捐箧笥中，恩情中道绝。是在哪一个那样的秋天，她放下扫帚回到帘内，长叹一声，铺纸提笔写下这几句诗。这首著名的《团扇歌》，也被叫做《怨歌行》，因为这声声怨叹，从此，在中国的文化史上，扇子就不再仅仅是扇子，扇子有了一种旧人的忧伤和埋怨："团扇复团扇，奉君清暑殿。秋风入庭树，从此不相见。"后来的刘禹锡如此叹息；"团扇，团扇，美人病来遮面。玉颜憔悴三年，谁复商量管弦？弦管，弦管，春草昭阳路断。"后来的王建如此顿足；然而最能戳中班姬痛处的，当是另一个人，1600年后的纳兰性德，他遥对着班姬被时光吹薄的影子说，"人生若只如初见，何事秋风悲画扇？"这几个字，一下切中班姬的泪点。

266

人生若只如初见，何事秋风悲画扇？扇子的好运缘于初见止于西风，然西风从何而来？西风是下一个新人，下一个初见，西风摧南风，从来只有新人笑，有谁听到旧人哭。初见是一种磁，待那磁场在呼呼的光阴里消耗干净，就会有另一种磁粉墨登场取而代之。皇帝的后宫向来不乏新鲜的磁场。有一个初见，就有一把秋扇。"我们说好永不放开相互牵的手，说好一起老去看细水长流"，你流着眼泪絮絮叨叨，歌哭挣扎长门买赋，这些都没用，那种磁，终不复来。

赵家姐妹也会遇到西风。十个秋天以后，四十四岁的刘骜暴死在赵合德怀里，这对嚣张的姊妹，于是成了刀斧下面残破的画扇。而此刻，一身蛛丝的旧扇走出箧笥，走出长信宫，出入君墓园，动摇微风发，开始了为他守陵的日子。和那些石人石马一起，在满耳松风里，班姬寂寞地摇着那对褪色的鸳鸯，度过余下的一个又一个夏天……

岁月忽已晚

行行重行行，与君生别离。
相去万余里，各在天一涯。
道路阻且长，会面安可知？
胡马依北风，越鸟巢南枝。
相去日已远，衣带日已缓。
浮云蔽白日，游子不顾返。
思君令人老，岁月忽已晚。
弃捐勿复道，努力加餐饭。

——汉·佚名 《行行重行行》

日子过得安定，工作虽忙却也已经习惯，又没有后院失火的隐忧，多年来竟没有好好照过一次镜子，洗脸时偶尔一瞥，500度的近视也从没发觉过什么异样，忽一日揽镜细看，竟惊了一跳，啊呀呀，我的脸色怎么这么黄？良人闻得异声急忙奔来，上当似的嗤了一声扭头离开，丢下一句凉人半截的话——黄脸婆黄脸婆，不黄还不对来！

分明，昨天我还是二八年华，粉面飞霞眼眸流光，我164厘米的身高48公斤的体重，穿旗袍的腰肢袅娜如柳，怎么倏地就成黄脸婆了？今年到底年岁几何？一下子，还真说不上来年岁几何，2015减去1977，多大来，天，竟然快四十了！"思君令人老，岁月忽已晚"，心底突然就钻出这句话。我没有思君，无论是夫君还是王君，也没给自己设过无法实现的远大理想，没有为了什么而憔悴，怎么岁月一季一季的，忽地就把我人生的春天给淹没了？

叫做岁月的那个东西，它是骑马来的还是驾车来的，我怎么没有听到它的声响？怎么颈椎渐渐不好了？当年团在被窝里彻夜读书也从没觉得不适，现在动辄脖子痛头痛。怎么缎子一样暗夜里也能幽幽流光的黑发，已经枯黄焦干？用什么样的护发素也洗不出顺滑的感觉。怎么如此健忘，甚至有时候，连编了十几年的版面叫什么名字，也要费一费思量？还有还有……

岁月之所以残忍，就在于它并非一把杀猪刀，没有车马萧萧，没有磨刀霍霍，它如此老谋深算无形无声，如此毫无征兆毫无动静。一毫一毫一寸一寸，像苔生幽井墨侵白碧，悄悄地，渐渐地，一层层叠加着，一层层在生命里累积着，如躲在暗室里不声不响埋头记账的账房老先生，终于在某一日，那些数字叠成气象，叠成骆驼背上无法负担的沉重，叠成一个他突然报出的让你吃惊的数字和一个"忽"字。你惊愕地对镜叹息，撮口念出这个"忽"字。岁月歹毒如此。大眼睛尖下巴的清纯女神赫本，瞬间成了五官埋在皱纹里的枯萎的老妪。

岁月忽已晚。

行行重行行，与君生别离。那个男子不停地走啊走，走了那么远，是要去打仗吗？春天，登上楼头，远处尽是青翠无边的细柳，没有他的影子。胡马都向北而立，越鸟都栖在南枝，禽兽尚且思乡，他怎么还没有向着家的方向启程？忽而是夏，忽而又是秋，凄切的暮蝉，也被渐渐密集起来的捣衣声打断了，她心神不安，她被思念扯得凌乱不堪，被子晒进了雨里，劈柴搁到了锅里，你看你看，他走时她合体的衣衫，如今也宽大如袍了。她强撑着喝水、吃饭，她支撑着活下去，要等他回来。抹掉眼泪，努力加餐饭，她不能让他回来看到一堆青冢……

　　这是《古诗十九首》里的一首诗，汉乐府里的诗歌，一首无名氏的思夫诗，来自民间，却能一代一代流传几千年，靠的就是文字里的这股子真情，你读一遍，感慨，再读一遍，叹息，越是这样年岁渐晚，就越是感慨唏嘘。人生天地间，什么都可以改变，唯独思念永远不死，真情永远不灭，惜时叹老的悲情永远不变。战乱它残酷地将我们分开，你离开多少年了呢？如果可以，还是尽早地回来吧，回来好好爱我，你再不来，我就老了，我的青春都萎谢了。不知道后来，那个男人回来没有，是不是回来的时候，他已经身残步迟，她也已面色萎黄？更或者，他们再也没有看到彼此？

　　不喜欢政治，政客嘴里吐出的那些混账话总是离人性很远，所以这首乐府诗，我一直不愿意相信那些研究者的话，他们说，这是逐臣以思妇自喻，盼望君王征召重用，并援引一大堆证据加以说明。可这来自最底层劳动人民的心中怨叹，战乱时代柴米夫妻的心中怨叹，哪里挂得上如此主题和思想？

270

理想、经济、政治，那些高大上，那些所谓"深度"，那些艰深晦涩，都让它见鬼去吧。在我眼中，她就是思妇，他就是征人，她和他之间，就是思念，就是爱情。如此而已。

还回到岁月，回到年龄。

母亲从老家回来，带来了旧年的照片。照片里的我，皮肤有瓷器的光泽，眼里是清澈的水波，长发及腰长裙飘飘，长裙和长发被六月田野里的长风吹着，有捉不住的青春和缥缈。里里外外，都是汁水四溢的青葱缥缈。外甥女说，大姨，你这张照片咋恁像我啊。抬眼看看，果然是像。这丫头十七岁，正是我当初的年龄，就读在航空学院，是未来的空姐。她眉眼里像极她的妈妈，我与她妈妈又那么相似。可是，她的妈妈——长我几岁的姐姐，因为生活劳碌，如今已很是憔悴了，有了白发，有了很深的鱼尾纹，往微信里发个照片，不用"深度美颜"，已经不敢上传了。姐姐正奔我母亲的样子而去，我正奔姐姐的样子而去，而我们，都将在一个叫岁月的深巷尽头，等这个十七岁的航空学院的女孩。

愿得一人心，白首不相离

皑如山上雪，皎若云间月。
闻君有两意，故来相决绝。
今日斗酒会，明旦沟水头。
蹀躞御沟上，沟水东西流。
凄凄复凄凄，嫁娶不须啼。
愿得一人心，白首不相离。
竹竿何袅袅，鱼尾何簁簁！
男儿重意气，何用钱刀为！

——汉·卓文君　《白头吟》

卓文君写这首诗的时候，已经到了中年以后，其实她也就活到五十多岁，说是暮年也不为过。彼时，司马相如早不再是当初无官无财的穷酸文人，沾老岳父的光，有了强大的经济后盾，人家名也出了，官也做了，《上林赋》《子虚赋》那些华丽铺排的锦绣文章，惹得皇帝拍案惊奇龙心大悦，落得个名利双收。穷人乍富，一般都会有点头重脚轻，尾巴也不想再藏着掖着，你瞧他忙活的，繁华的京城里，天天走马章台，眠花宿柳歌酒流连，消渴病都顾不上了，哪里还会惦记远在成都的老妻文君？

那个茂陵女子，当是豆蔻年华妩媚水灵的，她有着文君已被光阴掠走的青春，有着不知底细的对他的高山仰止，他终是心动了，认真了，要把她娶回家。那个曾经娶不起媳妇揭不开锅的穷小子，现在也想纳妾了。怎么对文君交待呢？当年流落临邛，沾县令的光到大富豪卓王孙家里做客，之前心里就是打着小算盘的——土豪家里以才貌双全闻名的千金，擅诗文又通音律，她死了丈夫寡居娘家，二十岁的春心自然孤苦寂寞，若能挑得她心旌摇动，岂不人财俱获？

相如抚琴，文君夜奔，当然是一场预谋。司马相如精心策划的预谋。那曲《凤求凰》，他私下里不知排练了多少遍，情节发展也设计好了，如此美妙的琴声，小姐一定会听到，听到一定会偷窥，瞧我颜值也挺高的，只要不暴露口吃的毛病，她就一定会被打动。深闺里的千金小姐好骗，守寡的小媳妇更好诱惑。

"有艳淑女在闺房，室迩人遐毒我肠。何缘交颈为鸳鸯，胡颉颃兮共翱翔……"

琴瑟挑之。琴瑟挑之。琴声温柔得如春水，缠绵得如丝缕，甜蜜得让人想入非非，帘后偷窥的窈窕淑女果然魂不守舍，果然上钩。相如也果然是有备而来，他重金（"重金"？穷困若斯，哪里来的重金？肯定是问县令借的吧，肯定那个临邛县令也是同案犯。）买通文君的侍女，约她当夜私奔。漆黑的夜色里，文君捂住突突乱跳的发情的小心脏，揣着追逐幸福的万丈豪情，悄悄溜出角门，与他连夜奔逃，逃往他的家乡成都。瞧，夜奔的车马也是早早备好了的，就在外头等着呢。

爱情落实到锅碗瓢勺，一直钟鸣鼎食养尊处优的大小姐，才知道什么叫生计艰难，料到这男人家穷，却没料到会穷成这样，除了四面残墙破壁，竟什么也没有，何以为炊何以为生呢？文君手足无措双眉紧蹙，相如却不愁，愁啥？不是还有个那等土豪的老丈人吗？都说打回临邛开酒铺，这主意是文君拿的，我一直认为，必是相如的谋略无疑。瞧这男人的作派，去蹭顿饭，就能把人家的闺女拐跑，还有什么馊主意想不出来？如果有点君子风度，当初何不托县令光明正大提亲？如果被拒，再相约私奔也不迟吧？偷了人家的闺女，还要把酒馆开到人家家门口展览，举办一场流动的私奔成果现场会，摆明就是要无赖！

卓王孙也果真够难堪的。养了多少年大门不出二门不迈的金枝玉叶，平日里梳个头都几个丫头伺候着，还唯恐伺候不周，而今，她穿着粗布衣裳插着荆条钗子，抛头露面当垆卖酒，而那个穷小子呢，卷着袖子挽着裤腿，就在大街上刷罐洗碗！太寒碜人了！这摆出的不就是挑衅的架势？小酒馆也真够热闹，在父母之命媒妁之言的封建时代，光小姐私奔就是个多大的噱头了，再加上下海经商，到娘家门口经商，看笑话的还不围个里三层外三层？

卓王孙气得哟，数日闭门不出，这不成器的闺女，又不能杀了她，只能憋杀自己了。眼瞅着看热闹的一天比一天多，坏名声传得一天比一天远，亲戚本家都坐不住了，出来调节，"你又不缺钱，家里只有一个儿子两个闺女，分些财物让她谋生去吧。"言外之意当然就是，别让他们在这丢人现眼了。于是，司马相如又一次大功告成，得到僮百人，钱百万，衣被财物无数。于是，他带着胜利的微笑，与文君重回老家成都去了，买田宅，为富人。他漂亮地完成了人生最大的两次原始积累。

有句用滥了的名言，"机遇青睐有准备的人"，因为有"好读书，工词赋"的准备，司马相如余下的人生基本上顺风顺水，作为有财有才的有志青年广泛参加各种文学社交活动，很快崭露头角名声大噪，连皇后都奉送千金请他写赋，那个当街涤酒器的穷书生被漂白得干干净净。得意的他在京城里住着，夜夜闻莺啼，欢乐殊未央，就是这样秦楼楚馆的日子，也是过厌了——胡吃海喝又纵情声色，大概身体撑不住了，他那消渴病，也就是今天流行的糖尿病，一定要清心寡欲好好保养的，如此不知节制，血糖不知又升高了多少，各种并发症大概也开始找上门了。所以他要纳妾，把那娇艳的茂陵女娶回家，也好美色与养生兼顾。可是，怎么跟文君提呢？是不是有点厚颜无耻？

终究是玩弄文字的人，眼珠一转计上心头。他差人送了一封家书给她，信上只有十三个字：一二三四五六七八九十百千万。文君是谁，人家可是当时国中四大才女之一，个十百千万，独独少了亿，什么意思？无亿？此人是说他对她已经"无意"！文君的火气和伤感一下子同时涌上来了，不假思索，提起笔来就复了一封信：

一别之后，两地相悬。只说三四月，谁知五六年。七弦琴无心弹，八行书无可传，九连环从中折断，十里长亭望眼欲穿。百思索，千系念，万般无奈把郎怨。万语千言说不完，百无聊赖十依栏。重九登高看孤雁，八月仲秋月圆人不圆。七月半秉烛烧香问苍天，六月伏天人人摇扇我心寒。五月石榴似火红，偏遇阵阵冷雨浇花端。四月枇杷未黄，我欲对镜心意乱。急匆匆，三月桃花随水转，飘零零，二月风筝线儿断。噫，郎呀郎，巴不得下一世你为女来我做男。

——你这十三个空落落的数字，要说的是我这样的心情吗？你省略掉的，我在这里替你补充了，你没有"亿"，我有，是这个"噫"，噫！噫！噫！啊呸，不记得自己几斤几两了吧，我这个"噫"，这个惊叹的讽刺的伤心的痛苦的"噫"，你自己思量去吧！

恨归恨，但这十三个字，这个无"亿"，还是砸在文君心里的一记重锤，苏醒过后，疼痛无边漫延，爱情当纯洁如天上雪如云间月，我当初决绝离家跟你奔走，我不顾老爹难过当垆卖酒，图的就是个白头到老，而今，琴声犹在耳边回环缭绕，衣袖间酒垆的尘灰还没有洗尽，你就起了两意，罢罢罢，你走吧，"闻君有两意，故来相决绝"，她要和这个让人失望透顶的男人诀别了，其宣言，就是文章开头的这首诗，这首著名的《白头吟》。来来来，相如，今日的别酒且饮一杯，明天咱们就"沟水东西流"！

《白头吟》写完，搁下笔，还觉得不过瘾，一口气在心口堵着，没完全吐出来，于是诗后又附了篇《诀别书》：春华竞芳，五色凌素，琴尚在御，而新声代故！锦水有鸳，汉宫有木，彼物而新，嗟世之人兮，瞀于淫而不悟！朱弦断，明镜缺，朝露晞，芳时歇，白头吟，伤离别，努力加餐勿念妾，锦水汤汤，与君长诀！

这一诗一书，字正腔圆朗朗地念出来，那种感觉就是四个字——荡气回肠！看多了诗里故事里那些弃妇的眼泪，文君这"锦水汤汤与君长诀"底气，很长女人的威风和志气。你要走你就走我不强留！但，终究是多情女子，哪会愿意相伴半辈子的他转投别的怀抱？所以，文君也摆明立场，亮出牵挂和忧伤：咱们分手后，你照顾好自己，努力加餐，不要想念我。"你要走你就走我不会再强留，我的心已被你全部都带走"，给自己和他，都留一个转圜的余地，如今，你要做的是单项选择题，要么回来，要么离开，我不能跟另一个女人面对面分享爱情！

现代社会里的智慧女性，处理起这个问题来，也不过如此吧。结局也果真漂亮，相如回来了。在词赋文章里打滚的人，感情世界终究还是细软的，她的忧伤自信与决绝，她与他共同的回忆，唤回了他。朱弦续，明镜圆。那个茂陵女，就让她见鬼去吧，以后咱二人同心，白首不离。

如果写到这里，故事已经结束，该有多好。可是，历史无法更改。现实是，二人重修旧好后，没过多久，相如就离世了，死于他的糖尿病并发症。穷困没能把他们分开，茂陵美少女没能把他们分开，时间和疾病，却一抬手就做到了。白头鸳鸯失伴飞，那张绿漪琴弦上，如泣如诉勾魂摄魄的《凤求凰》响起，她只能于夜色中独自听了……

念去去，千里烟波

寒蝉凄切，
对长亭晚，骤雨初歇。
都门帐饮无绪，
留恋处，兰舟催发。
执手相看泪眼，
竟无语凝噎。
念去去，千里烟波，
暮霭沉沉楚天阔。

多情自古伤离别，
更那堪冷落清秋节！
今宵酒醒何处？
杨柳岸，晓风残月。
此去经年，
应是良辰好景虚设。
便纵有千种风情，
更与何人说？

——北宋·柳永 《雨霖铃》

　　去北京，晚九点二十的火车，卧铺。最近跑得多了，每次驶离，心头都有怅怅的羁旅行役的感觉，淡淡的，无着无落似的一点茫然。我是个排斥旅

277

途的人。出了宿城的灯火，列车咣当咣当驶进夜色深处，灯熄了，上铺邻铺渐有了此起彼伏的鼾声。于狭窄的铺位上翻来折去，睡不着，一遍遍听手机里的音乐，终于，在班德瑞的《月光》里安静下来。

钢琴和笛在一起，真是珠璧之合，一个清亮，一个悠扬，二者相契成漫无际涯的宁静皎洁，合眼沐于这种皎洁，火车的颤动让人有种置身江舟的错觉，琴声低徘，笛声悠悠，月光千里相随，身子底下水波涌动月光涌动，感觉就像在月华里飘荡、飘荡，潋潋随波流，水天茫茫，一时间，已有朦胧睡意的心里冒出一句词——念去去，千里烟波。

念去去，千里烟波，暮霭沉沉楚天阔。"去去"这两个字，真适合感于旅途之苦的人默默吟诵，千里之外的渺茫空间渺茫心情，就是两个"去"字叠起来无声诵读的感觉，这一去，山一程水一程，这一去，行行重行行。在没有火车没有飞机的宋朝，隔着沉沉暮霭茫茫江天，隔着千里烟波，那真就是相见无期了，是生离，却无异于死别。当下早已不同。我明天就可以返程，乘高铁，北京到宿州，仅三个半小时车程，千里江陵无需一日，但漂泊的感觉，尤其是中秋前夜只身远行的感觉，仍有相去千里烟波浩渺的矫情——那些密布在宋词里婉约的柔情，销蚀了我生命原本中的强悍与泼辣，也销蚀了少年时期的剑胆侠骨，让我人至中年仍然有时候多情矫情。

这首《雨霖铃》里，柳永相别的应是他的情人，可能是一枝章台柳，但多情如三变者，也够他伤感的了，更重要的，还有科场失意的底色在。古代的科举制度门槛奇特，温庭筠那样的才子、花间词的鼻祖，一辈子连个秀才也没混上，如同张爱玲国文考试不及格一样奇葩。柳永四十岁前，四次赴考，四次落第，五十岁才中个进士。说起来，他也是出名较早的奇才俊士了，十九岁时作的那阙《望海潮》，让杭州的美丽与繁华声名远播，金主完颜亮都成了粉丝，野史有云，他就是有慕于词里描述的"三秋桂子，十里荷花"，才起了投鞭渡江侵略宋境之意，要把华美的钱塘据为己有。柳永的词，国外都这么受热捧，大宋皇帝焉能不晓？只是，偎红倚翠的浪荡子不对他的胃口罢了，面对考卷，一句"属词浮糜"的判词，直接就把柳永给毙了，一把摁进不见天日的黑暗里头。才高气傲的柳永很受伤，即兴发了一阕牢骚，"黄金榜上，偶失龙头望。明代暂遗贤，如何向。未遂风云便，争不恣游狂荡。何须论得丧？才子词人，自是白衣卿相。　烟花巷陌，依约丹青屏障。幸有意中人，堪寻访。且恁偎红倚翠，风流事，平生畅。青春都一饷。忍把浮名，换了浅斟低唱！"

这首词被汴京的歌女争相传唱，很快就火透了半边天，后来再去赴试，才知道皇帝已经直接把他拉进黑名单了——你说你是被遗落的贤才，岂不是在骂我这个当朝天子有眼无珠！你不是要到烟花柳巷寻访意中人吗，朕给你机会，于是朱笔一挥："且去浅斟低唱，何要浮名！"柳永失意地走了，赌气扛着"奉旨填词柳三变"的大旗去了秦楼楚馆，从此，衙门里少了一个庸庸碌碌的官员，而长调的慢词和着声声丝竹，却从勾栏飘到井栏，飘到千家万户，飘向身后的一千年两千年三千年……北宋文化史上，冉冉亮起一颗璀璨的星辰。

这是后话。

现在是什么频道？现在是离别帐饮，是执手流泪，是兰舟催发。树上还有寒蝉，秋应当不是太深，但大雨初过，又是薄暮，天应该很凉了。岸边的风很长很长，空空荡荡地沿着汴河长驱直入，很凉，凄凉的凉。他长衫单薄形容憔悴，她水袖飘飘愁绪满怀，四只泪眼忽忽闪闪，依约都是去去千里的茫然失落。这一去，当是千里远，这一别，后会无期限，没有你、又没有金榜的日子，哪还会有什么良辰美景，哪还会有什么赏心乐事？我的世界，从此要暮霭般黯然了。月亮一会儿就要升起来，我舟中醉眠，醒来也当是明日凌晨了，晓风凄凉，残月西斜，睁开眼，将再也摸不到你散落在我臂上的长发，听不到你低低唤我的娇声。今后，你将坐上谁的膝头，你将为谁起舞为谁歌？我诗词吟碎，我琴弦弹断，谁可听闻？登船了，船夫手中的桨一摆一摆，我正远离你，正驶向着茫茫天涯。

念去去，千里烟波……

词人的话是最不可信的。到底，他不会因她弦断，也不会为她心碎。他去了江南，那是烟柳繁华地，是温柔富贵乡，最适合醉生梦死。很快，他就会把她忘得一干二净，柳永的人生，最不缺少的就是意中人，花枝招展的那群姑娘，谁不想让他填阕词夸一夸，借势出个名也好招揽生意？他和她们，相互成全。柳永的身边不寂寞，他的寂寞在心里，虽然说过"我不求人富贵，人须求我文章"，那是气话，是怒后狂言，心底到底是渴念功名渴念富贵的，要不然，也不会到须发花白的五十岁还去应试。

最美好的东西，是将够着又够不着的那一段距离，是一种时刻挂在心里的"想头"。够着了，一览无余，才知道，不过如此。中了进士又如何呢，混了个小官，终不能如想像的那样仕途通达兼济天下。一顶弱弱的小官帽紧箍咒般束住形迹，倒不如从前浪迹江湖的无挂无碍。写下《三言二拍》的冯梦龙老先生说，柳永晚景凄凉，死后连葬资都不曾余下，一干名妓爱他的多情和才华，集资戴孝葬他于汴京，出殡之时，半城缟素，一片哀声，以后每年清明，"乐游原上妓如云，尽上风流柳七坟"。这个故事很吸睛，想想却觉得哪里不对，作为有行政级别的公务人员，怎么也是有工资的，怎么会穷成那样？真的穷困如此，作为公家人，官府也没有不出面安葬的道理吧？如果冯梦龙所言属实，柳永晚年，定是受不了为官的拘束之苦，"却返瑶京，重买千金笑"，挂冠离职放浪形骸去了。一个出身官宦之家的富贵公子，初出江湖就在苏杭的温柔乡里呆了五六年，高考失意后又是丝竹管弦当榻卧，脂粉半生，离了美酒与红袖，他大概怎么也睡不安稳。

柳永活到70岁，在那个年月不算短命。他一生有五十多年的时间都在路上，都在深深的羁旅里，都在勾栏的管弦丝竹中。他的理想，是卿相，却不是白衣卿相，但理想很丰满，现实很骨感，到底离卿相还是有万里之遥。好梦遥遥，就连死，也死在距离故乡福建遥遥千里的远方。他的一生都是——念去去，千里烟波。

想一想，谁距谁当初的梦想，又不是去去千里，不是云水茫茫？

谁复挑灯夜补衣

重过阊门万事非，
同来何事不同归？
梧桐半死清霜后，
头白鸳鸯失伴飞。

原上草，露初晞。
旧栖新垅两依依。
空床卧听南窗雨，
谁复挑灯夜补衣？

——北宋·贺铸　《鹧鸪天·重过阊门万事非》

　　对贺铸印象非常深刻，说起来有些惭愧，在词作之外，竟是因为他的相貌。有一回随手翻阅《宋史》，无意中看到这样描写他的话："长七尺，面铁色，眉目耸拔。"也就是说，他是一条脸色铁黑眉毛倒竖的彪形大汉，与青衫磊落玉树临风风神俊朗之类的词完全不搭。不仅长得粗暴，脾气还非常大，喜欢议论朝廷大事，对显贵毫不惧怕，稍不中意就破口骂人，喜欢行侠仗义，谁也不怕得罪。这样一条汉子，有点像故乡神话里的钟馗，再不然，与莽和尚鲁智深也能算亲密战友，可，让人惊异的是，这个江湖豪侠式的丑男人，却学识渊博博闻强记，却工于诗词精于音律，不仅写得了"少年侠气，交结五都雄。肝胆洞，毛发耸。立谈中，死生同……"之类的豪放词，钢铁能作绕指柔，浓丽细腻的婉约词更是千古一绝，"一川烟草，满城风

282

絮，梅子黄时雨”就是例证。一半是海水一半是火焰，所以，在“贺鬼头”之外，他还有一个截然相反的绰号——贺梅子。以描摹愁怀出名的一阙《青玉案》，在婉约词坛千年来一直“东方不败”，给他赢得了“贺梅子”之称。

“凌波不过横塘路，但目送、芳尘去。锦瑟华年谁与度？月台花榭，琐窗朱户，只有春知处。碧云冉冉蘅皋暮，彩笔新题断肠句。试问闲愁都几许？一川烟草，满城风絮，梅子黄时雨。”这就是《青玉案》全词，喜欢它已经很久很久，久到有二十多年了吧，喜欢得五体投地，背得高压锅焖面瓜一样烂熟，爱上层楼的那些年，常立在窗口对着绿树长吟，站在旷野迎着秋草默诵，沉浸在词意里，把自己弄得双眉紧蹙冷泪闪闪。因为爱煞了末尾一句，刚风行QQ时，申请的第一个号，网名就叫“梅子黄时雨”。但若干年后，当我读到文章开头他的这阙《鹧鸪天》，读到“空床卧听南窗雨，谁复挑灯夜补衣”，突然就觉得梅子雨逊色了，甚至是矫情了，茫茫然一望无际的闲愁，说不清道不明的闲愁，或者缥缈的政治理想人生理想，如何能与痛失吾爱的深刻和尖利相比？闲愁忙起来就可以打发掉，爱情和理想也不过就是那么回事，而死别，是直砸胸口的千钧大鼎，是一石突降洞穿身体的空缺与绝望，是不能整理不能触碰的直透骨髓的疼，是缠绵到凌迟般碎裂的以头抢地的忧伤。这样的情感，未历死别的青春不会懂，粗糙的混沌的生命不会懂，只有流过血又长出茧的心，才明白那平淡词句底下的石破天惊暗流涌动。

整个世界都与我为敌，只有你一直跟我在一起。当年我们手挽手一起来到苏州，如今要离开时，却只剩我一个了，你躺在新坟里，新坟躺在咱们家旁边。同来何事不同归，你不守信用，就这样狠下心来把我抛闪。梧桐半死清霜后，头白鸳鸯失伴飞，我们这对恩爱的鸳鸯，曾经有过多少交颈私语情话绵绵？多少携手共度风雨相伴？而今水天茫茫形只影单，头顶荷花皎皎无意赏，脚边游鱼涌动惹心烦，忧伤好似身子底下一圈一圈的波纹，只要我游动，只要我呼吸，就会颤巍巍绵绵无休地四处扩散。这样落雨的夜，我怎能睡得着啊，沙沙的雨声似漫无际涯的痛，我躺在宽大的双人床上，侧过身触向你，习惯性地伸手触向你，我想抱一抱你，抱着的，却是半边空床！是当初你给我缝补的衣服！我面黑如铁，你从不嫌我貌丑，我穷困飘零，你从不怨我无能，采藿为蔬，扫槐作薪，常常的，油灯下，你这样坐在床边，一针一线给我补衣服。而今，这些衣服还在，细密的针脚还在，你，却再也不肯回来了。

"空床卧听南窗雨，谁复挑灯夜补衣"，这句深情的念白，不是出自文静脆弱的玉面书生口里，是一个相貌丑陋身长七尺的大汉，他抽抽噎噎叹将出来，那个坏脾气的豪气干云的汉子，此刻，他安静地孤独地坐在深深的夜里，坐在深深的雨声和深深的回忆里，深深地伤感着。抚着旧衣上的补丁，抚着曾经留下而今再也感受不到的她的指痕和体温，眼泪吧嗒吧嗒地，砸在她灯下缝补的背影上。她泉下有知，可感到哗啦啦的阵阵冰凉？空床卧听南窗雨，谁复挑灯夜补衣？如同白话的这个句子，像黄老邪在爱妻墓前的凄婉笛音，凛凛的刚硬深处，柔情气泡一样翻腾出来，翻得漫天飞泪满眼迷蒙。老虎眉梢上的伤感利剑寒光里的绝望，更有一箭穿心的蚀骨缠绵。

她的相貌和她的温柔，他在词里都没说，但让他多情如斯念念如斯，她必定是温婉贤淑的，她本宗室之女，美貌和教养当是兼备，却与又穷又丑的他恩爱不移。他为人耿介不肯屈节事权贵，弄得一生潦倒窘迫，她依然敬重他怜爱他，只是因为懂得，她懂得他盔甲般的冷硬里孩童似的天真温柔。他们必是琴瑟相和的，必定有无数无数让他回忆不尽的缠绵琐忆。

此刻，大雨敲窗，那些琐细的寻常的细节，都从记忆的深海里咕嘟嘟泛出来了。她择菜煮粥，她轩窗梳妆，她叠被铺床，绣榻闲时并吹红雨，雕栏曲处同倚斜阳，读书消得泼茶香……这些场景，当时只道是寻常。这样的寻常，永不能再重来。几百年后纳兰性德的那声"当时只道是寻常"，就当是替他叹的。惋惜痛苦之外，有无限无限的悔恨懊恼——如果知道你那么早就离我而去，如果知道我再也抓不住你，我一定加倍珍惜，一定加倍努力，一定一直一直握紧你的手寸步不离……而今，好梦难留，诗残莫续，只能更深哭一场！

只能痛哭。

就哭吧，放声哭吧，亲爱的贺铸，亲爱的梅子，亲爱的鬼头，你哭吧，在这个雨夜放开喉咙哭吧，没人听到，没人笑话。哭过了，擦干眼泪，继续生活。

可是，哭过了这一晚，还有明晚，还有后晚，冬夜漫漫，夏昼长长。夏之日，冬之夜，漫长的余下来的人生，谁来陪你共同走过？……

谁说世界上最遥远的距离不是生与死的距离？相距万里，终有团聚的一刻，心再坚冷，终有融化的可能，可谁见过泉下人回来重续旧缘？"宁隔千远里，不隔一层板"，故乡的白事上，乡亲们常拭着泪眼这样念叨，他们不是诗人不是词人，同样深懂一代一代谁也无法避免的这种缺憾。痛失吾爱的缺憾。阴阳相隔，那距离是无穷无穷的远，远到你使尽毕生气力也无法抵达。唯有生命终结。

缺憾无法弥补。并且，缺憾不可避免。

谁的人生都不可避免。我们能做的，唯有——珍惜。

犹恐相逢是梦中

彩袖殷勤捧玉钟，
当年拚却醉颜红。
舞低杨柳楼心月，
歌尽桃花扇底风。

从别后，
忆相逢，
几回魂梦与君同。
今宵剩把银釭照，
犹恐相逢是梦中。

——宋·晏几道　《鹧鸪天·彩袖殷勤捧玉钟》

　　那时，十八九岁的年纪，等着分配工作，怕人寻问不敢出门，天天价窝在家里看书，书也实在少，最耐读的就是两本宋词了，翻来翻去，翻去翻来，两三年光阴尽付于那些长长短短的句子。年华正逢春，心思本就软得捉握不住，更被那些平平仄仄柔情蜜意感染得水汽淋淋。"从别后，忆相逢，几回魂梦与君同。今宵剩把银釭照，犹恐相逢是梦中。"我曾与谁作别，我欲与谁相逢，等待我的，将是什么样的未知的命运？词里最后相遇的惊喜，于我来说，竟有一股子自伤自怜的悲情了。从他们相逢的惊喜中，触到的是滑溜溜的一抹凉。

　　晏几道是含着金汤匙出生的贵公子，其父宴殊不仅是北宋时期有名的词人，更是仁宗时期的宰相，在绮罗丛脂粉堆里长大的他继承了父亲的优良基因，打小聪慧过人，十四岁就考中进士，家道兴盛科场得意的翩翩美少年，在风月场里纵情声色，舞低杨柳楼心月，歌尽桃花扇底风，那是家常便饭，一场一场的欢愉，酒醒也就忘到脑后了，而开始忆相逢，是从什么时候呢，差不多已经家道中落了吧，父亲去世，门客散尽，再摊上诸如文字狱之类的祸事，日子过得潦倒落魄。在潦倒落魄的凄凉里，在欢场的大门都呼呼关闭之后，他才想起了当年的彩袖，想起了那时的杨柳风桃花扇，想起了她曾经给予的种种温情。

即便如此，我还是喜欢"从别后忆相逢"这六个字，不因境衰不因道远，从分别的那一刻起，我的想念就从来没有停止过。是不是真的不再重要，即使是谎言，也已经足够动人，感动了别人感动了自己，更何况，人逢风雨，总会无限放大角落里的那一点温暖。是多少年多少个日月了呢，思念在时间里发酵着，春天储了雨夏天涨了潮，秋天落了泪冬天流了血，都是液体，丰沛的液体，澎湃得身体里再也容纳不下。于是，我不停地找你。风迢迢雨迢迢，千辛万苦，终于相见了，你甚至一直都在等我，你甚至丝毫不嫌我落魄。这一场酒，我饮得有多欢畅，醉笑陪君三万场，再诉离殇。当年的那轮明月下了杨柳梢，我们的悄悄话还没有说尽，我醉眼朦胧睡眼朦胧，是在做梦吗？把灯验看，你秀发绵密触之如锦，你面颊温软抚之如缎。竟是真的。我朝自己腿上狠狠地掐一把，痛出了泪，继而又笑出了泪。竟是真的。我们真真切切相逢了。

从别后，忆相逢。几回魂梦与君同。今宵剩把银釭照，犹恐相逢是梦中。按说这事欢喜啊，佳人重聚花好月圆，该喜庆的，怎么音韵流转的下半阕，这二十七个字，在我嘴唇里拈过来拈过去，竟有了高高低低重重叠叠说道不清的伤感？感于作者诗文里多年寻觅的辛酸，还是叹于自己这般前途未卜的迷惘？

　　彩袖再殷勤，她与他的前程，大概也是迷茫的，后来怎样了？最可能的结局是，次日天明，或者几日后的鸡鸣时分，他消失于晓风残月，从此再无交集。她或者是渴望那么一个交集的，甚至想随他而去，插荆钗换布裙，跟他过剩下的烟火日子。只是，落寞却傲骨昂昂的他，又肯把一个歌女带回家吗？剩下的便是遗忘吧。若干年后，当他于龙钟暮态时翻读自己的作品集《小山词》，看到这阕《鹧鸪天》，可会瞬间记起那酒，记起那舞，记起从宽袍大袖里跌落的那段温情？一瞬间的记忆，如烟花点亮晚年的清贫和寂寞。她，如果还在的话，当是青丝如雪了。

　　团圆的喜悦里，潜藏着一抹酸酸涩涩的凉，因为，只因为，没有未来。

　　那个在长安灯市里寻寻觅觅的女人，她揣着半面铜镜守候经年，夜市里人影幢幢灯影幢幢，月如魂灯如昼，一年一年泪湿襟袖，终是把他找着了，却原来，他一直就在她身后叫卖灯笼。找着了，这巨大的惊喜的埋怨与疼痛，刚刚开了个头，一切还不及展开，他却转身走了。九一八，她记住了那个日子，那天，长空里防空警报呜呜响过，门前的马路初归于寂静，那一刻，他来了，骑着他的白马，初相见。初见如梦，郊野的秋色里，他立在廊柱的阴影下轻言细语，她手拈着一支红蓼恍惚如梦。而后每每忆起，能描摹那场相遇的只有这四个字，恍惚如梦。再见无缘。他脚步落过的地方，夏草同她的相思一样茂盛却荒凉，在那里，在那无边的荒凉里，炮声隆隆，她抱紧憔悴的自己，蹲下去，蹲下去，直蜷缩进十个月前的那场初见……

　　人生不相见，动如参与商。大概每个人，一生中都会有这么一两场相逢，来来走走，相见就是别离，让我们的生命，如此——悲欣交集。

多少事，欲说还休

香冷金猊，被翻红浪，
起来慵自梳头。
任宝奁尘满，日上帘钩。
生怕离怀别苦，多少事，欲说还休。
新来瘦，非干病酒，不是悲秋。

休休，这回去也，
千万遍《阳关》，也则难留。
念武陵人远，烟锁秦楼。
惟有楼前流水，应念我、终日凝眸。
凝眸处，从今又添，一段新愁。

——宋·李清照 《凤凰台上忆吹箫》

　　一直喜欢长调的词牌，重重叠叠环环绕绕，是在中音区弹奏的曲子，缓缓地铺陈叙述，是星夜里老奶奶一下一下摇着的蒲扇，有似梦非梦的闪烁迷蒙。这样的词牌，若用来表现忧伤，那忧伤则在这平平仄仄里化成了雨，从星空里落下来，一条一条和星光一起落下来，落啊落流啊流，把天地把你我都漫得不知所以。

　　"凤凰台上忆吹箫"，这个词牌名字也长长的缓缓的，拖着萧史弄玉的笙箫之声，余音袅袅缭绕。秦穆公美丽的小女儿，于美丽的月夜和情郎在凤凰台上笙箫合奏，惹得龙呀凤呀飞来倾听，他俩跨龙乘凤离开人间，真正去做了一对神仙眷侣。

李清照与赵明诚，是一对生在凡间的神仙眷侣。他与她，灯影幢幢的上元夜里相逢，一转身四目相对，便怎么都抹不去了，不约而同地，都各自写诗向家长婉转达意，非他不嫁非她不娶。同是诗书传家的官宦家庭，一个美丽端庄才名远播，一个气宇轩昂喜研金石，毫无瑕疵的天作之合，没费什么周折，就欢喜地坐到红罗帐里了。那一年，她十八岁，他二十一岁。从此，两个人，一盏灯，同送岁月，共读诗书。她说，某诗句在某古籍的第多少页多少行，猜中者赏茶！守着一大摞书，二人赌了一局又一局，胜出者常常是她。她捧着茶碗得意地笑，他佯作生气挠她的胳肢窝，她笑得更颤了，紫薇花枝一样摇啊摇，摇得茶水泼了一身。他故意绷紧的脸哗地炸开了，那个乐啊，前仰后合，欲止不能，笑声穿过窗纸波浪一样向夜色汹涌流去——哈哈，到底，你也是没喝上！

他与她到处游玩，美丽的汴京城，汴河岸边，荷花丛中，笑语声声，惹得莺也飞鹭也惊。更多的，去相国寺古玩市场，他要淘宝。买回来一截残碑一卷字画，两人抵肩并头，指尖相触，同勘共校。那一日，他看到一本罕有古籍，没钱了，索性华袍一脱，咱们交换！他当了衣服，穿着贴身小袍抱着所得回家，她亦不以为羞，乐陶陶跟着。

他是她的粉丝，是她大部分词作的第一读者，可终归年轻，心下总藏着一小点不服。那一阵，他外出未归，她想他了，填了一阕《醉花阴》寄他：薄雾浓云愁永昼，瑞脑消金兽。佳节又重阳，玉枕纱厨，半夜凉初透。东篱把酒黄昏后，有暗香盈袖。莫道不销魂，帘卷西风，人比黄花瘦。他读了，感她情谊又羡她才华，心下酸溜溜的，想和她比一比高低短长。闭门三天，冥思苦写废寝忘食，他填下五十阕词，把她的这阕《醉花阴》夹杂其中，交与他俩共同的朋友、才子陆德夫鉴赏评论，陆读后，说，只有三句绝

290

佳。他眼眸里光彩万丈，尽是期待：肯定是自己填的吧，她的只有一阕，摇奖也难能摇上呀！"哪三句？"他兴奋地问道。就是"莫道不销魂，帘卷西风，人比黄花瘦。"他鼓胀的皮球一下子泄净了气，蔫了。原来用尽全力，也比不过她小指一拂。转瞬他又开心了，这个天下无敌的美貌才女，独一无二的美貌才女，竟是我赵明诚的妻子！他的幸福无以言喻。

　　如果时光可以停止该有多好，就停在燕尔新婚，停在花木幽幽岁月静好的团聚里，没有朝廷内部的新旧党争，没有他的外出致仕，更不要有后来的金兵入侵宋室南渡。可是，该来的总是要来，你读一读文章开头的这阕词，这阕长长的《凤凰台上忆吹箫》，就知道，它已经来了。读这阕词，哪怕你不知道金猊就是狮形铜香炉，不知道宝奁是梳妆盒，也不知道阳关是送别曲秦楼是凤凰台，仅仅是一字一字慢慢念来，仅仅一知半解，就有莫可名状的密布的伤感，这伤感，像昆曲里的水磨音，拖得长长的，逶迤地飘着，没有形迹，没有去意。"多少事，欲说还休"，那么多的话，到嘴边，又咽下了，还是不说的好，说出来，我怕你牵挂，怕你伤心，还是笑着送你走吧，我知道，纵使我把《阳关三叠》唱上千遍万遍，唱到玉嗓谙哑，也留不住你远行的脚步。你走之后，看看我的生活，炉里的薰香冷了不想再点，被子堆作一处懒得铺叠，日头老高也无心梳洗。我瘦了，变得那么瘦，不因饮酒，不因悲秋，为了什么呢，罢罢，还是不说了吧。

　　——欲说还休，心事休说，休休……"休"这个字，是湿的，是秋的雨愁的泪，是能拧出水来的沥沥的潮，潮成雾潮成霭，潮成心间绵绵不息的笼罩和缭绕。这个字，是插在心间再也拔不出来的一把刀，是不舍也得割舍的无可奈何。而，这仅仅是开始，分离的开始，"休休"的开始，再往后，还有国破家亡物是人非的事事皆休，有识尽愁滋味的欲说还休。不论这次的夫妻小别，还是被迫离开他回到明水老家的长期分别，都仅仅是开头。真正的

"休休"是，战争来了。

战争这个东西，最先到底是谁创造的？世界上为什么要有战争？那些当权者，为了膨胀的私欲，一声令下，铁蹄如雷金戈如电，转瞬间山河呼啸烽烟四起，锄禾的农夫从田里被拖走，舂米的妇人从厨房被惊逃，兵过之处，断瓦残垣，尸横遍野，血流成河。有谁详细统计过，一场战争，究竟要毁掉多少人多少个家庭的平安喜乐？野蛮的金兵，就这样踏着他们的跌蹄来了，踏破汴京梦一样的繁华，踏破他和她的宣纸一样安宁的生活。

"易安"，安家易安心易吗？那是在太平世界，乱世里，谁也没处可安。便是分离，便是逃难。他和她，拉着一车又一车的古玩字画，艰难地向南奔走。徽钦二宗都被金人掠走，新皇帝带着众臣南逃，逃往临安，他们也追随南下。从汴京到杭州，这长长一路，风餐露宿小心翼翼，也误不了那些宝贝遭抢遇盗，她的心憔悴了，像山河一样青翠不再。而他，一锅乱粥似的混乱里，接到去湖州任太守的命令，暑天日头流炎，一路急急赶赴，途中染病，竟然就去了，死在建康。那一年，他四十八岁，她四十五岁。

心碎了，国碎了，家也碎了，易安易安，哪里还有处可安？自此，西窗那支温暖的烛火熄了，不再有赌书泼茶的朗朗欢笑，不再有醉颜残妆的争渡争渡，不再有安了心安了家的明媚欢快。从此，茶是冷茶，酒是苦酒，夜是冷冷清清凄凄惨惨戚戚。从此，香冷金猊，被翻红浪，人不梳洗。一个个长长的昼，一个个漆黑的夜，多难将息。一个人守着窗儿，听梧桐落叶，听秋雨滴沥，一叶叶，一声声，空阶滴到明。

有人说，她竟去侄子窗下"听房"。一个知书识礼的词人去晚辈窗前听房，这个情节，想来多么的令人感伤。当是一个雨夜吧，她想他了，他们一场夫妻做了二十七年，二十七年的恩爱，足以让彼此融了重塑，塑成一个整体，而今，死亡那把雪亮的刀，把他与她唰地劈开，她带着血淋淋的半面伤口苟活在乱世里，在每一个夜里想他，三杯两盏淡酒敌不过晚来风急。也许那夜，她又借酒浇愁，风夹着雨吹进来灭了烛火，一室漆黑。微醉，她站在漆黑的窗前往外看，往黑夜的雨线里看，忽然，就看到了一个温暖的窗口，一窗烛火映着相依的两个人影，挨得那么近，那么亲密。一瞬间，她恍惚了，那是他和她吗，她和她的明诚，雨声里正剪烛夜话？两个人耳鬓相磨正说些什么？她向那扇窗靠近，靠近，哗哗的雨里，她梦游一般，向那个梦幻般的温暖靠近……

"易安听房"，这个情节，我想把它画成一幅画，黑夜，白雨，烛窗，情侣，而易安，当是窗外用淡黑轻染出来的一个幽灵，薄薄的幽灵，她像薄薄的一小片羽毛，没有他系着，她轻飘飘地，恍惚惚地，四处飘飞，痛断的肝肠也化作羽毛轻飞。我想着这幅画，想着打在她身上的冷雨，想着她恍惚的忧伤的眼神，泪不能收。伊人已去，栏杆拍遍，肠断无人同倚，相思无处可寄。而此时，子夜安宁，我坐在电脑跟前拭着眼泪，一转身，见他正在我身边甜蜜酣睡。易安易安，我当感恩，当珍惜这静好岁月里的两两相对。

颠沛流离，飘零无寄，她开始想要一个家。哪怕仅仅是一个安枕之地。这时候，一个叫张汝舟的男人来了，他吟着她的词，摇着扇子，慢慢地走过来，与她论诗，与她话茶，嘘她寒问她暖。他用风雅的面具掩了丑恶的嘴脸，看起来温情脉脉，似乎可以寄托。她回回头，看看叠在旧词里的明诚，闭闭眼，嫁了。她也是想与他过日子的，却不料，他要的并不是与她的日子，而是她的声名，是她手里明诚留下的珍贵的金石书画。他索画，她不与，他要古籍，她也不与，他恼了，面具一把扯下来，拳脚劈头盖脸。她一定被打愣了，一定呆在原地不知所措，明诚，那个温文尔雅的明诚，何曾有过这样的粗野蛮暴？她的世界里，何曾领略过这样的粗野蛮暴？他的好，原来一直都是装出来的，他一开始就有所图，而且，不达目的誓不罢休。哭已经没用了，死去的人不能回来帮你，靠自己吧。

可恶的朱熹，可恶的"夫为妻纲"，大宋的刑律竟然规定，女子要打离婚官司，不论对错，不论成败，都得坐牢两年。坐就坐吧，玉碎成粉，不作全瓦，她心一横牙一咬，一纸诉状把他告到官府。他科举考试曾经舞弊，把这个隐秘抖漏出来，就能告倒他，就能脱离他的摆布。是明诚冥冥之中的护佑吧，她赢了，摆脱了，而且，她只入狱九天，就被亲友设法救了出来。49岁，她结束了一场短暂的婚姻。49岁。雨后黄花堆积，憔悴损，如今有谁堪摘？——纵有人攀摘，心已焚成死灰，也不会再动了。

前事休说。从此，只专心续写他没有完成的那部《金石录》，只读书填词，只，回忆。

二十二年后，也就是1155年的5月12日，她松开手里的书，松开揣在胸口的回忆，走了。走的时候，她当是笑着的，她看到，他已翻开书斟好茶，正温情脉脉地，看着她，等着她……